MÊME PAS MORT !

VÉRONIQUE SELS

MÊME PAS MORT !

GENÈSE
ÉDITION

PARTIE 1

Casablanca

Période blanche (comme l'oubli)

Un cadavre ne bande pas

J'étais à Casablanca quand j'ai rêvé de la Grande Dame Rousse pour la première fois. Je me trouvais nu dans un lit, entre songe et conscience, le corps moite et fiévreux. On m'avait tout volé : mon nom, mon visage, mes yeux, mon histoire mais ça, je l'ignorais encore. Je ne me souvenais pas avoir appartenu un jour à la société des hommes. Je dérivais les ailes déployées dans un ciel gorgé de nuages aux rondeurs voluptueuses. Un pipeau et une flûte traversière tressaient une mélodie. Nous jouions à la chaise musicale et les nuages nous servaient de sièges. Nous, les anges. La Grande Dame Rousse martelait le tempo de sa canne sur un plancher cotonneux. Elle me pressait de trouver un cumulus où m'asseoir. Quand la musique s'arrêtait, nous battions frénétiquement des ailes et celui qui tardait à se faire une place dans l'étoffe moite du ciel perdait les siennes et tombait dans le vide. Soudain, un sifflement s'est fait entendre et j'ai cessé de prêter attention à la musique. La Grande Dame Rousse m'a rappelé à l'ordre, m'a supplié, mais il était trop tard. Mes ailes étaient tombées. J'étais largué sur Terre, lourd comme une bombe. La paix dans mon cerveau se fragmentait en salves d'images infernales, êtres faméliques, corps décharnés inextricablement mêlés, estropiés, éborgnés, sans bouche, sans nez. Ils envahissaient ma tête telle une colonie de bestioles. Mon cri les a dispersés et je me suis trouvé dans l'obscurité d'une pièce saturée d'odeurs médicamenteuses. Le sifflement était toujours là, à hauteur de ma tempe. Quelque part, un transistor dispensait une musique légère et enjouée. Je pouvais distinguer des sons provenant d'une rue, la voix d'un homme, les craquements d'une charrette tractée par un âne ou un cheval, le moteur pétaradant d'une mobylette. J'étais à peine un corps, concentré tout entier sur l'univers sonore qui m'entourait. Chaque nouveau bruit me faisait revenir un peu plus à moi.

Une lumière pâle, uniforme et jaunâtre est venue me cueillir un peu plus tard. J'étais plus calme, mais j'ignorais toujours où je me trouvais. Je ne parvenais pas à comprendre d'où provenait la lumière, du dehors ou de l'intérieur de mon crâne, elle semblait émaner d'un entre-deux, ni dedans ni dehors. J'ai porté la main à ma tempe. Une coque de gaze enveloppait ma tête. J'étais un œuf de Pâques. Quelques notes de musique ont encore traversé les murs. J'ai cru reconnaître le jingle d'un journal parlé. Je me suis concentré sur les mots. La langue m'était familière mais incompréhensible à l'exception des quelques mots ici et là... Salam Aleykoum… Choukrane… Casablanca… Tanger… Warzazat… Dans ma très grande confusion, j'éprouvais un soulagement à ne pas recueillir les nouvelles du monde.

Lorsque je me suis réveillé une troisième fois, il me semblait que des siècles s'étaient écoulés jusqu'à cette heure molle et chaude. J'ai appelé à l'aide. Une jeune femme est entrée. Elle a ôté la fine bande de gaze qui recouvrait mes yeux. Une douleur violente a traversé ma tempe gauche, semblable à la morsure d'une pieuvre ou d'un chien. Sans le souvenir d'avoir subi l'une ou l'autre, je n'ai pu me décider. La douleur se déployait jusqu'au nez et au menton. À ma gauche, il faisait nuit. À ma droite, c'était le jour. J'ai attrapé le poignet de ma soigneuse et demandé si j'avais perdu un œil. Elle n'a pas répondu. Je ne lui ai pas rendu sa main non plus. Je voulais sentir son souffle délicieux sur ma peau, son haleine parfumée à la pistache, son pouls rapide sous mes doigts. J'ai éclaté en sanglots : j'appartenais au monde des vivants. Sauf à être pendu, un cadavre ne bande pas.

Elle a tamponné ma tempe à l'aide d'un gant humide et j'en ai éprouvé un profond soulagement. Elle a défait le bandage qui enserrait mon crâne. Mon œil droit distinguait une bouche marron clair, une peau olivâtre, des cheveux noirs et lisses lâchement retenus dans un foulard grenat. Elle a souri, s'est essuyé les mains dans une serviette en éponge.

« Je vais prévenir mon père », a-t-elle murmuré. Puis elle a quitté la chambre et m'a enfermé à double tour.

Je me suis redressé sur les coudes et j'ai fait l'inventaire. Une chaise en bois clair, un baquet d'aisance en faïence, une carafe d'eau, un verre, une bassine en fer-blanc sur le rebord de laquelle pendouillait le gant qui avait servi à faire ma toilette. Il semblait en savoir plus que moi. La chambre donnait par son unique fenêtre sur une petite cour fermée recouverte d'un auvent en résine ondulée jaune et opaque. J'ignorais depuis combien de temps j'étais enfermé dans cet endroit mais ce qui m'inquiétait davantage, c'était le blanc dans mon cerveau. Je pouvais reconnaître la chaise, le verre, je pouvais les nommer. Je savais que la langue qui émanait du transistor était l'arabe, que je m'étais adressé à ma soigneuse en français. Mais dès que je tentais de reconstituer les circonstances qui m'avaient conduit ici ou simplement de me souvenir de mon prénom, je me noyais dans un blanc à perte de vue.

La moitié gauche de mon visage était douloureuse et tambourinait comme un cœur. Chaque battement de paupière réveillait des dizaines de nerfs et de muscles. J'ai cherché un miroir mais il ne semblait pas y en avoir dans la chambre et de toute façon, je n'avais pas la force de me lever. Bien que la température fût élevée, je commençais à avoir froid. L'air grignotait ma peau. J'ai entendu la clé tourner dans la serrure. Je me suis à nouveau redressé et m'en suis remis à mon œil valide. Un homme large d'épaules, vêtu d'un costume clair, est entré. D'épais sourcils noirs lui cinglaient le haut du visage mais il m'était impossible de distinguer la bouche et le nez à cette distance. Malgré sa corpulence, son corps conservait une certaine souplesse, ses gestes étaient déliés, j'ai pu le constater à la manière dont il s'est assis sur la chaise, à califourchon. À la main droite, il portait une chevalière. J'en avais vu une semblable dans un film peut-être, mais impossible de me souvenir lequel.

– Comment te sens-tu ?

Me vider les tripes dans le baquet d'aisance, voilà comment je me sentais.

– Pourquoi m'enfermez-vous ?

– Je ne t'enferme pas, je te protège. La police te recherche.

Sa réponse a mis un certain temps à s'acheminer jusqu'à mon cerveau. Le blanc était si vaste qu'il s'étendait à présent bien au-delà des contours de la chambre, se frayait un chemin jusqu'à l'international.

– Où sommes-nous ?

– À Casa.

– Casablanca ?

– Oui, Casablanca. Pas le magasin de meubles.

Il a récupéré un mouchoir dans sa poche et s'est épongé le front. Je regardais la pierre incrustée dans sa chevalière.

– Je m'appelle Youssef Alaoui. Je ne te garde pas ici par plaisir. Je rends un service. Tout ce que je te demande, c'est de ne pas faire de vagues. Je connais les types dans ton genre. Je ne veux pas d'histoires dans ma maison.

J'ignorais sa définition du type dans mon genre mais le lui demander m'aurait placé encore davantage à sa merci et je me sentais déjà très vulnérable. Il a plongé la main dans la poche intérieure de son veston et en a sorti un passeport qu'il m'a tendu.

– J'espère avoir été clair. À la première embrouille, je te balance aux flics. Un médecin viendra t'ausculter cet après-midi.

Puis il s'est levé et a quitté la chambre de sa démarche souple.

Le passeport était marocain. La photographie montrait un jeune homme dans la vingtaine aux cheveux châtains rabattus vers l'arrière, aux yeux bleus légèrement globuleux, au nez large et proéminent. La bouche était lippue et ses contours, joliment dessinés. Nom : Chekouh. Prénoms : Dahane, Daniel, Mohamed. Lieu de naissance : Roubaix, le 5 juillet 1960. De l'autre côté du mur, le transistor a marqué les douze coups de midi, inscrivant Dahane Chekouh dans une réalité temporelle. J'ai essayé de me reposer. Quelqu'un est venu m'apporter un repas pendant que je dormais, un verre de thé à la menthe très sucré, une assiette de semoule baignée dans un bouillon de légumes. Je n'avais aucun appétit. J'ai bu quelques gorgées de thé et inspecté à nouveau le passeport, fasciné par la calligraphie, la trame du papier, les motifs mauresques imprimés en repoussé, tiges et feuilles s'entrelaçant sans souci de naturalisme, carrés et étoiles s'imbriquant en labyrinthes hypnotiques. Sur les pages réservées aux visas, des monuments apparaissaient en filigrane. Cette contemplation m'a absorbé tout entier. L'après-midi s'est étiré, plongeant lentement les motifs mauresques dans la pénombre. Quand le médecin est arrivé, il devait être 5 heures. Il s'est à peine présenté et est venu s'asseoir sur le rebord du lit. C'est une visite routinière, ai-je pensé, il vient régulièrement s'enquérir de mon état. Ma jeune infirmière nous a rejoints. Elle tenait en main un cache-œil noir qui m'a jeté dans une panique froide.

– Ai-je perdu un œil ? Docteur, dites-moi la vérité !

– Je ne suis pas en mesure d'établir un diagnostic. Je ne possède pas le matériel adéquat. L'œil va mieux, c'est tout ce que je peux vous dire.

J'avais envie de hurler mais aucun son ne sortait de ma bouche. Un agglomérat de peur brute se concentrait dans mon thorax. Au-delà de ce présent immédiat auquel je ne comprenais rien, c'était le vide. J'ai senti un liquide chaud s'épandre entre mes cuisses. Le toubib a rangé sa panoplie et a sorti de sa poche un paquet de cigarettes, m'obligeant à me poser cette question absurde : est-ce que je fume ?

La valise

Je suis encore resté alité plusieurs jours sans trouver la force de me lever. Je gardais la tête tournée vers la fenêtre dont la vue se limitait aux murs écaillés de la petite cour et à son toit de résine jaune. Je frappais sans trêve à la grande porte de la mémoire et sombrais dans une somnolence réparatrice mais impropre à m'éclairer. Chaque nouvelle interrogation créait un peu plus de blanc dans mon crâne. Mes journées étaient rythmées par les visites de Dounia qui m'apportait du thé, des biscuits, un repas toujours le même à base de semoule et de légumes frais. Elle me prodiguait des soins, me débarbouillait, vidait mon baquet d'aisance. Ses visites constituaient l'unique sel de ma comateuse existence. Elles ne duraient jamais longtemps et si elles éveillaient mes sens, mon enthousiasme tarissait rapidement à cause du caractère humiliant de notre intimité. J'étais un infirme.

Dounia m'apporta un miroir et me demanda si je souhaitais être rasé. Redoutant un vide plus grand encore que l'absence de mémoire, un de ces vides dont on ne revient pas, mon instinct m'avait poussé à retarder cette rencontre avec moi-même. J'avais évité mon reflet partout où il s'était présenté, dans la vitre, les verres, les couverts et jusque dans le stéthoscope du médecin. Je m'en étais remis à la photographie du passeport. Dounia à mes côtés, je me sentais moins seul face à cet autre qui me guettait. Dounia serait là si les choses devaient tourner mal. Je pris donc le miroir et découvris un sourire torve surmonté d'un regard borgne. Je persévérai. La chair entourant mon œil gauche était jaunie et dilatée. J'avais peut-être disputé un match de boxe. Ou été passé à tabac. Une plaie de cinq ou six centimètres partait en diagonale de la tempe vers la joue. Mais si l'on mettait de côté l'œil tuméfié et la marque verticale, j'étais assez fidèle à la photographie du passeport.

Dounia posa à côté de mon lit une valise en toile monogrammée aux contreforts en cuir clair garnie de deux brides latérales. Le bagage ne possédait ni serrure apparente ni cadenas. Deux fermetures Éclair cuivrées se rencontraient à hauteur de l'anse, et c'était tout. À la seule idée que ce bagage pût m'appartenir, je me sentis gonflé d'espoir. Je partis à la recherche d'un porte-adresse ou tout élément susceptible de m'instruire. J'ouvris la valise avec une prudence maniaque, car si j'avais oublié mon prénom, je me souvenais en revanche de la légende de Pandore soulevant le couvercle de la jarre et libérant tous les maux de l'humanité, la guerre, la maladie, la misère, la famine, la vieillesse, la folie, le vice, la tromperie, la passion, l'orgueil, l'espérance…

À l'intérieur de la valise, il y avait deux chemises blanches dont l'une semblait avoir été portée tandis que l'autre conservait une rigidité amidonnée. Deux pantalons en toile et une veste noire en laine semblaient neufs eux aussi. La doublure intérieure était en soie beige clair. Dans un compartiment, je trouvai une trousse de toilette en toile bleu marine qui contenait un peigne et une brosse à dents n'ayant jamais servi. L'autre compartiment était vide et à mesure que j'avançais dans tout ce rien, une peur illisible et totale trouvait son chemin dans ma poitrine. Les questions farfelues se multipliaient, qu'un homme normalement pourvu de raison ne se pose pas. En quelle année sommes-nous ? Par quel tour du destin suis-je né dans une ville aussi pourrie que Roubaix ? Ai-je un animal domestique ? Une collection de timbres ? Est-ce que j'aime jouer au foot ? J'ai refermé la valise et cherché des traces de boue, de pluie, de poussière, de sang, de combat. À défaut, je me suis raccroché aux initiales LV de la toile monogrammée. Je savais parfaitement ce que ces lettres signifiaient, je n'étais pas confus au point de penser qu'elles pussent être mes propres initiales. La vérité était qu'en l'absence de tout souvenir, ce LV agissait sur moi à la manière d'un réconfortant.

LA DERNIÈRE HEURE
Lundi 5 janvier 1987

Samedi après-midi, trois enfants jouent dans une excavation située à proximité des carrières des Grands-Malades à Beez-Namur, à droite de la route d'Hannut, immédiatement après la bretelle d'autoroute (…) Dans une espèce de cheminée camouflée par des broussailles et des blocs de pierre, les enfants aperçoivent un pied et une main. Le pied est dépourvu de chaussure. Elle ne sera d'ailleurs pas retrouvée par la suite (…) Le cadavre est celui d'un homme jeune décédé depuis plusieurs semaines. Il a l'air momifié. Il a les traits figés par des brûlures. On a manifestement répandu sur son thorax un acide auquel on a tenté de mettre le feu dans le but de faire disparaître le cadavre, sans y parvenir (…) Le corps a été transporté au centre médico-légal de Liège. Il a été établi que l'homme avait été immobilisé par un violent coup sur la tête provoquant une légère fracture du crâne. On l'a ensuite tué en lui tirant une balle de calibre 7,65 sans doute, dans la nuque. Cette balle est ressortie par le front. Une seconde balle a été tirée dans la tempe (…) L'homme avait encore sur lui son portefeuille, sa carte d'identité, ainsi qu'un billet de tram (…) Il s'agit de Stéphane Mandelbaum, né le 8 mars 1961 à Schaerbeek, artiste peintre.

Ma spécialité

Mon état s'améliora, accéléré par l'intérêt que me portait mon infirmière. Même sans passé, la vie continuait, la vie continue toujours, avec ou sans mémoire, elle se fiche complètement de savoir qui vous êtes et d'où vous venez, quel crime vous avez commis et quelles dettes il vous reste à payer. Je m'éveillai un peu moins inquiet chaque jour. Je sentis mes os retrouver leur place dans mon corps. Un matin, j'ai constaté que la porte de ma chambre était restée ouverte. Je me suis levé et attiré par des rires et des bruits d'assiettes, je me suis engagé dans le couloir. Deux filles sont apparues, plus jeunes mais aussi jolies que mon infirmière. M'apercevant, elles ont pouffé et ont disparu. J'ai marché jusqu'à la cuisine et les ai trouvées attablées sous la supervision d'une femme au regard d'épervier, une femme sans âge aux bras vigoureux et au ventre qui pend plus bas que les organes. Au-delà du regard d'aigle, les traits étaient doux, les rides joliment creusées. Les fenêtres de la cuisine donnaient sur un jardin. Je voyais enfin le ciel de Casablanca. La cuisine était carrelée de motifs géométriques mauresques. Sur un des murs était accroché un Almanach Vermot indiquant que nous étions le 5 janvier 1987. Au lieu de me renseigner, cette date m'a procuré un puissant vertige.

On m'a servi un repas copieux, toujours les mêmes légumes avec davantage d'assaisonnements, amandes pilées, raisins, et de la viande. Les filles m'observaient avec la curiosité qu'on réserve aux animaux. Elles s'amusaient de la vitesse à laquelle je mangeais, de la façon dont je portais la nourriture à la bouche. J'étais leur petit singe.

Un homme est arrivé, que les filles appelaient Boubou. Il portait une livrée noire et tenait dans sa main droite des clés de voiture. J'en ai déduit qu'il était leur chauffeur. Quelques minutes plus tard, Yousef Alaoui est arrivé dans un costume jaune vif, les cheveux luisant de gomina. Les fillettes se sont précipitées sur lui et l'ont enlacé de leurs petits bras. Il leur a demandé où était sa fille préférée, provoquant leur courroux amusé. Dounia était à l'hôpital. Dounia, qui avait récolté ma douleur, ma peur, ma sueur, ma pisse, mes excréments, qui m'avait nourri, lavé, sauvé d'une cécité partielle et d'un désespoir complet, était la fille d'Alaoui. La surprise passée, cette information m'offrit un répit. Je n'étais pas n'importe qui, j'étais quelqu'un d'important, j'étais celui qui avait été soigné par la fille préférée de Youssef Alaoui. J'aurais pu emprunter le chemin le plus court, demander des éclaircissements sur mon identité et ma situation. N'importe quel esprit sensé aurait agi de la sorte, mais je craignais en révélant mon amnésie – que j'espérais momentanée – d'ajouter au danger qui pesait sur moi.

Ces derniers jours, je les avais passés à tenter de reconstituer le puzzle de ma vie criminelle à partir des éléments en ma possession. Si Roubaix restait de toute évidence la ville la plus moche du monde, je ne savais toujours pas quelle était la nature de mon crime. Avais-je tué quelqu'un ? Ma veste en laine flottait aux emmanchures. Le livre de ma vie était blanc. J'étais une coque vide et dans ces conditions, je redoutais par-dessus tout de me retrouver seul. Une présence, même à moitié aimable, celle d'Alaoui ou de la femme aux yeux d'aigle qui se trouvait aux fourneaux valait mieux que la solitude.

Le repas terminé, Alaoui m'invita à boire le thé dans les grands canapés du salon. Je compris au timbre de sa voix que l'heure était grave, que mon avenir se jouait dans les prochaines minutes et j'ai senti de longues suées parcourir mon dos.

– Voilà, Dahane, tout est réglé. Je ne te retiens pas plus longtemps.

En d'autres mots, j'étais libre. J'aurais pu m'en satisfaire mais sans mémoire, ma liberté s'apparentait à un gouffre. Ces gens m'avaient bien traité et les reflets dans la bague chevalière d'Alaoui, s'ils n'étaient pas parvenus à me remettre sur la voie, me renvoyaient toute la lumière du ciel de Casablanca. Alors j'ai demandé à Alaoui s'il avait un travail à me proposer.

– Ça dépend. C'est quoi, ta spécialité ?

J'avais passé des heures à regarder mes mains, à tenter de percer l'énigme de ce petit cratère de peau racornie que je portais sur le flan extérieur de l'auriculaire droit. J'avais mimé plusieurs métiers sans parvenir à me décider. J'avais privilégié les métiers manuels, bûcheron, ébéniste, équarrisseur, soudeur, viticulteur… J'ai répondu à Alaoui que j'étais homme à tout faire et ma réponse sembla le satisfaire.

Dahane Chekouh

Au fil des jours, ce qui était écrit sur mon passeport vint progressivement remplacer le blanc dans ma tête et se mua en possibilité. À défaut de me procurer un passé, Dahane Chekouh me conférait une réalité dont je m'efforçai de faire bon usage. De son côté, Alaoui mit tout en œuvre pour me donner envie d'être Dahane Chekouh. Il me rendit la vie plus confortable. Ma chambre s'enrichit d'une moustiquaire et d'une lampe de chevet. Les filles se réjouirent d'apprendre que je restais, Dounia en particulier, qui continua à inspecter quotidiennement ma tempe et mon œil. Elle prenait plaisir à me soigner et il m'arriva de lui prodiguer de brèves caresses totalement déplacées, puis de m'excuser en invoquant une vue amoindrie et des difficultés à appréhender correctement l'espace. Lila, la cuisinière, cessa de me traiter en animal nuisible. Les sœurs de Dounia me rebaptisèrent le corsaire en référence au cache-œil que je portais désormais davantage par coquetterie que par nécessité médicale. Nadja, la benjamine, avait lu *Crimes en mer* de Sir Arthur Conan Doyle et me poursuivait dans les couloirs avec son livre.

Ma première sortie consista à accompagner Alaoui à son entrepôt. Je n'avais jusqu'alors pas mis un pied dehors, pas même au jardin. J'étais resté longtemps plongé dans la pénombre. Braver la lumière de Casablanca et un couple moteur six cylindres constitua un véritable exploit. Nous traversâmes la ville, moi à l'avant aux côtés du chauffeur, Alaoui et son journal du matin déployés sur l'ample banquette arrière. Les battements de mon cœur s'accordaient à ceux des pneus sur le pavé. Je me cramponnais au tableau de bord avec l'impression terrifiante de me trouver dans une essoreuse à huit cents tours minute. L'horizon pour guillotine, j'étais persuadé que nous allions mourir. Mon esprit s'est concentré sur l'architecture, a tenté de reconnaître une façade, un rond-point, une statue, une fontaine. À trop vouloir reconnaître, je ne voyais plus rien, je m'amputais de la beauté intrinsèque des choses et j'ai fini par fermer les yeux. Ou devrais-je dire l'œil ? Car l'autre n'était pas entièrement remis.

Nous nous sommes arrêtés devant un grand hangar surmonté d'une pancarte rouge vif comportant un texte en arabe sous-titré en français. *Ménager Électroménager Électronique Maroc France Allemagne.* L'entrepôt possédait deux entrées, la première dans la rue où nous nous trouvions, la seconde dans une rue perpendiculaire où arrivaient les camions de livraison. Le hangar croulait sous la marchandise, petite ville de cartons avec ses chaussées et ses ronds-points. La logistique était assurée par une dizaine d'hommes travaillant la cigarette au bec, entretenant autour d'eux une fournaise blanche et opaque. Le bureau d'Alaoui se trouvait à l'étage, grand mirador vitré auquel on accédait par un escalier en métal et d'où l'on pouvait observer les allées et venues des manutentionnaires. Il y régnait un désordre inconcevable. Sur les murs, plusieurs tableaux étaient recouverts d'annotations à la craie détaillant les arrivages de France et d'Allemagne, les livraisons vers Rabat, Tanger, Fès. Un gros téléphone gris aux oreilles d'éléphanteau sonnait sans discontinuer. De là-haut, on avait pignon sur le grand capharnaüm des stocks, le va-et-vient des hommes, leurs errances et leurs erreurs.

– Le problème avec mes gars, m'expliqua Alaoui, c'est qu'ils ne savent pas lire. Ils perdent un temps précieux à chercher la marchandise.

Où que l'on se tournât, le désordre était endémique.

– Toi, tu sais lire, j'espère ?

Bonne question. On m'aurait demandé si je respirais, il m'aurait fallu écouter mon souffle avant de répondre par l'affirmative. Mais lire, oui, je savais. J'avais lu mon passeport. J'en avais mémorisé jusqu'aux mentions légales : *ce passeport reste la propriété de l'État marocain. Toute altération, toute adjonction ou soustraction de ces pages est interdite. Aucune modification ne peut y être apportée sauf par un fonctionnaire dûment habilité à cet effet. Un nouveau passeport ne sera délivré que sur production du passeport périmé. En cas de perte, de vol ou de destruction, le titulaire est prié d'en faire immédiatement la déclaration au commissariat de police le plus proche.* Nous venions de traverser la ville et j'avais mémorisé la majorité des pancartes qu'il m'avait été donné de lire : *Cimetière de Ben M'Sick, Route des Oulan Ziad, -10 % sur les tissus, Consul honoraire de l'Allemagne à Casablanca, École Molière*... Le vide dans mon crâne créait un appel d'air et mon cerveau se nourrissait de tout ce qui se présentait à lui.

Nous avons fait le tour de l'entrepôt, parcouru des avenues de réfrigérateurs, de machines à laver, d'aspirateurs, d'autocuiseurs, de grille-pain, de cafetières, de robots électriques et de fers à repasser. Alaoui m'a demandé si j'avais déjà conduit un Clark. Sentant d'instinct que ces engins impulsifs me donneraient du fil à retordre, j'ai répondu que non, jamais. Nous sommes retournés dans le mirador et il m'a expliqué ce qu'il attendait de moi. Il voulait que je sois son œil – j'ai d'abord cru qu'il me faisait une farce –, que je traîne un peu à tous les postes, dans les rayonnages, à la réception des marchandises, dans les vestiaires, que j'aille boire le thé avec les gars et que je mette la main sur la petite ordure qui lui volait régulièrement du matériel.

Il ajouta à sa requête un mystérieux « Tu as le profil » propre à me faire gamberger le reste de la journée. Quand on ignore qui on est, la moindre indication prend des proportions démentielles.

Un camion est arrivé du port, rempli de postes de télévision en provenance d'Allemagne. Alaoui m'a envoyé les réceptionner. Je me suis bien gardé de vérifier si le compte y était. À la question « Savais-je compter ? » aucune réponse ne s'était imposée et je préférais ne pas me retrouver devant un problème insoluble. Le chauffeur m'a tendu le bon de livraison que j'ai signé DAN CHECOU, RESPONSABLEU DES LIVRÈSON. Ça m'a pris un certain temps mais après je me suis senti mieux. Écrire mon nom attestait de ma réalité.

C'était mon écriture. L'écriture de Dahane Chekouh.

Avec une assurance qui me surprit moi-même, j'appelai un manutentionnaire et lui indiquai l'endroit où entreposer les télévisions. Il ne contesta pas mes ordres. J'avais mémorisé l'emplacement de chaque produit et localisé les espaces encore vacants. Cette extraordinaire prouesse suscita en moi un enthousiasme jubilatoire. Je maîtrisais enfin quelque chose. C'était peut-être ça, mon métier : savoir où les choses se trouvent.

À cause de mon cache-œil, les manutentionnaires m'appelèrent du nom d'un chef de guerre israélien que manifestement ils détestaient. Quand je venais les saluer, ils faisaient mine d'être occupés et regardaient ailleurs. Comète venue de nulle part, parachuté par le patron avec une mission trouble, ils se méfiaient de moi. Mais je tins bon. J'avais besoin d'amis. J'étais seul. Même celui que j'avais été m'avait lâché en route.

La plupart des hommes parlaient mal le français et n'avaient jamais fréquenté l'école. Ils reconnaissaient la marchandise grâce aux photographies placardées sur les boîtes. Celles qui en étaient dépourvues prêtaient régulièrement à confusion. Une fois par jour au moins, j'entendais Alaoui enguirlander un type, le menacer de renvoi après que ce dernier eut confondu des sèche-cheveux avec des lampes de chevet ou préparé une commande de Robot Marie quand on lui demandait des gaufriers. Je n'avais pas grand-chose à faire si ce n'est mettre la main sur celui qui, à en croire Alaoui, détournait de la marchandise à son profit. La mission ne m'enchantait pas. J'avais envie de me dégourdir les doigts. C'est alors que m'est venue l'idée de compenser l'absence de photographies sur certaines boîtes par un dessin sommaire et identifiable au premier coup d'œil. J'allai récupérer des crayons dans le bureau d'Alaoui et me mis au travail. Reproduire en quelques coups de mine une machine à laver ou un fer à repasser ne me demanda pas d'effort particulier, mais je ne pris pas immédiatement conscience de la facilité avec laquelle j'exécutais cette tâche. Les gars en revanche comprirent tout de suite où je voulais en venir et m'en furent reconnaissants.

À l'heure de la pause, ils m'invitèrent à boire le thé dans une gargote en face de l'entrepôt, tenue par une Kabyle d'Alger, une femme aux traits marqués, dont la bouche exprimait un léger dégoût et qui dissimulait son regard bleu derrière un rideau de boucles claires. Elle me salua dans un français académique. J'aimai sa façon de tenir tête à une armée de mégoteurs impétueux, de les insulter dans une langue qu'ils ne comprenaient pas, de les traiter de courges, de benêts, de décérébrés. Nous avons avalé notre thé brûlant en admirant cette femme, son caractère, les vestiges incontestables de sa beauté, puis nous sommes retournés à nos robots mixers allemands et à nos poêles à fond incollable de fabrication française. À la fin de la journée, j'avais à mon actif des centaines de dessins qui allaient du presse-agrumes au casque de coiffure. Au bout du quatrième jour de ce régime, tous les produits étaient identifiables et j'en conçus une profonde fierté. Lorsqu'Alaoui me demanda pourquoi je passais mon temps à saloper la marchandise, je lui expliquai que c'était une ruse destinée à amadouer ses hommes afin d'obtenir l'information qu'il me réclamait.

Bousbir

Alaoui reçut chez lui. Ils s'assirent en tailleur sur de grands tapis aux motifs géométriques et parlementèrent en fumant la chicha. Ils passaient de l'arabe au français, picoraient les mots à leur guise. Ils parlaient fort et sans retenue si bien que je pus saisir au vol des bribes de leurs conversations. Ils importaient du tabac, des voitures françaises, allemandes et japonaises, du bois du Sénégal et du Togo. Ils étaient bruyants et fraternels, portaient des costumes bien coupés, s'appelaient *frère* et *cousin*. Je les enviais. Ils formaient une famille et même si cette famille n'était peut-être réunie qu'autour des tarifs de fret maritime et aérien, ils partageaient quelque chose. À les écouter, je compris que vendre de l'électroménager à Casablanca pouvait se révéler plus lucratif que vendre de la drogue et aussi que mon patron était un businessman très respecté.

Le vendredi, je me préparai à une journée de travail ordinaire quand je vis Alaoui sortir de sa chambre dans une magnifique djellaba blanc cassé, la tête coiffée d'un tarbouche en feutrine rouge. Il m'invita à l'accompagner à la mosquée et sa proposition me plongea une fois encore dans une confusion sidérée. Je butai sur le mystère de mes origines. Étais-je musulman ? Que signifiaient dans mon lexique intime les mots Dieu, prière, foi, religion ? Je prétextai une grande fatigue et reportai l'invitation au vendredi suivant, heureux de constater qu'il ne m'en tenait pas rigueur. Le vendredi, Lila la cuisinière rentrait dans sa famille, Boubou – Boualem de son prénom – accompagnait son patron à la mosquée, les jeunes sœurs faisaient leurs devoirs, une bulle de légèreté échappant à toute surveillance flottait dans la maison et me poussa à me rapprocher de Dounia. Je la retrouvai dans la cuisine où elle préparait le repas. Elle me proposa de l'aider avec un sourire espiègle qui semblait dire « Tu n'y arriveras pas. » Nous avons épluché les légumes, fait rouler les petites billes de semoule entre nos doigts. Je mourais d'envie de lui lécher les mains, de lui mordre les tétons, de la prendre parmi les épluchures, mais je me suis laissé rattraper par ces questions absurdes que personne ne devrait jamais avoir à se poser : suis-je puceau ? Comment être sûr du contraire sans le souvenir d'un visage, d'un ventre, d'un grain de peau, d'une odeur, d'une voix ? Comment faire la part des choses entre le fantasme et l'acte consommé ?

Dounia a allumé le transistor et un *chaabi*[1] s'est élevé au-dessus des fourneaux. Elle a fait trembler ses hanches et ses épaules. Je l'ai imitée. J'étais peut-être bien marocain. En tout cas, mes hanches connaissaient la musique, je dansais en rythme, je faisais vibrer des centaines de muscles sans bouger le reste du corps. Nous avons grimpé sur la table, rejoints par les sœurs de Dounia que notre euphorie avait arrachées à l'étude. Les hanches s'entrechoquaient dans un joyeux désordre. Je ne pouvais ignorer qu'il me fallait une fille, voire plusieurs. Depuis mon arrivée dans cette maison, je vivais le

[1] Musique d'origine algérienne très populaire au Maroc.

sexe bandé. La beauté de Dounia, son parfum de biscuit et de rose me maintenait au bord de l'explosion. Youssef Alaoui était un homme moderne, un musulman modéré. Ses filles allaient au lycée, Dounia suivait des études d'infirmière mais la modernité d'Alaoui s'arrêtait là et l'amour libre ne semblait pas faire partie des libertés accordées. J'ai pu le vérifier lorsque, de retour de la mosquée, Boualem est entré dans la cuisine et m'a adressé un regard noir, me figeant dans une immobilité coupable. Il n'était pas seulement leur chauffeur, il était aussi leur chaperon. Je ne me voyais pas faire la bête à deux dos avec Dounia quand danser sur la table constituait déjà un délit. En début de soirée, Boualem m'a fait savoir qu'il m'emmenait découvrir Casablanca *by night*. Ce n'était pas une invitation mais un ordre. Il était le seul dans cette maison à s'être montré déplaisant avec moi depuis le début. Il m'avait traité tantôt avec défiance tantôt avec une indifférence si manifeste qu'elle en devenait risible. J'en conclus qu'il avait une idée derrière la tête et glissai un petit couteau de cuisine dans la poche intérieure de mon veston en prévision de notre sortie.

Nous avons longé la côte les vitres grandes ouvertes, laissant derrière nous une odeur de pneu fondu. L'océan s'étalait, lisse et bombé, une encre renversée sur la plage. J'imaginais un monde en face, un monde auquel j'avais peut-être appartenu. Boualem m'a dit qu'à Casablanca, tous les hommes fréquentaient les professionnelles. Il m'a décrit les filles des hôtels, les Africaines, les Kabyles, des filles d'Oran et de Fès, des femmes prêtes à se plier aux caprices les plus tordus. Boualem disait « petit cul rond », « seins obus », « chatte étroite » et son vocabulaire me contrariait. Il ne collait pas avec la fonction. Je le soupçonnais de chercher à endormir ma vigilance. Il n'allait pas tarder à révéler la véritable nature de notre petite excursion. Je prenais de la place. Dounia nourrissait à mon égard des sentiments coupables. Ces seules raisons suffisaient déjà à m'éliminer. Alaoui ne voyait plus l'utilité de conserver un *type dans mon genre* à ses côtés. Je me remémorais notre première rencontre. Je commençais à comprendre ce que ces mots signifiaient. Les *types dans mon genre* terminent dans un terrain vague. On retrouve les *types dans mon genre* sur le sable à marée basse.

Boualem restait silencieux, entièrement réquisitionné par la basse besogne à accomplir, les mains cramponnées à dix heures dix au volant gainé de cuir de la berline de son patron. Je tenais le manche de mon petit couteau fermement dans une paume et gardais l'autre posée sur la poignée de ma portière. Je me préparais à sauter de la voiture en marche, répétais mentalement la chorégraphie de mon salut. Mourir sans savoir qui je suis, ça non, ça, pas question.

– Tu vois ces maisons ? dit-il finalement. Avant, ce quartier s'appelait Bousbir. Ma grand-mère y vivait. Elle était prostituée.

Il a garé la voiture à l'entrée d'une ruelle et a coupé le moteur.

– Certaines rues portent encore les noms des filles. Ma grand-mère s'appelait Fassia. Elle venait d'Oran. Il y avait des femmes de toutes les régions ici.

Nous avons marché parmi les immeubles modernes de Balaya. Je n'ai pas desserré l'étreinte de mes doigts sur mon arme de fortune. Au lieu de me tuer, Boualem ressuscitait Bousbir sous mes yeux.

– Avant l'Indépendance, le monde entier s'est vidé les couilles dans ce quartier. On venait de partout s'offrir des femmes, des hommes, des enfants. Des croisières étaient organisées depuis l'Amérique. Il y avait des murs fortifiés autour des maisons. Ce quartier était un camp d'attractions sexuelles. Et tu sais qui a mis tout ça sur pied ? Le protectorat français, mon frère ! Le plus grand bordel du monde était une initiative du protectorat français !

Il m'avait appelé « mon frère » et j'ai étouffé un cri. De joie, j'imagine. Nous nous sommes arrêtés devant un bloc de maisons blanches.

– C'est ici que je suis né. Ma mère me cachait sous son lit pendant qu'elle recevait ses clients.

Nous sommes remontés dans la voiture et nous avons roulé jusqu'aux hôtels du bord de mer. Nous nous sommes arrêtés devant le Majestic Molitor où Boualem avait ses habitudes auprès de majordomes en livrée au sourire obséquieux.

– *Salam*, Amidh. Et les affaires ?

– *Bihudu'en, bihudu'en.*

– Je te présente mon cousin Dahane. Il arrive de France. Il a besoin de se détendre.

Nous sommes allés saluer le patron de l'hôtel, *salam, bihudu'en, bihudu'en.* Je me sentais chez moi dans cet endroit. La moquette orange créait l'illusion d'un éclairage par le sol, les plafonds se perdaient dans une pénombre savamment entretenue, l'ensemble procurait une impression d'importance. Je me suis mis à saluer chaque employé, y compris ceux que Boualem ne saluait pas, à serrer vigoureusement les mains, à donner du *salam* à tout bout de champ. À la façon dont il traitait les petits sergents de l'établissement, Boualem devait avoir des intérêts dans l'économie souterraine de cet endroit. Nous avons regagné un bar en skaï orange lui aussi, où des filles discutaient, perchées sur des tabourets, l'esprit ailleurs mais les seins au travail, la cambrure des reins adressant au chaland ses oscillations gracieuses. Lorsqu'elles nous ont vus arriver, leurs beaux corps se sont raidis, transformant l'arrivée de Boualem en une semi-bonne nouvelle. De leurs voix lasses et discordantes, les filles lui adressèrent un bonsoir choral. Décidément, nous étions loin des traumatismes d'enfance. Le grincement terrifiant des ressorts, l'impression d'étouffement sous le lit maternel, Boualem semblait les avoir surmontés. Une fille me plaisait. Sa peau était d'un brun bleuté. Elle portait un short en jean qui s'enfonçait profondément dans sa vulve et un débardeur blanc dont dépassaient des seins volumineux aux tétons durs et réguliers. Un petit sac à main bleu était posé sur ses cuisses très musclées. Elle en a extrait un paquet de chewing-gum, m'en a offert un et a enfourné les autres dans sa jolie bouche capitonnée de chair rose vif. Elle mastiquait la gomme en gardant les lèvres entrouvertes afin que je ne perde rien du velouté intérieur de ses joues, de la roseur miraculeuse de sa langue. Boualem a glissé un billet dans son sac et ma petite Vénus callipyge m'a fait signe de la suivre. Mon sexe était si dur que marcher me faisait mal. Je retenais mon souffle de peur de jouir. Elle, ne prêtait aucune attention à moi. Elle devait savoir que j'étais dans tous mes états, que le travail serait facile. Elle était pressée de conclure et de redescendre chasser un autre oiseau.

Elle a jeté son petit sac sur le lit, m'a conduit devant un évier, a dégrafé mon pantalon, ouvert le robinet, pris le savon dans une main et mon sexe dans l'autre. Au contact de ses doigts, un trait a jailli, douloureux, interminable. Elle regardait ailleurs. Son indifférence forçait le respect. J'aimais cette fille qui, sans s'être sali les mains, avait rempli son contrat en mâchant de la gomme. Je voulais l'épouser. Déjà, la vigueur me revenait, le sang affluait jusqu'à mon gland qui recommençait à picoter, je me sentais prêt à fourrager ses fesses exquises, poitrine renversée, tétons grains de café, elle me rendait fou mais elle était déjà devant la porte à m'attendre. Dans l'ascenseur, je lui ai demandé son prénom. Elle a écrasé sa gomme sur l'amoncellement de mégots dans le cendrier.

– Si tu veux me revoir, tu demandes Zaïre.

Pendant une fraction de seconde, tout s'est arrêté et j'ai cru que la mémoire me revenait. Puis l'ascenseur s'est mis en marche et nous avons rejoint les autres.

Le bar était à présent rempli de touristes venus répandre sur les filles leur fric, leurs mains moites et leurs humeurs rances. Le parfum de ma petite femme bleue agissait encore sur moi à la manière d'un pollen bienfaisant. Elle avait disparu en compagnie d'un obèse portant une casquette estampillée d'une feuille d'érable. Un client à la calvitie naissante était assis à côté de moi. Il a commandé un Gin Tonic, les joues empourprées par la baise, les pupilles dilatées par la fierté d'avoir humilié une indigène. J'ai emprunté un Bic au serveur et entamé un dessin sur une serviette en papier. Monsieur Gin Tonic s'est proposé de m'offrir à boire. Il ne m'a pas laissé le temps de lui répondre – c'était non quoi qu'il arrive –, il s'est effondré sur la moquette orange. Il était cuit. Les petits soldats en livrée sont accourus et l'ont traîné jusqu'aux ascenseurs. J'ai dessiné Monsieur Gin Tonic. J'ai dessiné les filles qui attendaient sur les tabourets. J'ai dessiné Walid, le serveur, un très beau garçon aux traits fins. J'ai pris une pile de serviettes et j'ai dessiné Zaïre, ma petite femme bleue, dans son débardeur moulant et son short qui ne faisait qu'un avec sa peau. J'ai écrit CHOU CRANE à côté de Zaïre. J'ai écrit : JE TAIME PETI CUL REBONDY. J'ai écrit : REVIEN VITE INSOLANTE. Les mots coulaient de mon Bic comme un sperme. Je sentais encore les doigts de Zaïre sur mon sexe. J'ai voulu dessiner ça, sa main serrant fermement mon membre, la giclée magnifique formant un arc parfait jusqu'au miroir mais je me suis endormi la tête sur le comptoir. C'est Boualem qui m'a réveillé un peu plus tard. Il a rassemblé mes dessins éparpillés sur le comptoir et les a jetés à la poubelle. Il m'a dit : « Dahane, ne fais jamais ça ! Ne t'avise plus de dessiner les filles ! »

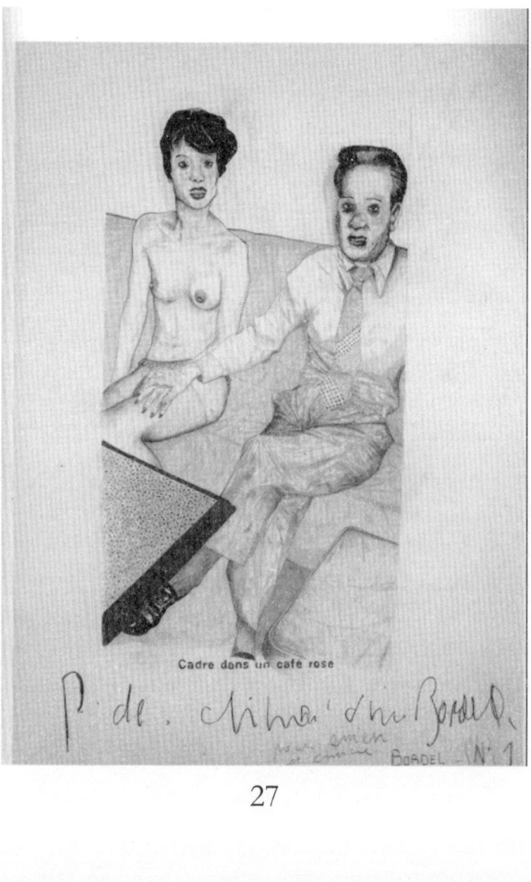

Imporc exporc

Je dessinais avec une grande facilité. Lila, la cuisinière au regard de faucon. Les sœurs Alaoui penchées sur leurs livres scolaires. Youssef Alaoui dans ses costumes à façon, les cheveux brillantinés, le sourcil en broussaille. C'était une information à mettre sur le même plan que mon attirance envers Dounia et ma passion toute neuve à l'endroit de Zaïre : j'aimais dessiner. Dessiner me procurait l'intime conviction de progresser dans l'élucidation du mystère de mes origines. Je recouvrais l'usage de mon œil gauche, mon champ de vision s'étendait maintenant jusqu'à la parallaxe. Je dessinai Karima la Kabyle d'Alger, Yacine sur son Clark, Rachid et Sulaiman en train de mégoter, Alaoui espionnant ses troupes du haut de son mirador, le Roi Hassan II dont le portrait officiel trônait dans le bureau de mon patron mais aussi chez lui à la maison, dans le lobby et les chambres du Majestic Molitor. C'est bien simple : le seul endroit où Hassan II ne régnait pas dans cette ville était la petite gargote de Karima la Kabyle. Je semais mes dessins, les offrais aux manutentionnaires. Alaoui émit de sérieux doutes quant à ma stratégie de rapprochement avec son personnel : « Je ne te paie pas pour faire l'artiste. Je veux savoir où disparaît la marchandise. Tu as trois jours. »

Et tandis qu'il posait ses conditions, j'écrivais : HASSAN DEU ROI DU MAROKE. J'écrivais : ALAOUI BUZINESSEMANE. J'écrivais : ALLAOUI ET CONSORES SOCIÉTÉ SPECIALIZÉE DAN L'IMPORC EXPORC. J'esquissais l'ovale d'un menton, l'arête d'un nez. J'ombrais l'arc d'un sourcil. Depuis une trappe invisible, un souffleur me suggérait de quitter cet endroit. Mais où serais-je allé ? Je commençais juste à chérir cette page blanche, cette chance qui m'était donnée de repartir à zéro.

– Mes filles t'adorent, Dahane. Mes gars aussi t'adorent, ça ne fait aucun doute. Tu pourrais devenir mon homme de main, à condition évidemment de ne pas te foutre de ma gueule.

De grosses perles de sueur dévalaient la pente de son front

et terminaient leur course, piégées dans la jungle des sourcils.

J'ai soumis à Alaoui l'idée de passer mes prochaines nuits à l'entrepôt où un vigile était chargé de surveiller son trésor. Peut-être ce dernier faisait-il partie de la combine. L'idée a fait son chemin et Alaoui s'en est voulu de m'avoir rudoyé. Il a ouvert un tiroir et en a extrait un revolver, un STAR Echeverria datant de la guerre d'Espagne.

– Il est chargé. Si tu as le moindre doute, tu m'appelles. Je ne tiens pas à me retrouver avec deux cadavres sur les bras demain matin.

J'ai saisi la crosse du revolver, apprécié la part du métal et du bois. Si la sensation m'était familière, elle ne convoqua encore une fois aucun souvenir.

Après le départ d'Alaoui et des manutentionnaires, je me suis retrouvé seul dans le mirador, le STAR Echeverria dans la poche. Sur les tableaux couverts de craie, des montants mirobolants étaient barrés et remplacés par d'autres. Il y avait quelque chose de jouissif à me retrouver à la tête d'un empire électroménager. Le téléphone a sonné et j'ai pris l'appel :

– Dahane Chekouh, de la société Chekouh & Alaoui à l'appareil, je vous écoute…

À l'autre bout de la ligne, quelqu'un a raccroché.

J'ai pris une feuille et j'ai écrit : DAHANE CHEKOUH, IMPORC EXPORC. CHIFFR DAFFAIR 500 MILLIARDS DE DIRAMS. MAISON MAIRE : CASABLANCA. SUKURSALES : RABAT, ORAN, FESSE.

Je dessinais quand Naïm, le vigile, est venu me saluer. C'était un homme sportif, tout en épaules et en cage thoracique. Ma présence ne sembla pas contrarier ses plans, au contraire. Il me confia qu'il se sentirait moins seul, que nous boirions le thé ensemble un peu plus tard dans la soirée. Il partit effectuer sa première ronde. Je n'avais encore qu'une vague idée de la façon dont j'allais opérer. Le surveiller n'avait pas de sens. Il ne prendrait aucun risque en ma présence. M'en faire un ami semblait plus approprié. J'attendrais l'heure du thé. Je lui laisserais entendre que j'étais au courant de leur petit trafic. Je lui promettrais ma discrétion et négocierais les modalités de mon silence. En attendant, j'avais de quoi m'occuper. J'avais tout à portée de main, papier, mines, crayons, Bic, colle, journaux, et la compagnie d'Hassan II qui me lorgnait depuis le mur central du bureau.

J'ai fait un premier essai au papier carbone. En frottant avec le plat de l'ongle, j'ai obtenu des ombrés bleus d'une profondeur étonnante. Vers minuit, Naïm m'a rejoint avec une théière bouillante et deux petits verres ciselés aux motifs floraux. Il s'est adressé à moi d'une voix calme :

– Ahmed t'aime bien.

– Ahmed ?

– Il est aux livraisons. Un grand maigre qui ne parle pas beaucoup. C'est mon beau-frère. Tu l'as dessiné. Il dit que tu dessines toute la journée, Michel-Ange.

– Il dit ça ?

– Il dit que tu ne devrais pas rester ici.

Il avait ouvert une brèche et j'aurais été idiot de la refermer. Peut-être allait-il me dire ce que je voulais savoir. Tout se sait, dit la formule. Le dernier à être au courant est souvent l'intéressé, dit-elle aussi.

– Le patron t'utilise. Un jour, il se débarrassera de toi.

Je n'ai pas répondu. Naïm m'était cent fois plus sympathique qu'Alaoui et j'étais de plus en plus convaincu qu'il était un de ces anges tombés du ciel qui allaient me dire qui j'étais. Sa voix, sa présence m'étaient si familières que mon esprit est allé jusqu'à concevoir la possibilité d'un lien filial :

– Alaoui m'a chargé de mettre la main sur les types qui lui volent de la marchandise. Alors si tu sais quelque chose…

– Reste en dehors de ça, je t'assure que ça vaut mieux. Le patron est pire qu'eux. Si j'étais toi, je ne traînerais pas dans le coin.

Nous avons bu le thé et il m'a parlé des navires de la marine marchande. Son frère était parti par l'un de ces bateaux. Il était monté clandestinement sur le paquebot d'un armateur portugais et avait fait valoir ses talents de mécanicien. Naïm a remis les verres sur le plateau. Il est reparti faire ses rondes, me laissant avec trente mille questions. Je me suis concentré sur les mouches grasses qui jouaient un requiem au-dessus de ma tête et venaient pomper les particules de sucre que nous avions laissées en dépôt.

Quand Alaoui est arrivé sur les coups de 8 heures du matin, je dormais le front enfoncé dans le coude. Mes dessins, mes collages, tout avait été rangé. Le chaos dans lequel j'avais laissé le mirador avait disparu. Le STAR Echeverria dormait tranquillement sous ma paume. Je ne me souvenais pas avoir revu Naïm de la nuit.

– Tu as le nom de ce fils de pute ? Le vigile t'a dit quelque chose ?

– J'ai ma petite idée, ai-je répondu en bâillant aux corneilles.

Il avait les nerfs à vif et moi, du sommeil à rattraper. Je lui ai demandé la permission de prendre ma matinée et Boualem m'a reconduit à la maison. Sur mon lit, un mot. *Ton dessin est très beau. Dounia.* Sans vouloir me vanter, j'aurais pu obtenir n'importe quoi de cette fille, y compris qu'elle quitte la ville avec moi si tel avait été mon plan. Je suis allé trouver Lila à la cuisine. La radio éructait. Les crépitements électriques des ondes courtes me rappelaient ma propre fragilité. Après avoir déployé mes très modestes connaissances en arabe, j'ai fini par obtenir de Lila quelque chose à manger. Je suis allé ensuite me reposer dans ma chambre et Dounia m'a réveillé un peu plus tard, quand la maison embaumait la coriandre moulue et la cardamone. Nous nous sommes regardés longtemps. Elle semblait si bien comprendre ma situation que nous en avions les larmes aux yeux. Je l'ai attirée à moi et j'ai fouillé son âme avec ma langue de sorte qu'elle ne puisse plus jamais parler de moi à son père sans rougir. Ensuite, tout s'est passé très vite. J'ai bouclé ma valise. Elle est allée récupérer ses économies dans sa chambre, des gâteaux secs et des dattes dans la remise et m'a indiqué le moyen de sortir par le jardin sans être vu, derrière le linge suspendu.

Je ne pouvais quitter Casablanca sans avoir respiré une dernière fois Zaïre, convaincu de devoir mon salut à sa peau bleue et à la douceur de ses paumes. Je voulais la remercier. Je savais qu'Alaoui enverrait Boualem me chercher en début d'après-midi et dans l'éventualité peu probable où Dounia se sentirait prise en étau entre ses sentiments à mon endroit et sa loyauté envers son père, j'ai demandé au taxi de me déposer place Mohamed V. Je suis ensuite descendu à pied jusqu'au bord de mer et j'ai rejoint le Majestic Molitor par la plage. La journée, une lumière splendide mais écrasante faisait taire les turpitudes de la nuit. Les corps enduits d'huile cuvaient leurs abus autour de la piscine. Les murs de Bousbir n'existaient plus, remplacés par la crème solaire.

Je suis allé trouver Walid au bar. Il se préparait aux assauts des premiers phénix du tourisme sexuel qui, en milieu d'après-midi, émergeaient de leur foutre. Il n'avait pas l'habitude de côtoyer des clients tels que moi, plus enclins à dessiner qu'à commander un Gin Tonic. Il m'a accueilli avec un sourire plein de désir et a posé devant moi une serviette froissée qu'il a lissée avec une attention délicate. C'était un de ces portraits au Bic bleu de Zaïre que Boualem s'était empressé de faire disparaître, me mettant au défi de recommencer. Walid, lui, savait les vertus d'un dessin. Il reconnaissait la beauté, même au fond d'une poubelle. Je lui ai demandé si Zaïre était là. Zaïre, Zaïre, Zaïre, ma petite femme bleue, ma possibilité sérieuse, mon indice de toute beauté, ma flèche irisée dans un jeu de piste sans queue ni tête, Zaïre, ma… Il m'a fait non de la tête.

– Elle arrive à quelle heure ?

– Elle ne viendra pas. Elle est partie avec l'argent de son souteneur. Elle rentre chez elle.

– Et c'est où chez elle ?

Il s'est emparé d'un rond de verre neuf et a écrit une adresse dessus, qui se terminait par *Kinshasa*.

L'élément liquide

J'ai rejoint la vieille Medina à pied, en évitant les regards et en marchant à bonne allure. Je suis entré par la porte Bab El Afia et me suis enfoncé dans des ruelles si étroites et engorgées de monde que même un Casaoui n'y aurait pas retrouvé ses enfants. J'ai croisé des vieillards d'une très grande beauté, la barbe argentée, la peau sombre et crevassée. Le souvenir de Zaïre était toujours vif dans mon sang. Les commerçants rangeaient leur camelote, je pouvais entendre les portes des échoppes être verrouillées les unes après les autres, les hommes se souhaiter la bonne soirée, avec la bénédiction d'Allah. La nuit est tombée et j'ai rejoint le port. Certains cargos se faisaient ravitailler en fioul, chargeaient ou déchargeaient de la marchandise. D'autres semblaient emprisonnés dans une immobilité centenaire. Naïm m'avait conseillé de choisir un navire en ravitaillement de carburant. Le plein était fait juste avant le départ afin de diminuer les risques d'incendie et de marée noire. Une voiture de police patrouillait dans la zone et je me suis caché derrière un gigantesque caisson métallique dont je ne parvenais pas à retrouver le nom. Les conteneurs n'étaient pas encore cette espèce océanique hostile qu'on connaît aujourd'hui et je suppose que je me trouvais confronté à un de ces impressionnants spécimens de façon inédite.

Je suis resté à hauteur d'un cargo au pavillon belge baptisé le *Pierre*, à écouter les vrombissements des pompes de ravitaillement, à guetter les allées et venues des hommes et à survivre aux émanations sulfureuses du mazout qui se mélangeait au parfum des embruns charriés par la côte.

Le quai s'est peu à peu vidé de son agitation. Un homme est descendu du bastingage et est venu griller une cigarette à quelques mètres de moi. Il gardait la tête tournée en direction des machines. Je suis sorti de ma planque, le petit couteau de cuisine dans une poche, le STAR Echeverria dans l'autre. Les pompes acheminant le carburant produisaient un tel vacarme que j'ai été obligé d'élever la voix.

– Eh, mec ! Monsieur ! Matelot !

Il avait une sale petite tête de fouine, une bouche sans lèvres.

– Tu peux m'aider à monter ?

– Combien tu as ?

Je lui ai montré l'argent que m'avait confié Dounia. Il l'a pris et m'a demandé si j'étais mahométan. Il voulait aussi ma valise.

Un homme a appelé depuis le pont du navire, interrompant notre négociation.

– OK, a dit la fouine, on verra ça plus tard. Suis-moi.

Je regrettais déjà l'avoir payé aussi grassement. J'aurais pu embarquer sans sa bénédiction, mais les dimensions du cargo, les sons qu'il produisait et qui semblaient sortis du ventre d'une baleine m'avaient fortement impressionné. J'avais tout simplement manqué de courage. J'ai suivi l'homme à fond de cale. Je n'avais aucune idée de l'endroit où il m'emmenait. Il flottait une odeur de morue et d'orange pourrie. L'homme s'est subitement tourné vers moi. Ses yeux disaient « Tu es ma chose, mon suce-moi-la-bite-chatouille-moi-les testicules ». Il convoitait à nouveau ma valise, alors j'ai sorti mon Echeverria et l'ai contraint à me rendre mon fric.

– Maintenant, tu dégages ou je te troue ton petit cul de matelot !

Tels furent mes premiers mots sur l'élément liquide.

Des voix me parvenaient des étages. Les sons m'arrivaient, déformés, amplifiés, sourds et graves. L'ensemble mettait tous mes sens en alerte et je crachais les liqueurs de mon estomac vide. Je me suis engagé dans un escalier avec l'horrible impression que le sol avait disparu. Gravir une quinzaine de marches me coûta plus d'efforts que traverser Casablanca de part en part. Mes derniers points de repère m'étaient confisqués. Je perdais un sol ferme. Je perdais des murs verticaux. Je troquais une pesanteur familière contre plusieurs forces contradictoires. Je crois que si quelqu'un s'était mis en travers de ma route à ce moment-là, je l'aurais abattu de sang-froid.

Arrivé à l'étage, je me suis retrouvé devant un mur de cabines numérotées. La plupart étaient verrouillées, mais j'ai noté qu'une des portes venait frapper contre son chambranle. La cabine était vétuste et aménagée d'une couchette sans literie. Elle semblait à l'abandon et souffrait les affres d'une plomberie défectueuse. L'évier débordait d'une eau jaunâtre. Une cuvette de toilette exprimait une odeur de vase et lorsque je me suis penché, j'ai vu un long ver nager dans la faïence. Il m'a fait penser au caducée des pharmaciens, au serpent qu'Hygie abreuve dans le temple d'Épidaure. J'y ai lu un signe de bon augure, une promesse de longévité. Si cette cabine avait un jour été affectée, il semblait impossible que quiconque la réclamât dans l'état où elle se trouvait. Je m'y suis donc enfermé.

J'ai renforcé son système de fermeture rudimentaire – un simple verrou – au moyen d'une de mes chemises, une manche nouée à la poignée de porte et l'autre fixée à un crochet dans le mur. Si quelqu'un tentait d'entrer, j'aurais le temps de réfléchir et de négocier.

La cabine disposait d'un hublot unique. La porte et le hublot, soumis directement à la pression de l'air salin, étaient fortement entamés par la rouille. Celle-ci formait de jolis napperons de dentelle rigide et coupante qui se transformaient en poudre orange lorsqu'on passait le doigt dessus. Les murs avaient été peints et repeints. Sans cesse reconquis par la rouille, ils formaient une peau irrégulière qui s'épluchait comme un oignon. La couchette et l'espace de rangement étaient encastrés dans le mur et constituaient les seuls éléments de confort de la cabine. Je me suis allongé et j'ai attendu le départ du bateau, les yeux vissés dans la portion de ciel spartiate qu'offrait le hublot.

Après des débuts chaotiques, je m'habituai au plafond qui danse et au sol qui se dérobe. Le roulis devint une berceuse. L'eau effaça peu à peu la menace de voir surgir une escouade de la police maritime. Je ne pouvais bien sûr pas exclure que la petite tête de fouine fût toujours à ma recherche, mais je me sentais curieusement à l'abri dans cette boîte en fer-blanc d'un mètre sur deux. Elle m'offrait un sentiment d'invulnérabilité.

Aucun bruit ne me parvenait des cabines voisines. La nuit, mon revolver en poche, je m'aventurais hors de la mienne jusqu'à un point d'eau au bout du couloir. Ensuite, si le champ était libre, je montais sur le pont, mais jamais en pleine lumière, et me remplissais les poumons d'air en regardant l'océan qui, lorsque je me noyais dans sa contemplation, devenait le miroir de mes pensées les plus noires. À quoi bon s'obstiner ? Pourquoi ne pas chevaucher la rambarde et remplir d'océan tout ce rien ?

Deux choses me firent plus cruellement défaut que la compagnie humaine, l'eau potable et l'hygiène : le papier et les crayons. À l'aide de mon petit couteau, j'épluchais la peinture, je la grattais jusqu'à obtenir une surface lisse et propre sur laquelle je gravais des cartes géographiques. J'écrivais : ELEMAN LIKIDE. J'écrivais : MAL DE MÈRE. J'écrivais : AVO ORDRE CAPITÈNE. J'écrivais : KINCHASA, CAP ORN, PANAMA. Ma petite lame grinçait et les parois du navire démultipliaient le son à l'infini. Parfois je m'arrêtais de gratter, persuadé d'avoir été entendu. Lorsqu'un occupant du bateau passait devant ma cabine, j'étais pris d'une terrible envie d'aller à sa rencontre mais je me répétais non, non, toi, tu ne peux pas, pas question, pas faire de vagues, ahahah, de vagues, ahahah, toujours le mot pour rire, ahahah, tu dois tenir bon, tu m'entends ? Après, tu seras libre d'aller où tu veux.

D'autres fois, je plaçais ma valise au milieu de la cabine, la regardais sous un angle puis un autre. Un simple changement de perspectives pouvait constituer une passerelle vers le passé et je ne voulais en négliger aucune. Je refermais les doigts sur l'anse, soulevais mon bagage, le soupesais, prêt à m'abreuver de sensations et d'images qui ne venaient pas. J'attendais, ma valise à la main, moins stable que sur un quai de gare à cause de la houle, mais j'attendais. Que le train du souvenir arrive. Que des visages familiers en descendent. Je déposais la valise sur ma couchette, mimais mon arrivée dans une chambre d'hôtel ou un retour chez moi après un long voyage. Avec mon petit couteau, je gravais des L enchâssés dans des V circonscrits par des fleurs cruciformes. LV LV LV LV LV LV LV LV LV LV LV LV LV LV LV LV LV LV LV LV LV LV LV LV LV LV LV LV LV LV LV LV LV LV LV LV LV LV LV LV LV LV LV LV LV LV LV LV LV LV LV LV LV LV LV LV LV LV. Bientôt, graver des L enchâssés dans des V circonscrits par des fleurs cruciformes devint mon unique activité. Le temps se disloqua. Les murs de ma cabine se trouvèrent entièrement monogrammés.

Ils devinrent le bagage qui me transportait. Durant les dernières heures du voyage, voyant que nous approchions des côtes, je me portraiturai en matelot dans la transparence du hublot. Avec l'océan en fond, c'était magnifique. Je signai mon autoportrait *Dahane LVChekouh*. Au bout de deux semaines de navigation, le *Pierre* jeta l'ancre dans le port d'Anvers.

CLAUDIA BISIOMI MANDELBAUM

C'est un après-midi au ciel bas en forme de couette blanche. Encouragé par les petites percussions d'une salsa congolaise, Stéphane entre dans un bar de Matonge[2], son cartable à dessin sous le bras. Le carillon rendu inaudible par la musique, il se signale à l'homme derrière le comptoir. Dans cet étrange entre-deux qui précède l'affluence, une cliente est assise bien droite devant un jus d'orange. Ses pensées suivent les mouvements de la rue.

Stéphane se dirige vers elle, il feint un rendez-vous programmé de longue date. Il s'assied. Les treize autres tables sont libres, il y aurait de quoi s'offusquer, mais elle continue de l'ignorer au point qu'il se prend à douter de sa propre existence.

– Malek, enchanté.

Devant l'impassibilité de la jeune femme, il ajoute :

– Vous êtes sourde ?

– Pas du tout, répond-elle sans se démonter.

Il passe au tutoiement et à la méthode forte :

– Le bar Asia rue d'Aerschot, le néon en panne, c'est bien toi, n'est-ce pas ?

– Pas du tout, répète-t-elle.

La possibilité qu'ils se soient rencontrés flotte encore quelques secondes dans le bar vide, puis se dissipe.

– Tu viens d'où ?

– Du Zaïre ?

– Quel est ton prénom ?

– Claudia.

Avec délicatesse, il réunit les mains de la jeune femme, soyeux pétales de capucine, dans les siennes rendues calleuses

---

[2] Matonge est le plus important quartier commerçant africain de Bruxelles. Il est situé aux abords de la porte de Namur et tire son nom d'un quartier de Kinshasa, situé dans la commune de Kalamu.

par des années de dessin et dépose un baiser dans chaque paume. Amusée par ses manières aristocrates, elle le fixe maintenant de ses iris en caramel mou. Elle est un peu plus âgée que lui. C'est déjà une femme et lui, tout juste un gamin de vingt-trois ans à qui rien ne résiste. Il lui demande si elle veut un autre jus d'orange.

– Non merci.

– Du champagne, alors ? L'argent n'est pas un problème. Mes parents sont milliardaires, ils habitent en Suisse.

Elle se lève, embarrassée cette fois. Triomphant, il la suit.

– Moi aussi, je m'en allais ! Je te raccompagne !

Ces derniers mois, il sort beaucoup, se fait appeler Malek par les gens de la nuit, Stéphane par les autres. Ses parents changent d'origine et de métier au gré des circonstances. Il voyage de fille en fille, fréquente les bars de Matonge et ceux de la rue d'Aerschot, dort dans des odeurs sans cesse changeantes, imprime sa signature dans les draps de ses amantes, aime avec une égale ferveur les draps blancs de ses amantes et les rouleaux blancs dont il dévergonde le papier. Il éjacule par le sexe et par la mine. Dessiner le vide de tout son corps. Rue d'Aerschot, les madones en string assises dans les vitrines éclairées au néon sont des tableaux accrochés aux façades d'un musée florentin.

Depuis son retour d'Italie (elle parle un peu l'italien mais avec l'Italie, ça n'a pas fonctionné), Claudia est hébergée par des amies. Son présent tient dans un gigantesque sac de voyage tricolore en fibre de plastique. Sa chambre est un placard aveugle. Son lit, un radeau en transit entre deux existences. Ce Malek aux airs aristocrates, ce garçon si jeune et si remarquablement beau ne ressemble pas aux hommes qui d'ordinaire l'entreprennent. Il se montre si inventif, si attentionné qu'elle finit par l'inviter chez elle. Arrivée dans sa chambre, elle n'éteint pas la lumière. Elle déteste l'obscurité. Elle se dévêtit et ce qu'il voit le bouleverse. Elle a des seins architectoniques, un vagin plus rose que l'intérieur d'un coquillage. Elle lui fait signe de le rejoindre et le radeau prend feu.

Il rentre chez lui, porté par un enthousiasme inhabituel. Le souvenir de sa peau irrigue sa pensée. Ils se voient tous les jours, font l'amour sur le radeau, puis elle lui prépare son *loso ya bulayi*, un riz aux oignons et à la sauce tomate lié par une farine de manioc. Entre elles, Claudia et ses amies parlent le lingala. Elles attirent dans leur sillage des Blancs en mal d'exotisme. Il n'est sans doute pas moins blanc qu'eux mais ses intentions sont pures. Ses parents ne sont pas milliardaires, encore moins suisses (ça, elle l'avait compris avant d'avoir terminé son verre de jus d'orange), mais quand il est à ses côtés, Claudia se sent aimée et dans ces conditions, peu lui importe qu'il s'appelle Stéphane Malek Mandelbaum Mandelstein Stephanski ou Meylech Mandelbaum, né à Vladivostok, Birodjian, URSS.

Elle se trouve un petit appartement et c'est finalement lui qui emménage chez elle. Le jour, il peint, la nuit il sort, fréquente le haut et le bas de la ville, sa tête et son cul. À l'aube, il rentre, se presse contre Claudia, se réfugie dans son corps. L'argent reste le grand absent de cette existence dévorante. Plus tard, un ami parlera à Stéphane d'un trois-pièces dans une vieille maison de maître à Saint-Gilles. Ils s'y installeront ensemble et s'offriront un vrai matelas.

PARTIE 2

Anvers-Kinshasa

Période rouge

(comme le sang qui coule dans les veines du sapeur)

Anvers

Par quelle ruse de l'esprit ai-je pu marcher indifférent devant ces cargos que je m'étais promis de prendre un jour, voir sans les reconnaître l'ancien salon de coiffure de ma tante Thérèse, les boutiques des diamantaires, ce zoo et cette gare Art nouveau soudés l'un à l'autre par des pierres siamoises, les *hassidim*[3] en bas blancs avec leurs *schtreimels*[4] en fourrure de renard arpentant la Belgielei sur leur bicyclette, plus droits que les dix commandements ? Les toubibs appellent ce curieux phénomène l'amnésie psychogène. Sans rien perdre de sa mémoire sémantique et procédurale, le patient voit ses souvenirs biographiques balayés du jour au lendemain. Il conserve ses connaissances générales mais n'est plus en mesure de les relier à des éléments de vie intime et ça peut durer dix jours ou trente ans. Ce n'est pas causé par une lésion structurale du cerveau. Une partie de vous se met en veille, disparaît provisoirement : trop-plein de douleur, trop-plein d'emmerdes, pyramide de problèmes qui, mis bout à bout, deviennent insurmontables et subitement se retirent et vous laissent devant un vide incommensurable. Il n'existe ni cure ni règle. La mémoire peut resurgir de façon abrupte : le cerveau reconnaît une situation, un cheveu dans la soupe qui vous conduit à un cheveu dans une autre soupière, aux motifs de la nappe et aux gens qui se trouvaient réunis autour de la table puis aux absents et enfin, à votre vie entière, tout ça en moins d'une seconde. Je dis cheveu dans la soupe mais le cheveu peut très bien être une balle de tennis, une tache de gras sur une chemise, une dispute entre amis, une pluie soudaine, un pneu crevé, une douleur entre la deuxième et la troisième lombaire, une fuite de robinet, la nuque d'une femme, une clé dans une serrure, un éternuement, le sourire du facteur, le timbre sur la lettre, l'oiseau sur le timbre, digne

---

[3] Homme pieux vivant selon les préceptes du hassidisme, courant fondé au XIIIe siècle par le rabbin Israël ben Eliezer.

[4] Chapeau porté par les hassidim à l'occasion du shabbat, des fêtes et autres célébrations.

descendant de celui ayant affranchi une autre lettre il y a vingt ans. Il se peut aussi que vous ne retrouviez jamais la mémoire. Je me demande par ailleurs comment, une fois débarqué du *Pierre*, me trouvant aussi près du but, à dix minutes à pied de chez ma tante et à quinze de la gare, j'ai accompli l'exploit de ne jamais croiser un journal ou surprendre une conversation relatant l'affaire du tableau volé. J'ai retrouvé des articles parus durant cette période. L'enquête piétinait comme piétinait ma mémoire. Tous les journaux parlaient de mon assassinat, même la *Dernière Heure* dont le nom à lui seul aurait peut-être suffi à me mettre sur la voie.

LA DERNIÈRE HEURE
22 JANVIER 1987

Le peintre Stéphane Mandelbaum, dont le cadavre fut découvert dans les rochers de Beez, était très probablement mêlé au vol d'un Modigliani commis à Ixelles. C'est ce que pensent les autorités judiciaires de Namur qui travaillent en collaboration étroite avec les policiers de Bruxelles. Jusqu'à présent, ont été arrêtés : Angel Garcia Gonzales, Robert Blondiau, Jacques Herigers, Ram Weinbaum (...) Mais un cinquième personnage reste très activement recherché, celui qui est connu depuis le début de cette affaire sous le surnom de Momo et vient d'être formellement identifié, puisque son signalement vient d'être diffusé à toutes les unités (...) Les policiers pensent qu'il est la pièce manquante du puzzle.

Trente-trois Tours

À ma descente du *Pierre*, j'ai suivi des hommes d'équipage. Si j'ignorais ce que je cherchais, eux, en revanche, n'avaient aucun doute quant à leur destination. Ils avaient hâte de se vider les bourses que trois semaines de navigation avaient remplies. Je leur ai emboîté le pas, les ai suivis dans le quartier des prostituées. J'ai écumé les rues des matelots ivres et des filles à louer. J'étais à l'eau et aux fruits secs depuis trop longtemps. Une merveilleuse odeur de graisse tiède flottait dans l'atmosphère, un parfum d'huile brûlée convoquait mes glandes salivaires, déclenchait un séisme dans mon estomac. La promesse émanait d'un petit snack-bar à l'angle de deux ruelles. Mon cerveau voulait du gras, c'était devenu plus urgent que suivre les hommes. Je suis entré.

Le menu était écrit dans une langue que je ne comprenais pas et cette donnée a accentué l'impression de première fois que n'importe quel touriste ressent quand il découvre un endroit. C'était un langage pittoresque, un entrelacs de mots deux fois plus longs que ceux que je connaissais. Sur les murs, des photographies montraient des boulettes rouges et luisantes semblables à des couilles écorchées de taureau, des sandwiches en forme de paquebots et des frites plus épaisses que mes orteils après la traversée de Casablanca.

Un homme est apparu derrière le comptoir. La peau de son visage suintait l'huile alimentaire. Un homme à l'huile, j'ai pensé. Il s'est adressé à moi dans cette langue aux mots interminables. Je n'avais plus parlé depuis un bon bout de temps, je me demandais si j'en étais encore capable, j'avais oublié jusqu'à la couleur de ma voix et l'espérais agréable. J'ai pointé l'index en direction des couilles écorchées rouge sang de théâtre et l'homme a fait claquer les portes métalliques de ses armoires réfrigérées, a jeté deux couilles dans une cuve d'huile bouillante, les testicules se sont mis à crépiter, libérant de succulentes bouffées de gras dont je me suis nourri les poumons.

Un couple est entré dans le petit restaurant. Elle, perruque blonde et tressée, robe étroite, en équilibre précaire sur des talons aiguille, lui dans un splendide pantalon vert canard retenu par des bretelles en cuir brun clair sur une chemise rouge vif assortie à son chapeau en feutrine qu'il a soulevé légèrement, sans dévoiler son crâne, en signe de salut. Un gentleman, j'ai pensé. La femme se cramponnait à son bras. Elle scrutait le carrelage gras, redoutant une chute. J'étais resté seul trop longtemps, j'avais presque aussi faim de dialogue que de nourriture. Après le confinement de la cabine, toute cette conversation en moi devait sortir, réclamait une oreille mais que dire à ces gens ? Ils se sont installés à une table avec une élégance émue. Il gardait dans la sienne la main de la femme, accompagnait ses mouvements. Sans en avoir l'air, ils dansaient. J'étais ébloui par leurs manières. Nous étions dans un boui-boui crasseux et ils se comportaient avec le respect qu'exige un restaurant étoilé. J'ai pensé : ils transforment le laid en beau, la gargote en pavillon princier, le menu poisseux en parchemin enluminé, je veux leur ressembler. Il se peut même que je l'aie dit à voix haute, mon isolement avait été tel que je n'étais plus en mesure de faire la différence. Je perdais peu à peu conscience de mes contours. Je devenais flou.

Je ne m'étais pas lavé souvent à bord et quand je l'avais fait, ç'avait toujours été à la hâte et sans savon, au point d'eau auquel je m'abreuvais la nuit. Si l'on mettait de côté mon bagage, je possédais toutes les caractéristiques du vagabond, à commencer par l'odeur qui recouvrait sans doute celle des fritures. Pourtant, le patron m'avait laissé entrer et avait pris ma commande sans manifester de répulsion. Il venait à présent déposer une assiette fumante sous mes yeux. Profitant de notre proximité, l'homme d'élégance lui a adressé un signe. Il s'y est repris à trois fois. L'autre agissait de manière incompréhensible, passant et repassant devant eux, retournant derrière son comptoir s'inventer des tâches, découper d'autres patates, passer la serpillière sous son comptoir au point de me faire douter de mes propres visions. Ce couple existait-il où était-il le fruit de mon imagination ? Affamé, je m'apprêtais à engloutir mon assiette et en commander une autre, mais j'avais, je l'ai dit, aussi faim de compagnie que de graisse et le comportement du tenancier me retournait l'estomac. J'ai voulu intercéder en faveur de ces clients arrivés après moi et ignorés, mais l'élégant m'a fait comprendre que c'était inutile. Sans trahir la moindre émotion, il s'est adressé à la femme :

– Viens, bébé, on s'en va.

Puis il a soulevé son chapeau d'un centimètre à peine – toute l'élégance était dans la mesure du geste – et m'a souhaité la bonne soirée. Sa princesse funambule s'apprêtait à sortir quand l'homme s'est retourné et s'est adressé à moi :

– Voulez-vous vous joindre à nous et déguster de la vraie nourriture ? Tu es d'accord, bébé ? On l'emmène ?

– Hum, a répondu la femme.

Lui s'appelait Sambakolé Trente-Trois Tours Ndyahé, dit Samba. Elle, Sophie Mi Bonda Gauche Droite Annabelle.

– Mais tu peux m'appeler Sosso si tu veux.

L'incroyable liberté qu'ils s'autorisaient en matière de patronymes m'enchanta. Ils habitaient à dix minutes en talons aiguille, dans un petit immeuble à la façade décrépie. Une fois chez eux, la femme a ôté sa perruque et troqué la source de tous ses maux contre de très hospitalières sandales en caoutchouc. Son corps s'est modifié. Ses fesses voguaient d'est en ouest. J'ai pensé : quelle femme ! Et immédiatement après j'ai pensé : il faut que tu arrêtes de penser, quelqu'un pourrait t'entendre ! J'ai pensé : sa démarche chaloupée me donne le mal de Terre, il faut que je m'assoie.

Pendant qu'elle préparait du fumbwa[5] et du ngaïngaï[6], il m'invita à me rafraîchir à la salle de bains, puis me fit l'inventaire de son dressing-room, le Vatican du chic masculin, la Basilique des garde-robes. Alignés tels les tubes d'un grand orgue, des costumes orange, vert tilleul, ocre, saumon, lilas, terre de Sienne, des chemises aux motifs fleuris et géométriques flamboyants. Dans les tiroirs annexes, des chapeaux, une collection de cannes, d'écharpes, de bretelles, de cravates, de gants, de binocles, de fausses barbes et de chaussettes bigarrés

[5] Légume préparé avec de la sauce d'arachide, recette d'origine Kongo.

[6] Plat à base d'oseille de Guinée, très populaire chez les Kinois.

aux allures de volière.

Il mit son dévolu sur un costume en laine bordeaux qu'il plaqua sur mon torse et qu'il agrémenta d'un gilet au motif quadrillé tricolore et d'un béret assorti. Il y joignit une chemise carmin. Il aurait pu m'habiller d'une peau d'ours ou d'une queue de sirène que je n'aurais pas protesté : c'était lui le spécialiste.

– Le carmin est le sang qui coule dans les veines du sapeur. Il y a en toi un sapeur qui s'ignore. Cherche-le. Déterre-le. Donne-lui envie d'éclabousser la rue de ta prestance.

– D'accord, j'ai répondu.

– Bon, je te prête ce costume jusqu'à vendredi. Dès que tu peux, va-t'en acheter un, je te donnerai une adresse.

Je ne savais de quelle manière le remercier. J'avais envie de l'embrasser, de l'étreindre. Alors j'ai dit :

– Et les chaussures ?

– Ah, ça, mon cher, avec les sabots de cheval que tu te paies, il va falloir t'adresser à un maréchal-ferrant.

Il a ri aux larmes et je me suis senti un peu moins flou.

Dans le salon, il y avait une platine et deux baffles. Une impressionnante collection de vinyles formait une mare sur la moquette. Des gens entraient et sortaient, prenaient une bière dans le réfrigérateur et dansaient sur la musique de M'Dilia Bel, Olomide et Papa Wemba.

Sosso m'a invité à danser avec elle et Samba n'en a pas pris ombrage. Gauche, droite, gauche, droite, est, ouest, est, ouest, quelle femme ! Un invité est arrivé. En me voyant, il s'est exclamé : « Ô Dieu de la sape, pardonne à ceux qui ne savent pas s'habiller ! » Ils se sont esclaffés. La terre ferme continuait à tanguer sous mes pieds. J'avais toujours aussi faim et mon sexe devenait plus encombrant qu'une troisième jambe.

Je ne saurais dire précisément combien de temps s'était écoulé mais il faisait presque nuit. Durant quelques minutes, j'ai savouré le bonheur simple d'un sol ferme et d'un plafond immobile, d'une fenêtre qui s'ouvre et vous offre une légère brise. J'ai remis en perspective le cours des événements, ma descente du *Pierre*, ma rencontre avec ces gens dans un petit snack à l'accueil rance. J'ignorais quel jour nous étions. Dehors, le soleil déclinait.

– C'est le ciel au crépuscule que j'aime le plus dans cette ville. Il s'enflamme et me reconduit à Kinshasa, a dit Samba en sortant de sa chambre. Il était encore plus élégant dans son pyjama de soie purée de marrons. Il est allé réveiller Papa Wemba qui roupillait sur la platine et nous avons bavardé.

– Au fait, tu ne nous as pas dit ton nom.

– Louis, j'ai répondu. Je m'appelle Louis Vuitton.

Il a ri à s'en tenir les côtes. Il m'avait laissé entrer chez lui alors que je sentais le rat, m'avait nourri, logé, prêté un de ses précieux costumes. Comment avais-je pu imaginer rester anonyme, m'en sortir sans lui offrir au moins une fable rassurante ? Les fourmis utilisent leurs antennes. Les chiens se reniflent le cul. Les hommes se présentent par leur nom.

– Je suis désolé de t'avoir causé tout ce dérangement, ai-je balbutié. Je peux payer si tu veux, la nourriture, l'hébergement, le costume.

Il n'a plus ri cette fois.

– Vous, les Blancs, vous êtes tous pareils. Aussi incapables de donner que de recevoir. Je n'ai rien à faire de ton aumône. Je peux t'accueillir chez moi et te prêter un costume. Ça ne va pas me ruiner.

Il m'a parlé de la Société des Ambianceurs, de la forme des culs kinois et de l'onctuosité du poulet moambe[7] que Sosso allait nous préparer ce soir. Il a enfilé les mots sur le fil d'une journée déclinante et triste. Il y avait un Bic sur la table. J'ai écrit : SAMBAKOLÉ TRENTE TROI TOUR DIT L'AMBIANCEUR. J'ai écrit : KINSHASA KAPITAL DE LA SAPE. J'ai écrit : ERNEST DEMIFRÈRE DE SAMBAKOLE, INSTITUTEUR ET DIRECTEUR D'ÉCOL. J'ai écrit : LÉOPOLD DEU ROI DES BELGES ET SON CHAUFE PIED MAMADI. J'ai écrit : MOBUTU SESE SEKO FIERTÉ AFRICAINE.

---

[7] Sauce à base de chair de noix de coco. Le poulet moambe est un plat traditionnel d'Afrique centrale et équatoriale.

La platine mettait à l'honneur les Frères Soki. La musique couvrait les paroles de mon hôte et je ne savais plus très bien s'il me parlait de son demi-frère Ernest Mgabo l'instituteur, avec qui il s'était brouillé à vie à cause de leurs dissensions en matière vestimentaire, du président Mobutu Sese Soko qui avait rendu sa fierté au peuple ou du Roi Léopold II à qui il réservait un chien de sa chienne.

– Tu fais toujours ça ?

– Quoi ?

– Dessiner tout ce qu'on dit.

– Je ne sais pas. Oui, sans doute.

Ils avaient une course à faire et m'ont laissé seul dans leur appartement. À leur départ, je me suis mis à fouiller les armoires et les poches. Je pensais : pourquoi fais-tu ça ? Je pensais : ces gens te traitent bien. Je pensais : arrête, nom de Dieu, c'est dégueulasse. Tout en violant leurs tiroirs. J'ai trouvé de l'argent auquel je n'ai pas touché, un passeport belge et un répertoire téléphonique que je me suis empressé d'empocher. J'ai écrit : SAMBA, SOSSO, JE SUI ALLÉ M'ACHETÉ UN COSTUME, A TOUTALEURE. Et je suis sorti.

Quand je me suis trouvé à bonne distance de leur domicile, j'ai extrait le passeport de ma poche. *PASSEPORT. PASPOORT. REISEPASS. L'union fait la force. Eendracht maakt macht.* De mémoire d'amnésique psychogène, « L'union fait la force » était aussi la devise de la Bulgarie, de l'Angola, de la Bolivie, de Haïti et d'Andorre. La photographie révélait un Sambakole à l'expression renfrognée et austère. Nom : Duvivier. Prénom : Joseph, Christian, Ézéchiel. Sur les pages filigranées figurait un unique tampon attestant d'un voyage à Kinshasa remontant à plusieurs mois. J'ai consulté ensuite le petit répertoire. Il contenait une cinquantaine d'adresses et de numéros de téléphone, à Anvers, Bruxelles et Kinshasa. Une adresse en particulier retint mon attention : ~~Ernest Mgabo. 8 rue Sonabata. Quartier 6. Kinshasa~~. La rature était si marquée qu'elle avait transpercé le papier. Autour flottaient des petites bulles de texte. *Akosi ngai ! C'est fini !*

J'ai commencé par m'occuper des dirhams que Dounia

m'avait confiés dans un bureau de change à proximité de la gare. Ensuite, je me suis fait tirer le portrait aux dimensions réglementaires chez un photographe et suis parti à la recherche d'une papeterie. Il me fallait des ciseaux, du film plastique, un Stanley, quelque chose de pointu, un compas, des cure-dents pour reconstituer en repoussé la partie manquante du sceau sur la photographie. Arrivé à la gare, cette gare somptueuse au toit de verre qui jouxte le zoo et dont je ne conservais aucun souvenir, j'ai dévalé le grand escalier et suis allé me réfugier dans les toilettes où j'ai pu me confectionner un futur dans les règles de l'art. Quand tout a été prêt, j'ai embrassé ces mains incapables d'écrire un mot sans faute d'orthographe mais si habiles à me garder en vie.

À mon grand regret, je n'ai pu conserver mon passeport marocain qui à la première fouille au corps m'aurait sans doute trahi. Je l'ai confié à des mains sûres, celles d'un vagabond qui réclamait l'aumône, avec mon STAR Echeverria, mon couteau de cuisine et tous mes vœux de bonne chance.

Dieu et Caran D'Ache

Je découvris combien il est facile d'emprunter le nom d'un autre. Monsieur Duvivier ? Oui. Un seul bagage ? Oui. Posez votre valise sur le tapis, s'il vous plaît. L'hôtesse, une jeune femme à la peau claire saupoudrée de grains de beauté orangés étouffait dans sa jupe trop serrante. Je portais toujours le costume que m'avait prêté Sambakole. Le montant de ma dette était inestimable. Je gardais contre ma peau l'esprit du sapeur, la force du lion. J'étais si voyant dans ma chemise carmin, avec mon bob quadrillé sur la tête et mon gilet assorti, qu'être suspecté semblait impossible. Quand on cherche à voyager incognito, on ne se présente pas dans cette tenue. Elle m'a tendu ma carte d'embarquement et a frôlé ma main, ses yeux vissés dans les miens, me rassurant quant à mon apparence. J'ai emprunté le parcours du combattant voyageur avec nonchalance, espérant presque me faire arrêter au motif de tapage vestimentaire.

J'interrogeais à présent la rondeur des nuages. Ils me rappelaient ce rêve où je perdais mes ailes. À chaque turbulence, mon cœur cessait de battre. Quand un aimable steward m'a demandé ce que je souhaitais manger, poulet ou poisson, j'ai répondu : « Un bic, s'il vous plaît. »

J'ai dessiné des avions aux réacteurs en feu sur les dépliants reprenant les instructions de sécurité. J'ai dessiné notre itinéraire de vol ou ce que je pensais être notre itinéraire de vol. J'ai écrit : SÉNÉGALE. GABON. TOGO. ABISINIE. SOUDEN. SOMALI. LIBAN. SIBERI. CONGO BRAZAVILLE. ZAIRE. J'ai écrit : ATTACHEZ VOS SINTURES. ATENTION CRASH IMMINENT. Quand il n'est plus resté assez de dépliants et de magazines dans ma rangée, j'ai sorti de ma poche le petit répertoire téléphonique où se trouvait l'adresse raturée de l'instituteur. Malgré l'animosité dont Samba avait usé en portraiturant son demi-frère, sa description m'avait laissé l'image d'un homme intègre et courageux entièrement dévoué à sa mission pédagogique. Ernest Mgabo était le genre de personne à qui l'on peut s'en remettre en cas de pépin. J'ai refermé le carnet et je me suis endormi.

Nous avons atterri dans l'obscurité. Les points lumineux sur la piste d'atterrissage conféraient à celle-ci l'apparence d'une voie céleste. La nuit, on ne voyait pas la pauvreté, les toits percés, les cases niches de chien, les rues sans rigoles d'évacuation. On devinait à peine les femmes et les enfants marchant en bord de route. On apercevait des visages dans le flamboiement des réchauds des gargotes et dans les lampes à gaz suspendues où venaient se brûler les phalènes.

J'avais en ma possession deux adresses à haut potentiel : celle de ma petite femme bleue et celle de l'instituteur. Je ne voulais pas me présenter chez la première sans une situation que j'espérais me voir offrir par le second. C'est donc l'adresse d'Ernest Mgabo que je confiai au chauffeur de taxi.

Les Mgabo habitaient non loin de l'Armée du Salut de Kinshasa. Les rues étaient mal desservies en électricité. Mon taxi arrivait rue Sona Bata et nous avons mis un certain temps à trouver la maison. La course réglée, je me suis trouvé seul devant un îlot constitué de plusieurs habitations aux murs ocre. Une femme en est sortie. Je lui ai demandé où je pouvais trouver Ernest Mgabo et j'ai aimé sa façon de m'ignorer, de chasser les moustiques, d'écarter un pan de nuit et de s'y frayer un passage. Une autre fille est apparue dans ses pas, plus conciliante et moins belle, qui m'a dit de suivre un long couloir. Un bref instant, son regard incandescent m'a servi de lampe. Au bout du couloir, on arrivait dans une cour où se trouvaient rassemblées une trentaine de personnes. Les plus vieux étaient assis sur des chaises. Des enfants soulevaient par leurs jeux une poussière au scintillement argenté. Les lampes à gaz donnaient aux ombres des formes bizarres. Un enfant m'a vu et s'est précipité sur moi en criant « Mondélé ! Mondélé ! »[8], suivi immédiatement par les autres. Je n'ai eu aucun mal à trouver Ernest dans tout ce monde. Il avait la même démarche que son demi-frère, la même élégance du geste. Cela étant, il était la sobriété-même, chemise blanche entièrement boutonnée et pantalon gris clair. J'ai demandé à lui parler seul à seul et nous sommes entrés à l'intérieur des habitations, dans une pièce au sol carrelé où de très jeunes enfants dormaient sous des moustiquaires vert d'eau en nylon, suspendues au plafond par des crochets. Des spirales d'encens répandaient une odeur âcre. Je gardais à l'esprit que je me présentais au domicile du frère de celui à qui j'avais volé le passeport mais un optimisme naïf m'encouragea à poursuivre dans cette voie. Il y avait une dimension shakespearienne à demander refuge à l'ennemi juré de celui qu'on avait dépouillé. J'étais sûr d'être au bon endroit dans cette petite communauté dont les valeurs se trouvaient aux antipodes de celles de Sambakole. J'ignorais à quelle sauce cette ville allait me manger et dans ces conditions, Ernest Mgabo était mon meilleur guide.

– Monsieur Mgabo, je suis venu vous proposer mes services. Je suis professeur de dessin et j'aimerais enseigner dans votre école.

– Et je peux connaître votre nom ?

---

[8] « Homme blanc ! Homme blanc ! »

Je disposais d'un choix illimité. J'hésitais entre un Julien Crayon, un Paul Gomme et un Jacques Portrait, un aptonyme rassurant plutôt qu'un nom pioché au hasard dans la grande mare des patronymes. Il aurait répondu : ça, alors, si ce n'est pas un nom prédestiné ! Et moi qui vous croyais escroc ou parasite. J'ai finalement répondu : Louis Zola, qui me semblait aussi une bonne option. Quel nom choisiriez-vous si tous étaient possibles ? Ça a l'air simple à première vue, mais essayez, vous verrez, il n'y a pas pire casse-tête.

– Zola, répéta l'instituteur. Comme l'écrivain socialiste. Savez-vous que zola signifie amour en langue kikongo ? Et donc, vous dites que vous avez été dépêché ici par… ?

– Je donne des cours de dessin, Monsieur Mgabo.

– Curieux. Je n'ai reçu aucun courrier en ce sens. Quel organisme vous envoie ?

Je ne m'étais pas préparé à des échanges aussi protocolaires. Mes connaissances en matière d'organismes et d'administrations étaient proches du néant et je sentais Ernest Mgabo de moins en moins bien disposé à mon égard.

– Qui vous a fourni mon adresse ?

Il m'a vigoureusement empoigné par le col. Il était sur le point d'appeler du renfort, alors je l'ai supplié de m'écouter.

– Monsieur Mgabo, j'ai trouvé votre adresse dans le répertoire de votre frère Joseph Duvivier. Il m'a dit l'instituteur formidable que vous êtes. J'aimerais que vous m'offriez une chance de vous montrer ce dont je suis capable. Est-ce trop demander ?

Il a relâché son étreinte, désarçonné par ma question qui le plaçait, lui, l'instituteur éclairé, l'humaniste, dans le rôle de l'homme obtus et autoritaire. J'ai dessiné son visage sur ma carte d'embarquement. Vingt petites pupilles scintillaient à présent dans l'obscurité, délivrées des moustiquaires. Conscient d'être observé avec grand intérêt, soucieux de rappeler aux enfants qui était le maître, il a substitué mon crayon.

– Écoutez-moi attentivement, Monsieur Zola, nos enfants savent lire et écrire. Ils se lavent les mains trois fois par jour et n'ont pas le nez et les oreilles garnis d'os humains comme vos petits Congolais des albums de Tintin. J'espère que vous êtes bien l'homme que vous prétendez être. Et sachez que mon frère est une crapule. Si j'apprends que vous m'avez floué, je vous remets personnellement aux autorités compétentes. Ah oui, j'oubliais, vous ne serez pas payé. Vous habiterez ici et mangerez ce qu'on mange.

Je l'ai accompagné dans le dédale des habitations. Les enfants ne voulaient rien manquer du spectacle de mon installation. Ils nous suivaient en riant.

– Retournez immédiatement vous coucher ou je vous coupe les pieds ! a menacé l'instituteur.

J'ignorais où j'étais tombé mais ça ressemblait au Paradis.

Aux ombres équivoques des lampes à gaz succéda un matin rose oranger. Dans la cour encore vide, une femme accroupie soufflait sur des brindilles et allumait un réchaud fait de pierres empilées. Des enfants sont sortis des habitations, endormis, impeccables dans leur petit uniforme. Une femme au menton carré, habillée d'un tailleur gris est venue me saluer, droite comme la justice.

– Je suis Sybille, l'épouse d'Ernest.

– Enchanté, je s…

– Je sais qui vous êtes. Le professeur de dessin envoyé par l'association.

J'étais soulagé de découvrir qu'Ernest Mgabo avait menti à sa femme. On se sent moins seul à deux. Elle inspectait ma tenue avec une répulsion manifeste.

– Le rouge est à la mode dans votre région ?

– Non… C'est…

– Vous ne donnerez pas cours accoutré dans cette tenue.

Les petits nous observaient, assis sur un long banc en bois. Ils balançaient leurs pieds dans le vide en mangeant des galettes et en tétant des petites bourses d'eau en plastique. Puis ce fut au tour d'Ernest d'apparaître dans cette cour où les entrées, les sorties, et les interventions de chacun évoquaient un théâtre à ciel ouvert. Il m'a d'abord ignoré, s'est concentré sur les enfants, l'inspection des oreilles, des ongles et des cartables. Il les a appelés un par un jusqu'à obtenir une jolie petite armée devant lui. Puis il est venu me trouver et m'a répété ce qu'il m'avait dit la veille, mais dans un style plus concis. « À la première entorse, je vous émascule, Monsieur Louis Zola. »

En pleine lumière, son costume laissait apparaître des lacunes. Une fine cordelette retenait son pantalon. Des épingles venaient compenser l'absence de boutons de manchettes. Il avait malgré tout plus d'allure que la majorité des gens. J'ai pensé : Ernest Mgabo, l'homme tiré à quatre épingles. Puis ils sont partis, me laissant en compagnie des plus jeunes et d'autres membres de la famille, sœurs, nièces, tantes, belles-sœurs, des femmes principalement, rejointes par des voisines qui arrivèrent au compte-gouttes avec des aliments à cuire, du linge à nettoyer ou simplement du temps à perdre. Certaines semblaient sorties prématurément d'un salon de beauté, la moitié du crâne tressé et l'autre encore hirsute, la bouche en cœur soufflant sur un vernis, les orteils en éventails.

J'ai étrenné des sanitaires à ciel ouvert se résumant à un simple trou dans le sol et donnant directement dans une cuve creusée dans un mètre de terre. À côté du trou et sans cloison de séparation, une douche, ou plus exactement un système bassine-corde m'est tombé sur le crâne quand j'ai eu le cran de me laver. Je me retrouvais nu à quelques mètres des femmes et je les entendais rire de mes maladresses. Ma toilette terminée, ayant compris que le rouge était chez les Mgabo la couleur de l'outrage, du vice et des enfers, ne voulant pas jouer ma carrière sur un simple costume – si toutefois carrière il y avait –, j'entrepris de laver les quelques vêtements sauvés du naufrage, une chemise plus très blanche, un pantalon de moins en moins noir, une veste en laine vierge qui sentait la chèvre, le tout constellé de taches et d'auréoles, sueur, sperme, salive, morve, Bic, plomb, rouille. J'imitai donc les femmes qui battaient leur linge avec vigueur. Je m'imaginai en train de boxer quelqu'un à qui je vouais une haine brute. Me voyant faire, elles rirent à réveiller un mort, se tapèrent les cuisses avec une rudesse de camionneur sans rien perdre de leur grâce. Je devais être un bien étrange animal à leurs yeux.

Plus tard, une enfant est venue se lover contre moi, une toute petite, un souriceau qui portait une jolie tache de naissance sur le genou. Je pouvais sentir son corps maigre contre le mien. Ses yeux étaient cerclés de sombre, épuisés par une vie qui débutait à peine. Partant du menton, un long rai de salive pendait dans le vide dans l'attente d'être recueilli par une main affectueuse. J'ai pris l'enfant dans mes bras, bouleversé par l'affection qu'elle me témoignait, ne sachant que faire de cette journée sinon attendre le retour de l'instituteur. À l'aide d'un bâton, j'ai tracé une fleur dans la terre rouge de la cour. La petite m'a imité. Elle se débrouillait très bien et je l'ai félicitée. Elle a posé la main sur la cicatrice qui parcourait ma tempe. Elle semblait comprendre la fragilité de ma position, l'éprouver dans ses propres chairs. Sa peau disait à la mienne : « Je vais t'ôter tes blessures, ta douleur. »

Lorsqu'Ernest est rentré en milieu d'après-midi, nous voyant occupés à dessiner dans la poussière, il est venu nous trouver. Son humeur avait changé. Il paraissait moins soucieux. Il a sorti un mouchoir, l'a fait claquer dans un geste magnifique et a fait disparaître le filet de salive qui pendait au menton de la petite.

– Bon, consentit-il sur un ton professoral, je m'y suis mal pris avec vous ce matin, alors reprenons. Quel est votre nom ?

– Louis Zola.

– Et zola veut dire ?

– Amour, en kikongo.

– Et vous croyez en Dieu, Monsieur Zola ?

– Ça me regarde.

– Entièrement de votre avis.

Nous partagions l'idée selon laquelle le dessin est une matière fondamentale et il m'assura que je prendrais mon poste dès que les fournitures scolaires seraient livrées. Puis, parlant de l'enfant blottie contre moi :

– Kimia est une enfant spéciale.

– Où est sa mère ?

Il n'a pas répondu.

Il arrivait chez les Mgabo des médicaments, des livres et bien d'autres choses. La camionnette du facteur donnait trois coups de klaxon rauque et quelqu'un venait récupérer les colis. J'entamais mon cinquième jour d'oisiveté quand les crayons et les blocs à dessin sont arrivés. Ernest rassembla tout le monde dans la cour. Avec un cérémonial confinant au mystique, il ouvrit un premier colis, s'empara d'une boîte, en souleva le couvercle pendant que Sybille distribuait des claques aux impatients.

– Caran d'Ache, *Swiss made*, a-t-il lu sur la paroi intérieure de couvercle. Ensuite, il a ôté la feuille de polystyrène qui recouvrait les crayons avec des précautions qu'on réserve généralement aux chocolats fins, et un arc-en-ciel est apparu. Les enfants se sont mis à crier et moi, à réciter de mémoire les couleurs dans leur ordre d'apparition, blanc, citron, abricoté, orange, écarlate, carmin, rubis… Et si… ? Se pouvait-il que je sois… ? Suisse, comme ces crayons ?

Mobutu et les crocodiles

De me voir penché par-dessus l'épaule de leur progéniture augmenta considérablement ma popularité auprès des parents. J'appris aux petits à dessiner des animaux à partir d'un livre sur la faune que me confia Sybille. Zèbre, okapi, bonobo, crocodile. Ce dernier proliférait sur les rives du fleuve Congo. C'était un animal très populaire qui inspirait beaucoup les enfants. Quant aux parents, ils adoraient entendre leur marmaille réciter à voix haute les couleurs des crayons Caran d'Ache, c'était une façon de devenir un peu suisses tout en restant zaïrois. Être capable de les ranger selon l'ordre initial constituait une leçon en soi. D'une façon générale – je dis bien générale, car je restais un *mondélé*, un Blanc – ils me faisaient confiance et attribuaient mes talents de dessinateur à la volonté de Dieu, ce dernier pouvant changer de personnalité selon qu'il relevait d'une église ou d'une autre. Plusieurs mères s'intéressèrent à moi. J'étais un bon parti. J'étais *le professeur de dessin*. Kinshasa était l'endroit de toutes les maladies et de toutes les pauvretés. Les douleurs de l'existence s'y transformaient en danse lascive de la survie, de la frime, du fric mal gagné. L'école constituait le premier des remèdes.

L'école que dirigeaient d'une main de fer Ernest et Sybille Mgabo n'était pas un de ces établissements cédés par le pouvoir aux Églises catholique, protestante et kimbanguiste, mais une initiative laïque à caractère social. Ernest m'expliqua qu'à Kinshasa, peu de familles pouvaient se permettre d'envoyer leurs enfants à l'école au-delà de la cinquième primaire. Venait s'ajouter aux difficultés des familles le fait que l'on manquait de tout. Des associations belges, françaises, suisses et américaines, dont les Mgabo m'avaient d'abord cru membre ou dépêché, suppléaient au manque de matériel et d'infrastructures. Les subsides arrivaient au compte-gouttes. L'école était conduite tambour battant par le couple qui non seulement enseignait toutes les matières à l'exception du dessin mais comblait les lacunes de maintenance, épaulé par une cuisinière et un surveillant, n'hésitant pas à plonger le bras jusqu'au coude lorsqu'un évier se bouchait, l'existence d'un évier étant en soi un miracle. Les toilettes étaient un luxe rare et l'école en possédait une que tout le monde se disputait.

L'école comptait deux grandes classes et une salle qui servait à la fois de cantine, de local de gym et de salle des fêtes. Un portrait du président Mobutu, que tout le monde appelait Papa, était accroché dans les classes. Quelques mots en sa faveur avant le début des cours assuraient aux Mgabo la tranquillité. Je trouvais Mobutu bien plus photogénique qu'Hassan II. Sa toque en peau de léopard, ses lunettes en écaille noire, ses chemises bigarrées à motifs géométriques donnaient une leçon d'élégance et personne ne trouva à redire quand je proposai à mes élèves de croquer son portrait, sauf Ernest, qui mit en doute la nécessité d'un tel exercice dans le développement personnel des enfants. Nous eûmes une conversation animée à ce sujet. L'idolâtrie le répugnait. Il prônait la modestie et émettait quelques réserves quant à la politique du recours à l'authenticité mise en place par le

Président. Ses bijoux d'artisanat local étaient confectionnés par les meilleurs artisans d'Europe. On pensait en particulier à la Rolex Daytona conçue à sa demande avec écran fond peau de léopard et bracelet serti d'une soixantaine de diamants, un symbole de rupture d'avec la domination occidentale qui laissait Ernest Mgabo songeur.

– Et les portraits accrochés au mur ? Ils ne vous dérangent pas ?

– Ça n'a rien à voir. Leur présence dans les classes est obligatoire.

– Si je comprends bien, votre Président est un dictateur ?

– Vous n'y êtes pas du tout. Un dirigeant qui impose son portrait dans les classes est un narcissique. Un dictateur, c'est quelqu'un qui jette ses adversaires dans la piscine aux crocodiles.

– Et Mobutu ne possède pas de piscine aux crocodiles ?

– Non.

– De quelle manière se débarrasse-t-il de ses opposants ?

Je m'efforçais de percer à jour l'homme autant que l'homme d'État. Je m'attaquai à une série de dessins en couleur dont le format – des miniatures 12 cm x 17 cm – fut conditionné par la rareté du papier. Je portraiturai Mobutu de quart profil, toque légèrement inclinée sur le sommet du crâne, davantage clown blanc qu'auguste. Je dessinai sa Sérénissime collet monté et pantalon baissé, occupée à chier sur une cuvette de cabinet en or massif incrustée de diamants et marquetée d'ivoire. J'écrivis directement à Mobutu une lettre dans laquelle je lui réclamai un soutien financier pour l'école : CHAIR PAPA, NOUS AVONS GRAN BESOIN D'ARGENT, J'AI FÉE VOTRE PORTRAIT JESPAIRE QU'IL VOUS PLAIRAT. Projet auquel je renonçai finalement, craignant qu'il nous apportât plus d'ennuis que de subventions. Je dessinai le Président aux prises avec les reptiles. J'ébauchai l'arrondi d'une queue, l'angle de deux mâchoires refermées sur un bras orphelin, trois crocodiles se disputant le corps démembré. Je dessinai la tête du Président paupières clauses. Elle avait roulé dans l'herbe. La toque et les lunettes étaient un peu plus loin. La piscine était rouge cardinal, une mer de cruauté. Je suis revenu au bras orphelin et j'y ai ajouté la montre d'artisanat local. J'ai écrit : GRANDEUR ET DECADANSE DU PRESIDENT NARCICIKE. J'ai écrit : MOBUTU DESTITUE.

Les femmes de la cour

Le temps s'écoulait comme du sucre fondu. J'étais heureux, entouré de toutes ces femmes qui allaient et venaient dans la cour. Je les trouvais infiniment désirables. Je flirtais constamment, tentais ma chance avec l'une et quelques minutes plus tard avec l'autre. La nuit, Sala venait me chercher. Elle me prenait par la main, m'entreprenait tantôt dans sa chambre, tantôt dans un escalier ou un placard. Nous faisions l'amour debout. Je n'avais qu'une main à tendre et je pouvais apprécier sa taille incroyablement fine et ses fesses à géométrie planétaire qui, d'une nuit l'autre, empruntaient des trajectoires de bas en haut, de gauche à droite, en cercles, Ah ! Oh ! Sa vulve étroite, un vrai casse-noisettes, Oh ! là ! là ! Nous devisions sur l'étendue du cosmos et la brièveté de nos existences en veillant à ne pas nous faire prendre en flagrant délit d'épousailles. Sala n'avait qu'un défaut : elle était la sœur cadette d'Ernest à qui j'avais promis de me comporter en homme honorable. Un soir, Sala me dit : « Je garde ta valise ou je dis tout à mon frère ! »

Elle la tirait par la hanse pendant que je la retenais par le fond. Nous nous acharnions l'un et l'autre à croire que nos vies ne dépendaient que de ce L, de ce V, de ces fleurs cruciformes. Les lettres bourdonnaient tels de vilains insectes. Je ne voulais plus entendre ces bestioles, j'étais sur le point de lâcher l'affaire mais Sala m'a devancé : « Oh ! et puis tu m'embêtes ! Garde-la ! Mais tu vas peindre le mur de mon magasin. Tu vas faire une très, très belle peinture sur ma façade. » J'ai été enchanté de cet arrangement qui a aussitôt fait taire les bourdonnements dans mon cerveau.

Une autre femme occupait mon esprit. Elle n'avait jamais cessé de l'occuper à vrai dire. Devenu un honnête prof de dessin, je me sentais enfin prêt à lui rendre visite. L'acquisition récente de quelques rudiments de lingala – *Boni ?* Comment allez-vous ? *Bongo yo ?* Et vous ? *Naligui yo.* Je t'aime. *Mokusé*, petite. *Mokuwa*, os – vint encore renforcer ce sentiment.

Du quartier 6 où vivaient les Mgabo, j'ai pris un taxi jusqu'à Barumbu. Certaines rues ressemblaient à un pays en guerre avec leurs carcasses de voiture abandonnées à la végétation, leurs cases aveugles, leurs monticules de déchets. Dans un terrain vague, des hommes s'entraînaient à soulever des haltères confectionnés avec des moyeux et des engrenages de machines agricoles. Parfois, une reine de beauté surgissait du chaos.

Le taxi s'est arrêté devant une boutique aux murs en terre battue sur laquelle était écrit *La bonne adresse – Alimentation.* Je ne connaissais pas cette ville et j'aurais été incapable de trouver mon chemin à pied. Aussi ai-je demandé à mon chauffeur de m'attendre.

Après l'air sec et brûlant de la rue, entrer dans une boutique produisait les mêmes effets qu'une douche sans qu'on eût à se mouiller. Des mouches noires et bruyantes volaient parmi les marchandises les plus fragiles. Un homme se tenait derrière le comptoir, petit mais robuste, le front dissimulé sous la visière d'une casquette à l'effigie d'une compagnie pétrolière. Dans la pénombre, les muscles de ses bras luisaient, remarquablement ciselés. J'ignorais la nature du lien qui unissait cet homme à la femme que je venais rencontrer et il me parut plus judicieux de jouer au client que de lui annoncer de but en blanc la raison de ma visite. J'ai fait celui qui s'intéresse aux racines et aux tubercules, qui a un besoin urgent de spirales antimoustiques. Une femme est apparue derrière le comptoir. Elle portait une robe traditionnelle dans les couleurs citron et indigo, gardait une main posée sur son ventre à la rondeur lunaire et j'ai immédiatement pensé que l'enfant était de moi. Elle a échangé quelques mots avec l'homme, qui est sorti par l'arrière de la boutique et est réapparu devant la porte côté rue, où m'attendait le taxi. Je me suis retrouvé pris en sandwich entre ma petite femme bleue et un mari, un frère, un cousin, un garde du corps, une petite main, il y avait beaucoup de mouches et de possibilités. Zaïre était encore cent fois plus belle que dans mon souvenir.

– Bonjour. Tu te souviens de moi ? C'est Walid qui m'a dit où te trouver. Je vis à Kinshasa maintenant. J'enseigne le dessin aux enfants.

Sa main est allée du ventre au tiroir du comptoir. J'ai pensé : elle a peur, elle croit que son souteneur m'envoie récupérer l'argent. Sa main est réapparue, refermée sur un petit Colt à barillet six coups datant de l'époque coloniale. Elle ne savait pas s'en servir, elle le tenait de façon trop lâche, l'arme piquait du nez et si elle avait tiré, la balle aurait au pire terminé dans le plancher ou les boîtes de lessive. J'ai levé les mains au cas où le revolver serait chargé et j'ai pensé : plus tard, je lui apprendrai à tirer.

– Qu'est-ce que tu veux ?

– Je ne sais pas. Il fallait que je te revoie.

Sans baisser sa garde, elle a exprimé un long *tchip*, une fin de non-recevoir, à peine apitoyée par la distance qu'il m'avait fallu parcourir. L'homme était toujours posté devant la boutique, le compteur du taxi tournait, je cherchais désespérément un moyen de modifier le cours de mon existence, disons que j'aspirais encore à une forme de fraternité, à la possibilité de revenir la voir de temps en temps, en ami, quand je tomberais à court de spirales antimoustiques ou lorsque je viendrais peindre la façade de son épicerie.

– L'enfant est de moi ?

– Fous le camp ! Je ne veux plus jamais te voir ici ! a-t-elle répondu.

Et j'ai compris que je ne deviendrais pas non plus le parrain de l'enfant.

Je ne revis jamais Zaïre, mais j'imaginai souvent le visage de sa descendance sans pouvoir me sortir de la tête que l'enfant était de moi. Je devais être désespérément seul et confus pour m'accrocher à une idée aussi absurde.

À mon retour chez les Mgabo, une centaine de petites palettes de peinture à l'aquarelle et de pinceaux neufs m'attendaient. Le colis provenait des États-Unis, affranchi de trois timbres montrant des oiseaux de la côte atlantique nord, un goéland argenté, un fou brun, une frégate. Une lettre d'accompagnement informait Sybille et Ernest qu'une équipe dépêchée par l'association *Pencils for Africa* se préparait à venir filmer leur école et d'autres établissements parrainés par l'association.

Kimia

Après la classe, je m'occupais de Kimia la toute petite. Elle progressait plus vite que les autres enfants. Elle parvenait en quelques traits, lignes, carrés, demi-cercles, à rendre reconnaissables mon œil tombant et la cicatrice verticale qui me barrait la tempe. Elle allait à l'essentiel, reconstituait en cinq ou six coups de crayon la vérité brute. Ma communication avec elle restait essentiellement picturale. Je lui appris à peindre à l'aquarelle sans laisser déborder les couleurs, à dire non quand elle ne voulait pas qu'on la force à faire quelque chose et à exprimer sa peine lorsqu'elle tombait et s'égratignait le genou.

Un soir, subjugué par le talent avec lequel elle avait reproduit un rat mort et éviscéré dans le poulailler, je suggérai à Ernest de l'intégrer à la classe en dépit de son âge précoce. Il m'opposa un non catégorique. Kimia ne pouvait aller à l'école avec les autres enfants. Pourquoi ? Parce que.

N'ayant pu le convaincre, j'avais hâte de retrouver Kimia après les classes. Son univers se résumait à la cour. Elle regardait inlassablement les femmes battre le linge, cuire des galettes, chasser les insectes de leur main éventail, saisir une volaille, l'emprisonner entre leurs cuisses, lui dévisser le cou puis la poser sur un billot et la décapiter d'un coup franc de machette. L'étêtage créait un curieux sursaut de vie. Le corps écimé continuait à courir selon une trajectoire aléatoire. Tous les enfants avaient vu une fois au moins une poule courir sans tête mais Kimia, elle, l'avait peint. Elle avait regardé le cou tranché, le liquide qui gicle par intermittence avec la vigueur d'un arrosoir de pelouse. Elle avait regardé le sang éclabousser la terre sans se mélanger à elle et former de petits archipels. Elle avait peint la poule décapitée et je fus impressionné par la façon dont elle s'y était prise, noyant la tranquillité de la cour dans un torrent de fureur rouge, rendant au plus près la couleur et la matière du sang, la complexité de la mutilation. J'intitulai sa peinture *La poule morte vive* et la joignis à la cinquantaine de travaux d'élèves qu'avec Ernest nous avions sélectionnés en vue de l'arrivée des Américains.

– On ne peut pas montrer ça, protesta Ernest.

– Mais enfin Ernest, cette peinture est remarquable. Kimia est incroyablement douée. Regarde. On dirait du vrai sang.

Il ne voulut rien entendre. Ses mauvaises relations avec le rouge restent aujourd'hui encore un mystère à mes yeux.

Le tournage

Nous avons préparé l'arrivée des Américains. Les mères ont tressé les cheveux, fait reluire les chaussures. Sybille acheta de la vaisselle neuve et composa un goûter de rois. J'appris aux enfants à épingler leurs dessins sur les murs de la grande salle sans les endommager. C'était leur première exposition, leur premier tournage. Je pus lire dans leurs yeux un sentiment mélangé de joie et de perplexité que je partageai. Je ne souhaitais pas être filmé. Je doutais qu'une association dont le nom, *Pencils for Africa*, vante l'extraordinaire exploit qui consiste à fournir des crayons à l'Afrique fît un usage confidentiel des images que lui rapporteraient ses équipes. Je n'avais pas envie de me retrouver dans un documentaire ou une publicité dont la conclusion serait un appel de fonds adressé à la compassion générale, y compris à celle des policiers sans perspectives de carrière accoudés au comptoir des bars glauques devant trois bières vides, policiers qui, voyant ma tête apparaître à l'écran, foudroyés par la chance, retourneraient dare-dare au commissariat annoncer à leurs collègues : « On tient ce fumier ! Il se planque dans une école à Kinshasa ! »

Des portières ont claqué. Des salutations sont arrivées jusqu'à nous, en anglais, en français, en lingala. Les enfants se sont précipités aux fenêtres. Une demoiselle à l'enthousiasme nerveux a passé une tête dans notre classe, les cheveux d'une couleur qui n'existait pas par ici, le teint riz cuit parsemé de baies rouges. Elle a adressé un bruyant *Mbote !* suivi d'un tonitruant Bonjour ! aux enfants qui n'ont pu réprimer un fou rire tant l'accent de la jeune fille était cocasse. Rosemary. Executive Manager de *Pencils for Africa*.

– *Look at them ! Aren't they amazing ?*

Ces mots s'adressaient-ils aux enfants ? Aux pinceaux ? Elle a ouvert grands les bras et m'a étreint avec exubérance au point de me faire douter : avions-nous Rosemary et moi gardé les cochons ensemble ? Un homme se déplaçait en crabe derrière elle, caméra à l'épaule, le genre qui ne s'arrête jamais de filmer. Il a foncé sur moi, a zoomé sur le dessin posé sur mon pupitre. Il avait les cheveux longs et il émanait de lui une forte odeur d'épinard écrasé. Sans cesser de filmer, il a tenté un virage à gauche et s'est pris les pieds dans un cartable. Il s'en est fallu de très peu pour qu'il ne se retrouve pas les poumons perforés par sa caméra et cette maladresse me l'a rendu éminemment sympathique. Le troisième membre de l'équipe s'appelait Félix Kana. Il était leur interprète. Ses origines kinoises lui valaient de parler un français et un lingala impeccables en plus d'un anglais parfait. Nous avons rassemblé les enfants dans la grande salle et tandis que Sybille s'apprêtait à servir le pot d'accueil, qu'Ernest réglait le micro afin d'offrir toute sa portée au discours de bienvenue, Rosemary nous a expliqué qu'elle était fourbue par plusieurs heures de repérage dans des écoles au Congo Brasa et qu'elle préférait reporter notre tournage au lendemain matin. Rosemary a dit cette chose incroyable *Tomorrow is another day*, que son interprète Félix Kana s'est empressé de traduire par « Demain est un autre jour » sur un ton empreint d'une conscience supérieure, pensant probablement que quelqu'un dans l'assemblée, un enfant de trois ans peut-être, ignorant qu'aujourd'hui n'est pas demain et inversement allait ravaler sa déception devant la puissance d'une telle formule.

Rosemary tenta de se faire pardonner en invitant Ernest et Sybille à venir dîner plus tard à l'hôtel où l'équipe était descendue. Encore une fois, ce n'était pas, mais alors pas du tout ce qui avait été convenu. Le tournage terminé, un festin était prévu au domicile des Mgabo. Il y avait au menu de la chèvre et du singe. La tête de la chèvre, restée dans un seau recouvert d'un linge blanc avant d'être bouillie, avait répandu son odeur âcre de poils et de sang séché dans tout le quartier et ce n'était rien à côté du singe bouilli recroquevillé en position fœtale dans sa casserole, ses rides de cuisson, sa peau qui s'épluchait : tout ça pour que Rosemary nous explique que demain était un autre jour ?

– *I'm so sorry*, Sybille.

Intraduisible excuse. Changement de programme qui non

seulement blessa les Mgabo mais me parachuta dans le rôle d'ambassadeur, d'interlocuteur privilégié et incontournable d'un tournage auquel je ne souhaitais pas participer.

J'arrivai à l'hôtel avec une bonne heure d'avance. Je voulais profiter des toilettes et de la climatisation, des fontaines d'eau réfrigérée et des rondelles de citron. Je passai un quart d'heure très plaisant sur un trône étincelant et sans mouches, béni à l'eau de Javel, mon noble cul libérant l'urgence galopante de mes tripes enflammées. L'expérience atteignit des sommets lorsque le papier triple couche offrit à mon orifice une caresse veloutée. Je serais volontiers resté, mais une table était réservée au nom de Rosemary et je ne voulais pas les faire attendre.

Rosemary et Félix avaient du retard et je pus faire plus ample connaissance avec Tom, le cameraman. Il possédait des rudiments de français et même si ses phrases se terminaient invariablement par *anyway* et un haussement d'épaules, on se comprenait. Il avait travaillé deux ans au Québec. C'était l'une des raisons qui avaient motivé Rosemary à l'engager, l'autre étant que filmer était pour lui une question de vie ou de mort. Même en l'absence d'une caméra, il continuait à filmer, un œil fermé, l'autre plongé dans le cadre circonscrit par ses pouces et ses index. Il cadrait la clé de sa chambre d'hôtel, le motif de la nappe en batik, son paquet de tabac à rouler, les arachides, le menu, les serviettes savamment pliées dans les verres, la salière, la mousse dégoulinant de sa bière, les masques qui décoraient les murs du restaurant, le plafond, le sol, les fesses des serveuses, les couples occupés à dîner devant une vue imprenable sur le fleuve… Je lui ai demandé s'il faisait toujours ça et il m'a répondu que oui, il le faisait toujours. Je lui ai expliqué que mon truc à moi, c'était dessiner pendant que les gens me parlaient, écrire ce qu'ils me racontaient à la marge de mes dessins. Et tandis que je lui disais ça, je le dessinais en train de filmer la carafe d'eau, la corbeille de pain, un œil fermé, l'autre faisant le point, quatre doigts pour le cadre. Puis les autres sont arrivés.

Rosemary s'était changée. Elle avait troqué sa salopette tous-terrains contre une robe ample et turquoise qui laissait entrevoir des seins très blancs aux tétons anormalement proéminents. Un rouge cerise recouvrait ses lèvres. Il débordait légèrement et créait dans les minuscules sillons de peau des avancées en forme de spermatozoïdes. Félix avait troqué son pantalon en toile et ses sandales contre un training et des baskets. Dans cet endroit où les autochtones dînaient en costume, les regards lourds de sous-entendus des serveurs glissaient sur son ego. Une vraie toile cirée. Eux ne comprenaient pas qu'un Kinois se permît de descendre dans un hôtel à la réputation internationale de sa propre ville habillé en mendiant. C'était humiliant. Il en allait de la réputation d'un peuple entier. Les Blancs, ce n'était pas leur affaire, mais les compatriotes ! Son regard à lui renseignait très explicitement qu'il se battait les couilles de l'opinion qu'ils se faisaient de lui. Ils pouvaient bien l'appeler traître ou ce qu'ils voulaient, Félix Kana était désormais américain, que ça leur plaise ou non. Il sortait avec Rosemary. Ils allaient se marier, habiter à Washington, à moins d'un kilomètre de la Maison Blanche et de celle du père de Rosemary, qui était magistrat. Ils inscriraient leurs enfants dans les meilleures écoles et continueraient à envoyer des crayons de couleur et toutes ces conneries à Kinshasa jusqu'à ce que ce pays se réveille, bordel de merde. Bon, est-ce qu'on pouvait passer à table maintenant ?

Nous avons commandé des hamburgers. Après des mois de nourriture épicée, mordre dans une mie briochée insipide confinait à l'extase. Arrosé de Coca-Cola, ça devenait une expérience aussi jubilatoire que passer une heure seul assis sur le trône et utiliser du papier velouté triple couche. Nous avons parlé du tournage. Mark, le preneur de son, avait raté l'avion et Félix, notre interprète, le suppléerait à ce poste délicat qui consistait à suivre Tom dans ses déplacements, une perche de deux mètres au bout du bras.

Je leur parlai du travail accompli par Sybille et Ernest, de la force de leur engagement et des difficultés qu'ils rencontraient. Tom continuait à faire son truc bizarre. Il cadrait la bouteille de ketchup, la main de Félix occupée à dévisser le bouchon, la pâte de tomate qui se déversait à la manière d'une lave incandescente sur la viande grillée et moi, je dessinais Tom. J'écrivais : SILANSE ON TOURNE ! J'écrivais : ACTION ! J'écrivais : DES CRAYONS POUR LES AFRICAINS ! DES HAMBURGERS POUR LES AMÉRICAINS !

Quand il n'y a plus eu ni hamburgers ni matière à discussion, Rosemary et Félix sont montés dans leur chambre. Nous sommes restés Tom et moi avec les serveurs qui dressaient les tables du petit-déjeuner. Tom n'avait pas sommeil. Il voulait filmer la nuit kinoise. Compte tenu de sa boulimie filmique, je préférais me limiter à un dernier verre au bar de l'hôtel. Tom a déploré mon manque d'enthousiasme et m'a invité à fumer un joint dans sa chambre, option qui, à mesure que la nuit avançait, se révéla plus dangereuse que danser le swingi dans le bar le plus malfamé de Kinshasa. Je m'expliquais difficilement pourquoi ce garçon m'était sympathique. Quelque chose me retenait en sa compagnie, qui devait être lié à son odeur, à son allure dégingandée, à sa manie de tout filmer. Il me rappelait quelqu'un ou quelque chose ou une époque ou moi à une époque. Il sentait la bouillie d'épinards. J'étais persuadé qu'une part cruciale de mon passé siégeait dans cette odeur. J'ai tiré une bouffée de son joint, puis une deuxième, ensuite je n'ai plus compté. Nous avons parlé jusqu'à ne plus pouvoir remuer les lèvres. Aux petites heures, j'ai pris un taxi avec l'argent que Tom m'a confié. « *Anyway*. C'est l'assoc qui paie », a-t-il balbutié avant de s'endormir.

De retour chez les Mgabo, j'ai fait un brin de toilette et n'ai pas commis l'erreur d'aller me coucher. Au moment de partir à l'école, Ernest m'a demandé si la soirée s'était bien passée et m'a remercié d'avoir fait acte de présence auprès de ces gens. Sybille était souffrante et il comptait doublement sur moi au tournage. Je comprenais Sybille. Un rhume était tombé sur son amour-propre. Le fémur de la collaboration était fracturé. Une indigestion morale était en route. Curieusement, les dictionnaires médicaux apportent peu de précisions sur la souffrance la plus répandue au monde : le sentiment d'humiliation.

Nous avons attendu l'équipe toute la matinée. En l'absence

de Sybille, Ernest perdait une partie substantielle de son autorité. Excités par le caractère inhabituel de cette journée, les enfants montrèrent une grande nervosité. À onze heures, ils couraient, débraillés, se ruaient sur le jus d'orange et les sablés. Il y avait des miettes partout et le sol ressemblait à un tableau de Jackson Pollock. Plus tard, bien plus tard, quand, face à la caméra, Rosemary demanderait à Ernest ce qui manquait le plus à sa formidable école, il répondrait :

– Le savoir-vivre des équipes de tournage.

La réponse serait coupée au montage, mais elle lui procurerait un indéniable soulagement.

L'équipe arriva sur les coups de quatorze heures. Tout le monde était en nage. Passée la contrariété, Ernest se montra volubile et ne perdit jamais de vue l'objectif final. Rosemary réclama à Tom plusieurs longs travellings sur les dessins réalisés avec le matériel envoyé par l'association ainsi que des gros plans sur les visages les plus susceptibles de stimuler la bonté des généreux donateurs. La perche pesait dix tonnes et Félix renonça rapidement à sa mission de perchiste. On se contenterait du son direct de la caméra. On filma les enfants en groupe, enfin, ceux qui tenaient en place. Ce fut un exercice douloureux et bruyant. À la fin du tournage, Tom demanda la permission de rester encore un peu, le temps de filmer quelques plans ne nécessitant pas d'intervention humaine. La cour vide et son magnifique fromager. Les colonnes de fourmis, leurs empreintes dans la terre rouge. Une pale de ventilateur cassée transformée en totem. Un torchon. Une crevasse dans le mur. Une sandale orpheline. Il m'a filmé de dos afin qu'on ne puisse pas me reconnaître. Il a filmé ma série de miniatures *Mobutu et les crocodiles*. J'ignore combien de temps nous sommes restés, moi à le regarder filmer, lui à effectuer ses étranges chorégraphies. Heureusement, il a fini par avoir une crampe et nous sommes allés nous asseoir dans la cour. L'école était déserte et il s'est roulé un joint. J'en avais encore le goût âcre sur la langue. L'ankylose de mes lèvres et mes mâchoires se dissipait à peine. Il n'était plus question de fumer, plus jamais. Tom tirait sur son joint par petites lampées. Ses sinus émettaient des couinements aigus en pointillé. Sa peau prenait la couleur orange sanguine du couchant et j'ai cru que sa tête allait exploser.

– J'ai une bonne nouvelle, Louis. Rosemary est d'accord. Tu rentres avec nous.

– Je rentre où ?

– Aux States. Avec le passeport de Mark.

Je savais qui était Mark, dont l'absence avait valu à Félix de se ridiculiser, de se détruire les vertèbres, de devenir l'ombre de Tom avant de déclarer forfait et de se brouiller avec Rosemary, mettant en stand-by son rôle d'interprète et ses fiançailles.

– Rosemary dit qu'en te coupant les cheveux, il n'y a même pas besoin de changer la photo. Qu'est-ce qu'il y a, Louis ? Tu as l'habitude de voyager avec des faux papiers, non ?

J'ai pensé : non non non, ce n'est pas possible, je n'ai pas fait ça, je n'ai pas raconté ma vie à un réalisateur défoncé qui filme toutes les bouteilles de ketchup qu'il rencontre.

– Rosemary est un peu coincée côté mecs, mais elle assure.

Je pensais : je ne vais tout de même pas suivre un type qui fume les fourmis parce qu'en grillant elles produisent des sons de pets.

– Tu viens avec nous à New York, *man*. C'est juste dément ce que tu dessines. Tu vas faire un malheur avec tes crocodiles. Je te représenterai. Je serai ton agent. À deux, on va déchirer, *man*.

Je pensais : bon sang, qu'est-ce qui m'a pris de fumer cette saloperie avec un mondélé ?

Quand je suis rentré chez les Mgabo, une rosée de tristesse recouvrait la cour. Sybille refusait toujours de se montrer et sans elle, Ernest ne perdait pas seulement son autorité mais aussi l'appétit, la notion du temps, le goût du bavardage et la force de menacer les petits des pires sévices de la Terre. J'étais moi-même anéanti. Mon cerveau était plus mou qu'un fruit pourri. J'ai cherché Kimia. Il me tardait de l'embrasser, de découvrir ses dessins qui chaque jour étaient une surprise et peut-être éclaireraient le chaos de ces dernières heures d'une lumière moins sinistre. Ne la voyant pas, je me suis renseigné auprès des femmes qui tour à tour m'ont répondu non d'un hochement de tête, juste non, et ce non souleva quantité d'hypothèses auxquelles je n'étais pas préparé. Il était fréquent qu'un enfant décède à cause d'une diarrhée ou d'une forte fièvre et je sentais une boule grossir dans ma poitrine. Je suis allé trouver Ernest. Il n'y avait plus dans ses yeux cette volonté de trouver une solution à tout. Il avait eu une sale nuit suivie d'une sale journée et son silence s'est abattu sur la cour, définitif. Je gardais la tête dans les mains afin qu'on ne me vît pas pleurer.

– Mais enfin, Ernest, c'était encore un bébé. On ne peut pas laisser mourir un bébé.

Il m'a saisi le poignet et m'a dit cette chose qu'il retenait depuis longtemps dans sa gorge :

– Occupe-toi plutôt des enfants bien portants.

L'hospitalier Paradis prenait l'eau, battu par les marées qui inlassablement charrient les vivants et reprennent les morts.

La Semence de Dieu

Les peintres de talent couraient les rues à Kinshasa. En témoignait la multitude de fresques peintes qui transformaient la ville en musée des métiers, en bottin à ciel ouvert montrant les marchandises aguichantes des épiceries et des boutiques de vêtements, vantant les services des dispensaires et des salons de coiffure, des entreprises de plomberie et de pompes funèbres. *Pharmacie Au miracle, L'avenir Dépôt de boissons, Porte de Namur Vente de produits de beauté, Christ à l'œuvre communauté pentecôtiste.* Leur style oscillait entre naturalisme et réalisme. Je réfléchissais à la façon dont j'allais honorer la commande de Sala. Là où l'aquarelle aurait flatté les ombres et les nuances, la peinture à l'acrylique permettait des contours d'une grande précision. Sous les pinceaux kinois, un cercueil ou un poisson mort semblait plus vivant que la vie même. Les couleurs, que le soleil et la pluie s'appliquaient à délaver, viraient rapidement au pastel et il fallait constamment les retoucher.

La boutique de Sala – qui en réalité appartenait à sa tante – s'appelait *La Semence de Dieu.* C'était un magasin de petite dimension mais dont la réputation courrait sur plusieurs pâtés de maisons et parfois même jusqu'aux limites des arrondissements voisins selon que le vent portât dans une direction ou une autre. Chaque jour, Sala boucanait des poulets au grand air sur des grilles au-dessus d'un brasier qui répandait une odeur délicieuse de graisse et de bois brûlé.

J'ai effectué quelques retouches sur les éléments de fresque existants, ravivé les couleurs de la boîte de sardines et de la bouteille de bière blonde qui figuraient sur la partie droite de la façade et que Sala souhaitait conserver. Je les ai circonscrits dans un carré au fond turquoise avec le soin qu'on apporte aux produits de luxe. J'ai montré le résultat à Sala et j'ai vu briller dans ses yeux une concupiscence presque charnelle. Ensuite, je suis allé chercher une échelle et me suis appliqué à rafraîchir le texte. *Alimentation & Divers. La Semence de Dieu.* Du reste, même ravivé, le nom du magasin n'était pas de première clarté. Vendait-on du sperme divin ?

Toute la partie gauche de la façade restait disponible et je commençais à entrevoir ce que j'allais y peindre. Je voulais rendre hommage à ces poules qui chaque jour embaumaient le quartier et faisaient saliver. Je la voyais haute de deux mètres, rousse, dodue, s'élançant du coin inférieur gauche de la façade vers le coin supérieur droit, les ailes déployées dans un mouvement ascensionnel, pareille à un avion prêt à décoller. Arrivé à la naissance du cou, je fus contraint d'admettre que je manquais de place. La tête n'entrerait pas. Mes pots de blanc et d'orange étaient vides. En revanche, deux pots de rouge restaient inentamés, dont je me demandais ce que j'allais pouvoir faire.

J'ai peint le sang qui jaillit, éclabousse, s'éparpille, en rais, en fontaines, en gerbes, en geysers. J'ai débordé sur les sardines et *La Semence de Dieu.* J'ai peint la poule sans tête traversant la façade dans un ultime élan désespéré. J'ai tracé une arche rouge sang au-dessus de la porte d'entrée. J'ai écrit : EN MÉMOIRE DE KIMIA. L'ENFANT PINTRE DE GÉNI MORTE PREMATURÉMENT. J'ai écrit : PLEUR PAS MON SOURISAU. Un attroupement s'était formé, de piétons, de mobylettes et de voitures. Un autocar broutait, rempli d'enfants le nez collé contre la vitre. Certains poussaient des cris. D'autres pleuraient. Une vieille se signait devant ma monstrueuse volaille. Alertée par l'agitation, Sala est sortie du magasin et devant tout ce rouge, a perdu connaissance. Je partais sans laisser de dettes, mais aussi démuni qu'au premier jour.

SZULIM MANDELBAUM

Il est cinq heures à Sosnowiec. Yaakov Yechiel réveille son jeune frère, lui enjoint de s'habiller et d'emporter avec lui le strict nécessaire. Szulim a dix-huit ans. Il part en Amérique. Il quitte les siens la peur au ventre mais c'est un garçon robuste, un cœur vaillant mû par de grands rêves. Parfois un peu trop grands d'ailleurs, mais n'est-ce pas le propre des rêves ?

Dans une Pologne fortement touchée par les pogroms, il a adhéré à quinze ans aux idées révisionnistes de Japotinsky qui recommande le retour des Juifs en Palestine, l'Eretz Israël. À présent, son… pays ? Sa… patrie ? Sa… nation ? Bref, la Pologne l'envoie se battre aux côtés des Russes et ça, il n'en est pas question. Son père a fait la Grande Guerre et a juré qu'aucun de ses fils ne servirait de chair à canon.

Sa mère aurait aimé qu'il choisisse Israël mais Szulim a décidé que ce serait l'Amérique. Il se voit déjà déambuler les mains dans les poches dans le Lower East Side, le quartier juif de Manhattan, vêtu d'un costume gris clair et d'une chemise très blanche rehaussée d'une cravate aux couleurs vives, une coupe de cheveux à la mode et bien propre sur les tempes. Tant qu'il ne parle pas, tant qu'il garde son accent au fond de la gorge, il est un gentleman aspirant à la nationalité américaine.

Arrivé au point de rendez-vous, il dit au revoir à son frère et embarque dans le camion du passeur avec quatre autres hommes. Ils roulent jusqu'à la frontière tchécoslovaque, la traversent de nuit et au petit matin, Szulim rejoint à pied la gare d'Adenburg. Débute alors un long voyage de Prague à Presbourg, de Presbourg à Vienne, durant lequel il mesure déjà la vanité de son projet.

À Vienne, sa route croise celle d'un autre garçon de Sosnowiec. Leurs papiers ne sont pas en règle. Ils se font arrêter et conduire à la frontière hongroise, la police autrichienne préférant déléguer aux Hongrois la tâche ingrate de les renvoyer en Pologne. Profitant d'un moment de distraction des zélés fonctionnaires hongrois, Szulim s'enfonce dans la forêt et retourne à pied jusqu'à la capitale autrichienne, longeant la route et dormant à proximité.

Obstiné mais pas fou, il se rend dans les bureaux viennois de l'Agence Juive où une lettre de son frère l'attend, accompagnée d'un billet de dix dollars. C'est le début d'un périple administratif d'une étonnante complexité, d'une quête au passeport et aux visas qui le retient successivement en Autriche, en Suisse, en France, et sans lesquels Szulim ne pourrait rejoindre le port d'Anvers où l'attend une cousine et d'où partent les paquebots de la Red Star Line.

Au bout de quatre longues semaines, il arrive enfin à Anvers, tente sa chance en passager clandestin sur un navire hollandais – les paquebots de la Red Star Line coûtent une petite fortune, même en troisième classe. Des douaniers l'interceptent. N'ayant d'autre choix que celui d'obtempérer, il quitte le navire et se rend à Charleroi, la ville de prédilection des réfugiés économiques. On y embauche à tour de bras dans les mines de charbon et les usines. Il est logé chez des Galiciens, travaille dix-sept mois à fond de mine pour un salaire mensuel de dix-neuf francs belges, se constitue des économies, obtient une carte de séjour et un permis de travail, prend le train jusqu'à Bruxelles, se présente au consulat des États-Unis d'Amérique, tend à l'employé son passeport polonais émis à Vienne, sa carte de séjour et son permis de travail délivrés par Charleroi et remplit de sa plus belle écriture le formulaire que lui tend l'employé : Szulim Mandelbaum, né à Pilice le... L'employé fronce les sourcils. Sur le passeport, un *e* s'est immiscé entre le *M* et le *n* de Mandelbaum et est venu remplacer le premier *a*. On ne peut s'appeler à la fois Mandelbaum et Mendelbaum, un peu de logique, voyons. Il va falloir refaire le tour des popotes et régulariser tout ça. Allons, pas de simagrées, c'est une affaire de quelques semaines, quelques mois peut-être. Szulim, qui jusqu'alors se considérait chanceux de ne pas s'appeler Przybylowicz, sourit à l'employé. Ça va faire dix-huit mois qu'il sourit et il commence à éprouver des douleurs à hauteur des mâchoires. Il quitte le consulat la mort dans l'âme, se trouve temporairement un travail à Bruxelles, chez un maroquinier. Il rencontre Rachel, une jeune femme qui arrive de Varsovie. Ils se plaisent. Une *chatren*[9] se propose de les marier. Un soir, sentant l'ambiance propice aux confidences, Szulim parle à Rachel de ses projets d'Amérique, lui décrit Manhattan, cette île où l'on parlerait couramment le yiddish, où les épiceries seraient kasher et les écoles, talmudiques. Prenant la mesure de son obstination, elle lui répond :

– On ne va nulle part, Szulim. L'Amérique, ce sera ici.

Alors ? L'amour fou ? Un mariage arrangé ? Une escouade de douaniers sur un paquebot hollandais en partance ? Une administration obtuse ? Une dérisoire faute de frappe prouvant combien l'identité est une fiction fragile ? On ne saura jamais avec exactitude ce qui fit de Szulim Mandelbaum un Belge.

---

[9] « Marieuse » en yiddish.

PARTIE 3

New York
Période bleue
(comme la solitude du sans-nom)

Yes, no, fuck, thank you

Rosemary géra notre voyage avec brio. Militante redoutable déguisée en gentille petite emmerdeuse, elle se montra très fine dans la distribution des rôles, moi dans celui du fiancé placide, elle dans celui de la promise capricieuse au père peu accommodant. Les hôtesses achetèrent immédiatement le tableau. Rosemary parlait à toute vitesse en faisant de grands gestes. Je répondais d'un simple haussement d'épaules accompagné d'un « anyway » à la prononciation irréprochable. Quand une hôtesse me questionnait, Rosemary prenait les devants. Le seul à apprécier modérément la mise en scène était Félix qui se retrouvait assis loin de sa promise, à côté de Tom et de ses cadrages aléatoires de cacahuètes aériennes, de sacs à vomi, de chevilles gonflées et de bas de contention, d'enfants braillards, de formulaires de déclaration aux douanes et de catalogues de marchandises hors taxes. Le voyage se passa néanmoins sans encombre, chacun restant concentré sur l'objectif final : sortir de JFK sans menottes aux poignets.

Il nous restait un ultime contrôle à franchir lorsqu'un chien douanier s'est littéralement jeté sur Tom et son fumet d'épinard écrasé. Tom ne transportait pas de cannabis, il était le cannabis même, ce qui expliquait l'extatique langue du renifleur à l'affût. Nous avons été conduits jusqu'à un local où nous avons été fouillés. Le douanier chargé d'inspecter ma valise n'y a rien trouvé de compromettant et m'a gratifié d'un *Welcome back in America, Mister Johnson* qui a bien failli me confondre.

Tom est encore resté un certain temps dans le local de tous les dangers et quand il a semblé évident que la drogue recherchée avait été entièrement assimilée par son organisme, Rosemary ne s'est pas privée d'exprimer aux douaniers le fond de sa pensée, leur assenant quelques articles choisis du droit américain, précisant qu'on n'arrête pas un citoyen simplement parce qu'il sent l'épinard. Elle a pris note de leurs matricules et a promis à ces messieurs des nouvelles de son père magistrat. Quand elle en a eu terminé avec eux, elle a pris Tom à part et lui a juré sur ce qu'elle chérissait le plus au monde – en l'occurrence une collection de cactus du Mexique héritée de sa grand-mère – que plus jamais elle ne ferait appel à lui. Elle m'a réclamé le passeport de Mark Johnson, que je lui ai remis sans sourciller, et nous avons rejoint Manhattan dans deux taxis distincts, elle aux côtés de Félix, moi aux côtés d'un Tom étonnamment stoïque au regard des circonstances, se foutant éperdument de ne plus travailler avec cette connasse puisque de toute façon nous allions devenir riches et célèbres. J'ai baissé le carreau et laissé entrer cet air brûlant qui, en été, rapproche un peu New York de l'Afrique.

– Ma copine connaît des galeristes. Tu vas voir, on va cartonner, *man*, toi avec tes dessins, moi avec mes projections de fourmis. On va faire un malheur. Tu peux habiter chez moi le temps de te trouver un appart.

Ce n'était pas vraiment chez lui et plus tout à fait sa copine. Nous avons été jetés dehors avant d'avoir pu mettre un pied dans l'appartement. Le tout a duré quelques minutes sur un palier minuscule. Tom m'a pris à témoin. Il m'a fait dire qu'il ne touchait plus aux joints. Elle a claqué la porte avec une violence qui rappelle Waterloo même à ceux qui n'ont pas vécu Waterloo et Tom a dit : « On s'en fout, *man*. On va chez mes parents à Beacon. »

À la fournaise du mois d'août a succédé la toux rauque du métro. Nous sommes descendus dans les entrailles de Penn Station, la gare ferroviaire interurbaine au demi-million de voyageurs. Tom ne pouvait plus faire son truc bizarre, son cadrage à quatre doigts, à cause du matériel qu'il portait comme une infirmité à l'épaule. Je me chargeais de la perche et d'un sac assez lourd dont j'ignorais le contenu. C'était stupéfiant de se retrouver dans ces couloirs souterrains après l'Afrique. Les gens montaient et descendaient dans un labyrinthe en béton creusé cinquante mètres sous terre. Ils arpentaient des escaliers aussi larges qu'un fleuve, partaient par vagues de cent à l'assaut des infrastructures, couloirs kilométriques, tourniquets automatiques, distributeurs de tickets. Ils s'agglutinaient autour des panneaux annonçant les départs qui exerçaient sur eux le pouvoir d'attraction d'une source de lumière sur les phalènes. Nous creusions des sillons dans la foule, je m'efforçais de ne pas perdre Tom, de ne laisser personne s'immiscer entre nous, les voyageurs étaient pressés, rien ne semblait pouvoir les détourner de leur trajectoire, ils étaient à l'image des trains qu'ils prenaient, programmés pour effectuer un parcours précis en un temps défini. À un moment, je n'ai plus vu Tom mais seulement un océan de têtes qui ondoyait. J'ai appelé. Personne ne s'est retourné à l'exception de quelques Tom très minoritaires et d'une ou deux femmes qui devaient avoir un fils, un mari, un frère ou un amant répondant au prénom de Tom. Je pensais, ça fait encore beaucoup trop de Tom, il va falloir trouver un autre système. Je n'avais pas jugé utile de demander son nom de famille à mon ami et je me voyais mal hurler Tom Ceci ou Tom Cela dans cette gare au demi-million de voyageurs. Je pouvais au mieux trouver un guichet d'information et demander à l'employé d'avoir la gentillesse de faire un appel micro. Tom, le réalisateur dont les parents habitent à Beacon, est attendu par Louis Zola alias Mark Johnson au point info à l'étage -2.

Les couloirs conduisaient à d'autres couloirs, les gens formaient une mer souple, organique et légèrement brunâtre. Les taches de couleurs vives restaient mes derniers points de repère. J'essayais de me concentrer sur la blondeur d'une chevelure, les motifs criards d'un chapeau comme sur une destination en soi. Bientôt toutes les têtes se ressemblèrent. Puis il n'y eut plus de têtes mais seulement un océan de petites croix.

J'ai dessiné de mémoire le plan de la gare. Nous avions emprunté deux escalators puis un vaste escalier en pierre beige qui débouchait sur une plateforme à proximité des quais. J'avais perdu la trace de Tom à hauteur d'une première série de panneaux annonceurs face auxquels je me trouvais à présent et qui par un jeu de perspectives semblaient se multiplier à l'infini. Les lettres n'arrêtaient pas de bouger. Les noms des bourgades et des villes étaient constamment rebattus. Quand je croyais en tenir une, elle disparaissait aussitôt… l'enfer ordinaire du dyslexique. Je cherchais Bicon, l'endroit où nous allions. B. I. C. O. N. Je m'en remettais à la phonétique.

– Bicon ? Bicon ? ai-je demandé aux gens agglutinés autour de moi sans provoquer la moindre réaction. Finalement, un homme a levé les yeux, son visage s'est éclairé. Il a désigné une direction assez vague, répétant Bicon après moi, embrassant de la main un champ spatial de 45°, comme si nous venions d'élucider ensemble une énigme linguistique. Je l'ai chaudement remercié et quand ma paume a cherché la hanse de ma valise, quand mes mains se sont à nouveau préoccupées du fardeau qu'elles transportaient, de la perche de Mark, du sac dont j'ignorais le contenu, elles n'ont trouvé que du vide. Le vide s'est dilaté. Mes mains elles-mêmes s'effaçaient. Je m'élevais sans corps au-dessus de la foule. Je volais au-dessus d'une mer de petites croix. J'ai cherché la sortie.

À l'air libre, mes membres se reconstituaient, mon corps retrouvait matière. J'ai marché au hasard, le hasard devenait une habitude, le hasard devenait le prévisible, je m'abandonnais aux millions d'aléas qui se présentent lorsqu'on marche dans une ville. Je pensais, je suis new-yorkais. Nous étions plusieurs millions à penser la même chose et j'ai pu me fondre dans la foule, me dissoudre dans la substance salutaire de l'anonymat. Les rues étaient numérotées, 31ᵉ, 30ᵉ, 29ᵉ… Les chiffres et moi n'avons jamais fait bon ménage et j'ai pensé : je vais inventer un autre système, quelque chose de plus simple. Je vais représenter chaque rue par un dessin sommaire, comme à l'entrepôt.

À mesure que j'avançais, les immeubles rapetissaient et les façades se recouvraient d'inscriptions. **SPOKE**. ENDING. **KID**. **SLADE**. Je trouvais très beaux ces blazes peints sur la brique rouge des maisons. Ils émettaient des sons. Ils produisaient un cri. Leurs perspectives hallucinées faisaient trembler les façades. Certains murs ressemblaient à des pochettes de vinyles. Les peintures murales de New York étaient très différentes de celles de Kinshasa, elles créaient un monde dans le monde, retournaient l'architecture comme une chaussette et en révélaient la doublure. Les bâtiments étaient de plus en plus vétustes à mesure que j'avançais, les fenêtres de certaines maisons, condamnées par des panneaux en contre-plaqué. Un immeuble avait été carbonisé par un incendie. D'autres, partiellement désossés, ressemblaient à des sites archéologiques. Des terrains vagues accueillaient un mélange de caillasse, de matériaux de construction et de meubles abandonnés. J'avais les pieds en bouillie, la tête pleine de ces rues en forme de grilles de mots croisés à la simplicité trompeuse. Je me suis assis sur le perron d'une maison dont la porte était badigeonnée d'un énorme **SAMO**. Un homme s'est arrêté à ma hauteur. Un chien marchait à ses côtés. L'homme s'est tourné vers moi et a dit : *yeah, same old shit* pendant que l'animal pissait sur un carton. Il m'a demandé si j'étais perdu. Voilà comment j'ai appris que « samo » signifiait « toujours la même merde » et qu'il existait quantité d'endroits où dormir dans East Village sans passer par la case *payez votre loyer*.

Au balcon d'un immeuble flottait un immense étendard revendiquant l'occupation des territoires. *NO PROPERTY. HOME SWEET HOME. WE THE PEOPLE DON'T GO.* Les fortes chaleurs poussaient les habitants du quartier à s'installer sur les trottoirs, dans des divans et des fauteuils, en short, en maillot de bain, parfois même en pyjama. Ils picolaient, jouaient de la musique, soufflaient la fumée de leur joint au visage des passants, colonisaient les marches des perrons et les escaliers de secours. J'arrivais à Alphabet City. J'avais perdu ma valise et j'ignorais toujours mon nom.

LE SOIR COURANT 1987

On a tué pour ce Modigliani !

Les policiers de Namur, qui effectuaient une perquisition à Bruxelles, ont retrouvé un portrait de femme peint par Modigliani, La femme au camée, qui avait été volé en octobre dernier chez une octogénaire de la capitale. C'est ce tableau, présenté ici par un policier, qui est à l'origine de l'assassinat du peintre bruxellois Stéphane Mandelbaum (…) La toile, de 116 cm sur 72 cm, est estimée dans une fourchette de cinquante à cent cinquante millions de francs.

Sleeper

Le chien s'appelait K2R à cause des taches brun clair sur son pelage très blanc. C'était un bouvier à la verge impressionnante. Quant à l'homme, il se faisait appeler Smiley mais souriait rarement et s'effaçait derrière son chien, le laissant se charger des relations de bon voisinage. Smiley était dealer et, pour se faire bien voir des vieux, laissait ces derniers gâter K2R avec des friandises et des torrents d'affection. Certains allaient jusqu'à lui gratter le ventre et lui chatouiller les vous-savez-quoi. Smiley squattait avec une fille une de ces maisons vides aux fenêtres condamnées. Les escaliers étaient vermoulus, la lumière entrait à peine et désignait un mobilier fait des caisses en bois et de matelas pouilleux. Sur l'un d'eux, la fille dormait, le visage dissimulé sous une épaisse chevelure noire.

Ils m'ont baptisé Frenchie et n'ont émis aucune condition à ce que je reste. Ils ne m'ont pas non plus interrogé sur mon passé, l'endroit d'où je venais, les conneries que j'avais commises, s'étant coupés du leur de façon souvent brutale et pour des raisons qui ne regardaient qu'eux, ayant en quelque sorte organisé leur amnésie là où je subissais la mienne, s'étant réinventés au gré des situations et avec les moyens du bord. La partie d'Alphabet City dans laquelle nous nous trouvions était circonscrite entre l'avenue A et l'avenue B. C'était la partie huppée de l'alphabet, celle des étudiants en décrochage, des artistes autoproclamés et des junkies. Ils s'étaient tous retrouvés là et ne se mélangeaient pas vraiment aux natifs d'Alphabet City qui occupaient les grands immeubles sociaux des avenues C et D. Ils n'avaient pas tous eu des parents riches mais venaient en majorité de la classe moyenne blanche. Ils se réclamaient d'une émigration choisie : l'émigration vers la came et l'extrême pauvreté. Ils revendiquaient le droit de vivre sans actes de propriété ni fiches de salaire, de s'exprimer et de se foutre en l'air. Certains avaient emménagé après une cure de désintoxication infructueuse ou un séjour en prison. D'autres étaient arrivés avec un casier vierge et s'étaient fait un nom *in situ.* C'était le cas de Sleeper, la belle dormeuse aux cheveux noirs. Seul le besoin impérieux d'aller tagger son blaze sur les murs et les wagons de métro pouvait la sortir de sa tanière. Elle possédait un matériel impressionnant, bombes aérosols, pochoirs, dermographe, encres de tatouage, à quoi venaient encore s'ajouter des feutres et un stock de bidons de peinture à l'acrylique. Quand elle voulait bien ouvrir les yeux et s'approcher un peu de la lumière, apparaissaient deux bijoux remplis de minuscules grains jaunes. Sleeper était jolie et attirait les sales types. C'était une des raisons pour lesquelles elle restait cloîtrée sous la supervision de Smiley et de K2R, une pelle à portée de main. Dès que je l'ai vue, j'ai eu envie moi aussi de lui être indispensable. Je suis allé lui acheter des M&M. Elle préférait les jaunes. Nous sommes devenus amis.

Elle a voulu m'apprendre à peindre à la bombe. J'écoutais les petites billes d'acier chanter sur les parois. Je regardais sa main propulser des ombres, des volumes, de la beauté. Elle brandissait sa bombe comme une arme. Elle tenait le mur en joue. Ç'avait l'air tellement simple quand on la voyait faire. J'ai voulu essayer et ne suis parvenu qu'à produire de grosses taches informes aux contours perlés.

Elle m'a proposé de l'accompagner dans une de ses croisades dans le métro. Il était presque minuit et les rues étaient encore pleines à cause de la chaleur. Nous enjambions des corps, ça ressemblait à la fin du monde. Voyant Sleeper passer, un type a eu la très mauvaise idée de la siffler. Elle s'est transformée en statue de sel et lui a adressé un avertissement, quelque chose d'impressionnant qui pourrait se traduire par : Que je ne te croise plus jamais sur ma route sans quoi je t'écraserai la verge avec ma pelle et te limerai les testicules à l'aide d'une lame trempée dans le piment.

Nous avons marché jusqu'à l'avenue B, sommes passés devant une ancienne synagogue, les restes d'un écriteau en hébreu promettant les meilleurs bagels devant l'Éternel et partiellement occulté par un CHOP SUEY plus récent d'un jaune criard. Nous avons côtoyé des plâtres, des moulures, des fenêtres à guillotines, des fresques, traversé un Lower East

Side plusieurs fois réécrit par les populations. Arrivés sur Canal Street, nous nous sommes engouffrés dans le métro. Sleeper a franchi le tourniquet en athlète aguerrie et je l'ai imitée du mieux que j'ai pu. Nous nous sommes retrouvés sur un quai désert. Un train est arrivé. Les freins grinçaient, les pneumatiques frottaient contre les rails, dégageant une forte odeur de caoutchouc. Elle s'est accroupie, a attendu que les voitures soient complètement à l'arrêt et a sorti une bombe de sa poche.

À une vitesse qui m'a semblé surnaturelle, elle a peint un Sleeper violet fluorescent sur toute la longueur d'un wagon. Des agents arrivaient à l'autre bout du quai, je le lui ai dit, mais elle continuait à peaufiner les ombres, accentuait les perspectives de son blase, m'obligeant à lui voler sa bombe. Nous avons décampé. J'ai pensé : deux lièvres dans le métro sont poursuivis par des chasseurs. J'étais galvanisé par l'audace de Sleeper autant que par sa technique et tout ce qui constituait la peinture par effraction. Nous sommes rentrés au squat et pendant qu'elle s'endormait, j'ai tenté d'écrire SLEEPER MA BELLE AU BOIS DORT MENT. Le résultat fut une grosse flaque informe pleurant des larmes violettes.

Je me suis réveillé face au mur avec l'envie dévorante de me mesurer à lui. J'ai emprunté quelques dollars à Sleeper et suis allé acheter des pastels gras dans une papeterie du quartier. La technique de l'aérographe me semblait trop complexe. Je lui préférais des outils simples qui ne nécessitent pas un apprentissage et des heures de pratiques. J'ai nettoyé le mur, en ai ôté la poussière grumeleuse, fait disparaître les aspérités. J'ai écrit CANAL STREET au pastel rouge. J'ai dessiné des rails, une micheline, des agents de sécurité. J'ai écrit JE VOUS DESCENDS À LA PROCHAINE. J'ai dessiné les immeubles d'Alphabet City, les clochards de Baruch Park, un boxeur défiguré, un Chinois avec des cheveux en nouilles, un gang de Latinos coiffés de bas nylon, une épave de voiture noyée sous les débordements d'une pompe de ravitaillement d'eau, une voiture de pompiers, du linge suspendu aux fenêtres d'immeubles en vis-à-vis, une fresque colossale.

– Tu nous peins le Vatican, Michel-Ange ? a ricané Smiley au retour d'une promenade.

Certains jours, il rentrait tellement défoncé qu'on ne pouvait plus dire qui, du chien ou du maître, promenait qui dans cette histoire.

Mon intolérance aussi bien physique que mentale à l'alcool et aux psychotropes me différenciait des autres squatters. J'étais déjà suffisamment stupéfait sans aspirer à l'être davantage. Eux passaient leur temps à se ravitailler en came, à se mettre la tête à l'envers et à dormir. Leurs conversations tournaient autour des boîtes de nuit et des bars qu'ils ne fréquentaient pas faute d'y être acceptés. Ils vénéraient des célébrités presque aussi abîmées qu'eux, des musiciens, des acteurs, des peintres dont la réputation hantait les moindres recoins de leur tête. Leurs idoles leur ressemblaient. Leurs fêtes manquaient de joie et d'élégance. Elles se terminaient invariablement la tête dans le vomi.

J'écrivais VOMI quand il est arrivé. Il devait avoir à peu près mon âge. Sa peau virait au gris. Ses longues tresses rassemblées au sommet de la tête formaient une gerbe qui rappelait les feuilles d'une broméliacée. À force de côtoyer des junkies, j'avais appris à reconnaître les symptômes du manque et je sus immédiatement ce qu'il venait chercher. D'ordinaire, Smiley fournissait ses clients à l'extérieur, c'était la règle. J'en ai conclu que l'homme à tête d'ananas était quelqu'un de spécial, le genre « client avec carte privilèges ». Il émanait de lui une odeur sure, aigrelette, de vieille dame pauvre mais restée coquette. Son œil droit était injecté de sang. Il grelottait par 104° Fahrenheit, je pouvais entendre ses mâchoires s'entrechoquer. Il était pris de secousses nerveuses qu'il tentait de maîtriser en se tenant les côtes. Ses os couinaient, jouaient la *Danse Macabre* de Camille Saint-Saëns. La mort avait déjà pris ses quartiers dans son anatomie. J'ai pensé : homme broméliacée presque mort. J'ai pensé : je vais peindre ça, des gens presque morts. Quelque chose dans son regard m'a invité à me montrer aimable avec lui, sans doute la haute estime qu'il avait de lui-même. Malgré le manque qui le taraudait, il semblait curieusement intéressé par ma fresque. Il a lu à voix haute JE VOUS DESCENDS À LA PROCHAINE. Il parlait quelques mots de français, son père était haïtien. Ses yeux voyageaient d'un bout à l'autre de la fresque à la recherche de Dieu-sait-quoi. Il s'est avancé et son front a brutalement percuté le Chinois aux cheveux en nouilles. Un peu de sang s'est mélangé au pastel gras. Il semblait vouloir absolument entrer dans le mur et je l'ai pris dans mes bras, le temps qu'il se calme. Il a désigné du doigt mon boxeur défiguré et a dit :

– C'est dingue ! Tu exposes où ?

– Nulle part.

– *What's your name* ?

– Frenchie.

– Quel nom de merde.

Il a pris les pastels rouge, jaune, noir et turquoise et dans l'espace laissé vacant entre mes mendiants et mes immeubles d'Alphabet City, il a écrit SOAP OIL CARBON. Puis il a dessiné une molaire, deux os croisés, un soleil, un chien à trois pattes, un crâne surmontant un corps en forme de bouteille dont on voyait les organes. Il dessinait comme un enfant de cinq ans mais c'était très beau. Il a coiffé le crâne d'une couronne au contour jaune qu'il a rempli de turquoise, l'a circonscrite dans un carré rouge et s'est tourné vers moi en quête d'une approbation. Alors j'ai dit *anyway* en haussant les épaules et nous nous sommes laissé envahir par un rire qui a tout balayé.

Nous avons entendu les coups de griffes de K2R sur le plancher vermoulu. Il m'a rendu mes pastels, a fait sa petite cuisine sordide avec Smiley et a disparu, me laissant seul avec cette phrase. WELL YOU NEED'NT. À présent que je sais qui il est, je m'en veux terriblement. Je savais qu'il allait mourir et je l'ai laissé partir.

Watson and the shark

Fouiller les poubelles était son activité principale. Il dénichait les restes de sandwiches, les reliquats de limonade, les vestiges de barres céréalières abandonnés par les employés qui venaient déjeuner au parc, les riverains, les nourrices, les patineurs, les mélomanes, les joueurs de frisbee, les promeneurs occasionnels, les touristes. Il m'a montré un point d'eau où me débarbouiller. Lui s'est entièrement dénudé, indifférent au passage des premiers joggeurs qui par petites foulées semblaient participer à l'émergence de l'astre solaire. Les muscles de son corps étaient saillants et sa peau, très blanche. Son visage restait crasseux malgré l'abondance de l'eau et les frictions vigoureuses.

J'ai laissé COLSON WHAT CAN I DO FOR YOU TODAY ? à ses ablutions et me suis dirigé vers une sortie du parc. Devant moi, les nuages se déployaient en majestueux rouleaux blancs, le ciel ressemblait à un atelier. Je n'étais que gratitude envers cette ville au ciel haut et au macadam bleuté sur lequel les voitures glissaient en pente douce. J'ai remonté l'avenue et je suis arrivé devant un musée en forme de ville fortifiée soutenu par huit gigantesques colonnes corinthiennes. Il me restait moins de vingt dollars, de quoi m'acheter un hot dog, une boisson très sucrée et un ticket d'entrée. Enfin, je l'espérais, car sans sucres rapides je ne survivrais pas et sans beauté non plus. Après m'être ravitaillé auprès d'un vendeur ambulant, j'ai recompté trois fois mes sous et me suis glissé dans la file. Des touristes arrivaient de partout. Certains m'adressaient des regards de biais, nom de Dieu, regardez-moi cet animal, il va repeindre le trottoir avec la sauce de son sandwich. Je n'aspirai bientôt plus qu'à me dissoudre dans la beauté, à me fondre en elle.

J'ai investi l'aile égyptienne, me suis arrêté devant l'arche du temple de Dendour. Je me suis senti extraordinairement bien parmi les morts splendides et verticaux dans leurs sarcophages en bois peint. La mort n'est pas si terrible, je pensais, la mort peut être belle, plastique, imputrescible, habillée de bandelettes et coiffée de turquoise. Je suis tombé amoureux d'une jeune momie cinq fois millénaire. Un visage avait été peint sur ses bandelettes, aux cheveux garnis de feuilles d'or. J'ai ardemment désiré être cette créature de cinq mille ans à la beauté intacte. J'ai rejoint l'allée centrale et consulté le plan du musée : 7 ailes, 4 étages, 247 pièces, 1.253 employés, 18 départements dédiés à la restauration des œuvres, 984 volontaires, assez de beauté pour y épuiser une vie entière. J'ai suivi un groupe de touristes japonais jusqu'à l'aile américaine. Je me suis intéressé à leurs doigts, anguilles agiles titillant le déclencheur de l'appareil photographique, partie fine, orgie de mains agaçant frénétiquement des clitoris. Cette pensée me fit rougir et j'entamai l'exploration de l'aile américaine, traversai plusieurs salles sans savoir où j'allais, porté par mes intuitions car j'en étais certain à présent, aussi certain que de ne pas m'appeler Louis Zola ou Mark Johnson : j'étais peintre.

Je me suis arrêté devant un drame suspendu rempli d'invraisemblances. Une jeune femme à la chevelure blonde interminable – où est-ce un jeune homme ? Sa poitrine est inexistante, pas l'ombre d'une turgescence – est à un souffle de se faire avaler par un requin-tigre. Les tours crénelées et les dômes à l'arrière-plan ainsi que le deux-mâts au mouillage portant pavillon britannique situent le drame au XVIIIe siècle. C'est un homme, précise le titre du tableau. Le jeune Watson flotte dans les eaux vertes du port de la Havane, presque dévoré mais pas encore, presque mort mais plus vivant, plus présent qu'il ne lui a jamais été donné de l'être. Sa jambe gauche s'interrompt brusquement à hauteur du genou. Plus bas, l'eau est verte et impénétrable si bien qu'il est impossible de savoir ce qu'il est advenu du mollet : s'agit-il d'une simple blessure ? La jambe a-t-elle été sectionnée ? Le peintre s'est-il endormi en travaillant ? Dans une petite embarcation, une dizaine de personnes s'affairent à le sauver. Le cartel à la droite du tableau nous dira s'ils y parviendront. À la proue de l'embarcation, un homme élégamment vêtu, un marchand britannique faisant commerce avec les Antilles, brandit un harpon, prêt à porter un coup décisif au requin-tigre. Bien qu'il soit entièrement investi dans sa mission, son visage est lisse et dénué d'expression. Il semble scruter, dubitatif, les fonds marins davantage qu'il se préoccupe du requin-tigre ou du jeune Watson. Derrière lui, un de ses intendants a lancé à la mer une corde qui s'est enroulée autour du bras du presque noyé, du presque mort, du presque dévoré, bien qu'enroulé soit un mot un peu excessif : la corde repose à peine sur le bras, le temps presse mais il semble que le peintre, lui, ait tout son temps. Une femme et un homme se tiennent accroupis dans l'embarcation. Ils tendent une main au jeune Watson, la partie supérieure de leur corps entièrement engagée, dans un équilibre précaire. Un troisième sauveteur les retient par le pan de chemise. Dans ces conditions, n'importe quel requin-tigre normalement constitué aurait déjà avalé Watson en trois coups de mâchoires mais qu'importe la vraisemblance puisque ce qui semble intéresser le peintre n'est pas le sauvetage proprement dit, pas plus que l'issue qui lui sera donnée, mais l'imminence de la mort, ce moment où le jeune Watson regarde la mort au fond des yeux, ce huis clos entre l'homme et l'animal. L'animal se trouve si près de sa proie, regard jaune et avide, mâchoires gigantesques, mille dents détestablement taillées, que la partie semble jouée. Un verdict encore renforcé par la posture du jeune Watson qui flotte tel un bloc à la surface des vagues, statue antique à la dérive, bras droit tendu vers le prédateur, yeux châtaigne plongés dans les iris jaunes du requin et qui semblent appeler la morsure de leurs vœux. L'insouciant Watson parti se baigner dans les eaux tièdes du port et qui à présent fouille la mort, déjà l'embrasse tandis que les autres s'affairent à le sauver. C'est une chose qui n'existe qu'en peinture : ce moment suspendu de la presque mort. Une sonnerie a retenti, annonçant la fermeture du musée. J'ai pensé – à moins que je l'aie dit à voix haute : non, pas déjà, pas maintenant, laissez-moi regarder encore un peu.

ARIÉ PÈRE ET STÉPHANE

Le visage plongé dans l'obscurité d'un coude, Ariéh fils compte jusqu'à dix. L'énoncé est long et fantaisiste et les chances de se cacher augmentées d'autant. Alexandre, le benjamin, fonce à la cuisine se glisser sous la maxi-jupe de sa mère, de loin la planque la plus sûre de l'appartement. Stéphane se faufile dans l'atelier de son père, lieu de tous les dangers.

L'enfant se love derrière un empilement de toiles montées sur châssis. Une voix morne s'écoule de la petite radio portative, ricoche dans le grand désordre des ustensiles, pinceaux, loques, palettes, livres, courriers, articles de journaux, photographies abandonnées un peu partout comme autant de pièces à conviction d'une enquête picturale qui ne demande pas à être résolue. Stéphane n'est qu'un enfant mais il a déjà une conscience très claire de ce que sont ces photographies : des comètes échouées, des flocons de neige ancienne qui ne fondront plus, des morts qui persistent, et ça le bouleverse. Certaines photographies sont sous ses yeux depuis sa naissance. Il les entend l'appeler, prisonnières sans voix ni couleurs. Il les contemple, confus de ne pouvoir les secourir. Parfois, elles s'incarnent et deviennent plus vivantes que les vivants qui l'entourent.

Dans les méandres des ondes courtes, Arié père a reconnu les pas maladroits de son enfant. Il aime l'idée que Stéphane le regarde quand il peint et feint de ne pas noter sa présence. Il s'inquiète de la santé fragile de son fils. Malgré les médicaments, cette saleté de tuberculose persiste. Stéphane est maigre. Il dort beaucoup.

Arié père s'avance vers la toile, renforce l'arc d'un sourcil, l'arête d'un nez. Il n'y a pas encore de bouche. Stéphane veut être là quand la bouche apparaîtra. Il est ce regard borgne, ce nez en devenir, ce visage sans contours. Il est cette créature qui prend vie sous la main de son père, cet infirme qui n'a rien demandé et qui pourtant est là, enfermé dans un monde qui s'arrête brutalement où s'arrête la toile. Il est toutes les photographies qui l'appellent depuis les murs et les armoires. Il est son arrière-grand-père Leibich Yehuda dans le studio d'un photographe à Sosnowiec. Il est Chaïm Soutine posant à côté d'une gigantesque pièce de viande dans son atelier parisien. Il est Fernand Léger en brancardier de la sale Guerre, Pablo Picasso dans sa première époque cubiste à Madrid, raie de côté très marquée, cheveu gominé à la mode Adolf Hitler. Il est tout cela et il n'a que quatre ans. Ses frères sont depuis longtemps passés à un autre jeu. Ils ne le cherchent plus. Il est seul avec des fantômes, et son père, et cette bouche qui tarde à advenir.

Arié père allume une cigarette. Une volute de fumée voyage jusqu'à l'enfant. L'enfant tousse.

– Stéphane ?

Maintenant, Stéphane le sait : c'est avec son père qu'il voulait jouer à cache-cache.

– Tout va bien, Stéphane ? Qu'est-ce que tu regardes ?

Il y aurait trop à expliquer.

Les tableaux

J'ai dormi, embusqué sous l'une des huit colonnes du Metropolitan. Au réveil, j'avais toujours aussi faim de peinture. Resquiller au Met était aussi présomptueux que se présenter nu et sans armes aux portes de Troie. Je n'eus donc d'autre choix que celui de mendier. Je me fis passer pour un étudiant français auquel on avait volé papiers et bagages – je n'étais pas très loin de la vérité – et ma détermination à ne pas me laisser abattre par les aléas du voyage en émut plus d'un. On me vit un esprit élevé. Je récoltai douze dollars et entrepris cette fois de visiter l'aile européenne du musée, les écoles flamande et hollandaise. Je m'arrêtai devant un magnifique diptyque, une huile sur bois représentant un comte ratatiné et sa jeune épouse. Je m'intéressai au comte, regard de biais, pupilles inquisitrices questionnant un élément hors cadre, cernes dilatés, lèvres dévorées par une vie trop longue, joues ballantes et flasques, teint de papier rehaussé par un fard terre de Sienne, son buste arborant une médaille de l'ordre de Toison d'or sur ses habits les plus luxueux, toute chose qu'il ne pourrait emporter avec lui. La vanité du presque mort. J'eus le sentiment que ce portrait parlait de moi.

J'allai ensuite contempler Abel presque mort sous le gourdin de Caïn et le pinceau de Pier Francesco Mola. J'étudiai le visage de Socrate discourant sur l'immortalité de l'âme devant un bol de ciguë. Je déjeunai au banquet des affamés d'Ensor et embrassai l'imminence d'une décapitation aux côtés de sainte Barbara en robe d'apparat rouge sang attendant l'inéluctable tranchant du sabre de son père. Dans la nuit qui suivit, je dormis d'un sommeil sans heurts, tapi entre la haie parfaitement taillée et le mur d'enceinte aux dimensions monstrueuses du musée. J'aurais pu tenir un certain temps au rythme des jours et des tableaux si ma quête de vérité n'avait été interrompue au motif que nous étions lundi, jour de fermeture. Je dis « nous » mais j'étais le seul idiot à attendre ce matin-là sur les marches de la forteresse. Et l'impossibilité soudaine d'accéder aux peintures me plongea dans un désarroi auquel je n'étais pas préparé.

J'ai marché jusqu'à la Quatrième Avenue, suis passé devant une librairie. Des magazines avaient été déposés en pile devant la porte et j'en ai chapardé deux proposant des femmes nues en couverture, une nourriture pour les yeux, un réconfort pour l'âme. Je suis retourné m'installer sur les marches du MET et me suis lancé dans une étude comparée des deux magazines. Le premier proposait des modèles à la peau lisse, aux seins minutieusement calibrés et à la vulve imberbe posant dans des voitures de luxe, des yachts et des piscines. Bien que les modèles fussent adultes, leurs corps étaient juvéniles quand leurs yeux semblaient dire « Tu n'as pas les moyens, pauvre type ! » Avec elles, le spectateur – moi en l'occurrence – restait un branleur. Dans l'autre magazine, la technique me sembla plus intéressante. Les plis hospitaliers de la peau, les ridules, les poils nullement escamotés étaient rendus avec une remarquable précision. Les vagins, entièrement offerts à l'objectif étaient surmontés d'anus roses ravissants dans une peau légèrement champagne. On était dans Courbet.

Les concierges

Porter une attention méticuleuse aux détails n'est pas l'apanage des portraitistes : les concierges d'immeubles en font un métier. Ils ont dans le cerveau une amygdale supplémentaire, celle de la reconnaissance faciale. Ils voient des gens passer à longueur de journée, leur attribuent des heures de passage, un numéro d'étage et d'appartement. Ils développent une mémoire de l'arcade sourcilière, de l'espace entre les deux yeux, de la longueur de l'appendice nasal. C'est à cette hyperspécialisation des concierges que je dois de ne pas m'être retrouvé dans un asile psychiatrique de l'État de New York.

Je ne me souviens plus des mots qu'il m'a adressés quand je suis passé devant l'immeuble, mais il a mentionné Lisa et Tom. Par un de ces détours mystérieux du cerveau qui vous prive d'informations essentielles mais ne vous épargne pas les détails mineurs, j'ai pu reconstituer les circonstances dans lesquelles nous nous étions rencontrés, l'arrivée en taxi de l'aéroport, le branle-bas de combat quand il a fallu extraire la perche du coffre de la voiture et l'introduire dans l'ascenseur, les voisins furieux, cette odeur d'épinard écrasé qui, après avoir retenu l'attention des douaniers, des chiens, de notre chauffeur de taxi et du concierge, avait mis la petite amie de Tom dans une rage folle, nous clouant sur le palier. J'avais encore en mémoire le grain de peau velouté de Lisa, son haleine rot de bébé qui avait supplanté celle de Tom dans la dispute. En me rappelant à son bon souvenir, le concierge avait sans le savoir lancé une bouée sur les flots agités de ma confusion, et je m'y agrippai.

– *Long time no see. Is Lisa home* ?

– *Yes, Sir.*

Je déplorais mon état de fragilité que je percevais plus avancé qu'il ne l'était en réalité, sous-estimant les bénéfices de la contemplation et les bienfaits du système de climatisation du Metropolitan, la qualité de son self-service et la propreté de ses sanitaires. J'aurais préféré entrer dans l'immeuble dans un costume neuf, en laissant derrière moi un parfum aux notes de fond boisées, mais rien ne dit qu'alors Lisa m'aurait accueilli avec le même intérêt. Je partais du principe qu'une fille capable de s'acoquiner avec un barjo tel que Tom était taillée pour sauver des vies. Je possédais toutes les caractéristiques mentales et physiques du type qu'on a envie de sauver, et j'aurais été stupide de ne pas en tirer parti.

Elle a ouvert la porte, et j'ai immédiatement compris pourquoi elle m'avait laissé monter. Ma valise était là, à quelques centimètres de ses ravissants orteils roses. Je l'avais laissée sur son palier au bénéfice d'une perche et d'un sac que Tom m'avait jetés en pâture, comme si une part de moi avait pressenti le chaos qui allait suivre et voulu mettre mon bagage en lieu sûr.

Lisa m'expliqua qu'elle avait cherché à me la rendre en vain, elle ayant rompu avec Tom, Tom ayant perdu ma trace. Je n'ai pu résister au besoin impérieux de l'ouvrir, de vérifier que tout s'y trouvait et de palper ces petites merveilles racontant mon

Zaïre, ces vestiges sauvés du néant, ces objets à l'apparence désuète, un peigne, une brosse à dents, un parfum que Sala m'avait offert avant que je ne repeigne la façade de son magasin, une boîte de Caran d'Ache incomplète – manquaient le rouge vermillon, le vert paon et le brun châtaigne –, une chemise blanche devenue grise, des cailloux ramassés dans la cour, quelques dessins de Kimia, neufs miniatures au format 12X17 intitulées *Mobutu et les crocodiles*, le tout constituant la preuve irréfutable d'une existence ou au moins d'un morceau d'existence à Kinshasa. Quoi qu'ils pussent dire de moi, je prêtais à ces éléments de vie personnelle une valeur d'autant plus estimable que je n'en possédais pas d'autres. Mais le plus troublant était ailleurs. Je caressais le flacon de parfum que Sala m'avait offert avec l'impression d'effleurer non pas le souvenir de Sala mais celui d'une autre femme qui restait sans visage.

Lisa m'a demandé pourquoi j'avais mis aussi longtemps à venir récupérer mes affaires. J'ai éludé sa question dans la contemplation d'une photographie aimantée sur la porte de son réfrigérateur. – C'est toi ?

– Oui.

J'ai cherché dans mon dictionnaire intime les termes appropriés, ceux qui lui donneraient envie de me garder quelques jours auprès d'elle. Son appartement sentait l'orange amère adoucie d'une pointe de beurre fondu. Elle venait de se lever à quatre heures de l'après-midi et m'a proposé de prendre le petit-déjeuner avec elle au comptoir de sa cuisine. Elle travaillait de nuit dans un bar. Il y avait quelque chose d'absent en elle, une mélancolie, un vide très beau. Je lui ai fait savoir que j'avais besoin de repos et qu'en contrepartie, elle pouvait disposer de moi. Elle a encore hésité quelques secondes, puis a enroulé ses jambes autour de ma taille et a tourné sa langue au goût d'orange amère sept fois dans ma bouche. Je pensais : je vais rester le temps de reprendre des forces. Je pensais : sa vulve ressemble à une tirelire.

Elle vivait dans un de ces meublés remplis d'interdits : interdit de modifier la décoration murale, interdit d'intervertir les meubles, interdit d'avoir des relations sexuelles avec un amnésique sous peine de rupture de bail. L'ensemble ne correspondait pas à l'idée que je me faisais – mais étais-je en mesure de m'en faire une ? – d'une fille très jeune travaillant dans un bar, qui plus est, l'un des bars les plus branchés de Soho. Papier peint jaune pâle, moulures et cimaises en polystyrène, posters de Central Park et de son réservoir, rien ne collait, pas même le perroquet naturaliste pourtant intéressant placardé sur la porte de sa chambre.

En son absence, le contraste fut encore plus frappant. Dans les tiroirs, cachés comme des impolitesses, je trouvai des bijoux d'artisanat amérindien, de vieilles cartes géographiques, quelques notes illisibles au stylo à encre qui tendirent à me conforter dans l'idée que Lisa n'était pas chez elle dans cet endroit mais en transit chez une vieille tante anthropologue. Dans un tiroir, je trouvai six cents dollars, les empochai et partis à la conquête de chaussures neuves, les semelles des miennes ayant beaucoup souffert.

Il me fallait quelque chose de confortable sans être négligé, un modèle souple et aéré qui me permettrait de courir le cas échéant. J'avais vu plusieurs vagabonds se faire coffrer à proximité du musée. J'ignorais où ils disparaissaient et je préférais ne pas savoir. J'ai jeté mon dévolu sur une paire de mocassins marron clair et quand je suis sorti du magasin, j'étais un homme nouveau. J'avais survécu aux affres d'un lundi férié. J'habitais un splendide immeuble de la 79e avec concierge. Je marchais dans des mocassins en daim souple. En quelques heures, mon équation de survie avait changé. L'euphorie me gagnait, directement liée à la facilité avec laquelle j'avais séduit l'ex-copine de Tom. J'ai pensé : toute cette beauté m'a fait du bien. J'ai pensé : mes amours s'emboîtent les unes dans les autres à la manière des poupées russes.

Le Soir
SAMEDI 21 ET DIMANCHE 22 NOVEMBRE 1987

L'erreur de procédure qui a valu à Nouriel Nourieli, un des principaux suspects inculpés dans le dossier de l'assassinat en décembre 1986 du peintre Stéphane Mandelbaum, d'être remis en liberté cette semaine, a été commise soit au parquet de Namur, soit au parquet général de Liège. Certains craignent que la libération forcée de Nourieli déforce considérablement le dossier d'instruction que les inculpés critiquaient déjà depuis le suicide en prison du suspect n°1 : Ram Weinbaum.

L'huile

À son retour, j'ai immédiatement annoncé à Lisa que je l'avais allégée de six cents dollars. Elle s'est d'abord sentie cambriolée mais il y avait une grande toile montée sur un châssis à côté de son canapé et cette vision lui a fait ravaler ses reproches. Elle m'a demandé ce que je complotais. J'envisageais de la peindre nue, à l'huile sur toile de lin. À la différence de la mine de plomb, du Bic et des pastels, l'huile nécessitait d'importants préparatifs. Si je savais techniquement préparer un fond et fabriquer des couleurs à partir de pigments, je n'avais aucun souvenir d'une huile que j'aurais pu peindre en particulier ou de l'endroit où cela aurait pu se produire. J'avais préparé mon fond sans grande difficulté mais l'odeur de l'huile, des pigments, de la térébenthine, ne m'évoquaient rien. Le grattoir restait silencieux. Je me trouvais comme souvent le cerveau bouillonnant de références mais déserté de toute indication de l'ordre de l'intime.

Lors de mes visites au MET, j'étais passé devant des nus féminins sans m'y attarder. Un dos de femme d'Egon Schiele, une étude de Willem de Kooning à partir d'un tableau d'Ingres, un Fernand Léger montrant une femme, un livre à la main, un chat sur les genoux qui restait encore frais dans ma mémoire. Le style de Léger se prêtait bien à une première tentative. L'anatomie s'y résumait à des formes géométriques relativement simples et monochromes s'agençant les unes aux autres. En place des yeux, du nez et de la bouche, Léger creusait un rectangle et si le principe des formes géométriques était impropre à rendre la beauté mélancolique de Lisa, il avait par sa neutralité l'avantage de ne pas la trahir.

J'ai demandé à Lisa de se déshabiller. Le statut de modèle la galvanisa. Elle me regarda avec concupiscence, s'offrit à moi avec la fascination masochiste des êtres consentants qu'on ligote par les poignets à un système coulissant accroché au plafond alors qu'elle se trouvait confortablement installée dans un canapé mou. Et tandis que j'esquissais le discobole de la tête, le cylindre du cou, les demi-sphères des seins, les ogives des cuisses et des mollets, j'ai senti mes muscles se détendre. Plus je progressais dans mon étude, plus le résultat me faisait penser à cette succulente assiette fumante qui m'avait été servie dans une friterie anversoise et à laquelle je n'avais pas touché, la suite m'ayant conduit au domicile d'un homme d'élégance, puis en Afrique subéquatoriale, à Manhattan et jusqu'à cet appartement, ce 6B avec concierge, par des chemins qu'aucun homme sain d'esprit n'aurait empruntés. J'ai préparé un rose clair et rempli l'intérieur des formes géométriques, fonçant légèrement les pourtours intérieurs. J'ai changé de pinceau et en rouge cette fois, j'ai écrit : TÊTE DE BOULETTE. MIAM MIAM J'AI FIN. JE VOUS AIME CUISSES SAUCISSES. C'était un coup d'essai tout ce qu'il y a d'honorable dans une catégorie aussi particulière que le portrait cubiste à la française inspiré de Le Corbusier. Lisa s'est arrachée au fauteuil, brûlant de découvrir le résultat. Nous avons fait l'amour dans une odeur de mousse nettoyante, car il y avait plus de rose sur la moquette que sur la toile. Elle m'a confié que la peinture à l'huile n'était pas mon point fort et m'a demandé la permission d'emporter avec elle mes miniatures de Mobutu. Elle voulait les montrer à un galeriste, un habitué du bar où elle travaillait. Elle était certaine qu'ils se vendraient une petite fortune mais ces dessins, c'était moi, j'en avais autant besoin que de l'odeur de ma transpiration. Plutôt que de lui opposer un non catégorique, je lui ai promis d'y réfléchir.

J'ai attendu qu'elle parte travailler et j'ai récupéré la photographie aimantée sur la porte du réfrigérateur. On la voyait un peu plus jeune, les cheveux coupés à la Louise Brooks, le visage assombri, dans ce qui semblait être un cortège funèbre. J'ai déposé le cliché sur la tablette du chevalet et sacrifié ma très discutable étude à la manière de Fernand Léger sur l'autel d'un pigment noir dense et couvrant. Adieu tête de boulette. Bonsoir cuisses de saucisses. J'ai piqué un roupillon le temps que mon fond sèche. Ensuite, avec du blanc et différents gris, j'ai peint une autre Lisa, une Lisa en deuil, les mains gantées jusqu'au coude, le regard abîmé dans la perte d'un être cher.

J'ai écrit : LA VEUVE EST L'ORPHELINE.

J'ai à nouveau inspecté l'appartement, me suis intéressé aux caisses de déménagement qu'elle consignait derrière un grand placard coulissant dans le couloir. J'y ai trouvé des encriers, des stylos d'assez belle facture – un Reynold en particulier dont la plume avait été malmenée et ressemblait aux dents du bonheur –, exhumé de vieux livres poivrés de poussière. Mon attention s'est portée sur un volume dont la couverture montrait un Indien Arapaho en tenue d'apparat coiffé d'une somptueuse parure en plumes d'aigle, certaines dressées vers le ciel, les autres tombant en queues de comète jusqu'au milieu du dos. Le livre recelait de grandes photographies sépia. C'était ce genre d'ouvrage des débuts de la photographie qui présentait les hommes à la manière de reliques statuaires. Il y avait des Pawnee, des Omaha, des Arapaho, des Chippewas, des Winnebagos, des Poncas. Je me suis plongé dans leur contemplation avec grand d'intérêt, tentant d'arracher quelques éléments de vérité à un magnifique chef Ponca photographié dans un studio à Omaha City en 1898 devant un trompe-l'œil pompier en forme de ruine néoclassique. Le chef Ponca scrutait un horizon imaginaire – probablement la porte de sortie. Dans sa main gauche, il tenait une pipe rituelle et dans la droite, une couverture attestant de son autorité de conciliateur. Incompréhension et fierté se disputaient la primauté dans son regard. Je m'efforçai de saisir ce moment où, juste avant que l'obturateur s'ouvre, Ours Dressé avait compris qu'il n'aurait jamais dû se compromettre dans cette séance photographique rémunérée un dollar.

Quand Lisa est rentrée, elle m'a d'abord éclaboussé de sa mélancolie puis, découvrant les livres éparpillés un peu partout dans l'appartement, elle m'a adressé un nombre d'insultes à la mesure du sacrilège. Elle s'arrachait les cheveux, me frappait le torse. La musique de ses poings minuscules résonnait comme un aveu dans ma poitrine.

– À qui appartiennent ces livres, Lisa ?

– *None of your business !* a-t-elle hurlé.

La fenêtre était ouverte et j'ai craint l'arrivée du concierge.

Elle a pris mon tableau, l'a mis dans la baignoire et a ouvert les robinets. Nous n'avons pas dormi. Pas non plus fait l'amour. J'ai compris cette chose étrange : les souvenirs ne sont pas seulement volatils, ils sont inflammables. Ils blessent. Déchirent. Ils sont les éclats coupants d'un passé incompréhensible à l'autre.

Elle allait être en retard au travail et a hélé un taxi. La dernière image que je conserve d'elle est une tache jaune sur un fond gris.

ALTER MORDECHAÏ MANDELBAUM

Le commerce du blé ne suffisant plus à nourrir leur famille, Leibich Yehuda et sa femme Chana prirent la décision de quitter Pilici et de s'installer à Sosnowiec, une ville en pleine construction. En bonne mère juive, Chana confectionnait des pains délicieux, bagels, *hallot*[10], miches au pavot et au cumin. Elle décida de les vendre.

Une nuit, alors qu'ils étaient installés à Sosnowiec depuis deux ans, plusieurs maisons en bois prirent feu dans leur rue et il fallut déménager. Monsieur Shmigrud, leur propriétaire, leur proposa un trois-pièces rue Targowa. Dans l'une des pièces, Efraim Morer avait installé un four à pain. Chana s'en réjouit.

Les commandes ne tardèrent pas à pleuvoir. Les enfants furent mis à contribution et le vendredi, Szulim, le petit dernier, fut dispensé d'école et livra des hallot avec ses frères.

Quelques mois avant la Grande Guerre, Alter Mordechaï, l'aîné des garçons, se forma à la pâtisserie auprès d'un Italien. En 1915, il épousa Rivka Libe et au sortir de la Guerre, il put enfin mettre en pratique ses talents de pâtissier boulanger. Faire du bon pain était, semble-t-il, une affaire de famille. Il s'associa à parts égales avec son frère Yaakov Yechiel. C'est ainsi que vit le jour l'une des plus belles boulangeries du quartier Targowa. La vie devint plus douce. Les Mandelbaum prirent des nourrices et une femme de ménage.

Quand Alter Mordechaï revint rue Targowa en 1946, toutes les inscriptions juives avaient disparu. Lui-même avait tellement changé que si sa boulangerie avait eu des yeux, elle ne l'aurait sans doute pas reconnu. Il était maigre et il flottait autour de lui un brouillard dont on n'aurait pu dire s'il appartenait à ce monde ou à l'autre. Son magasin n'était plus

[10] Pains de shabbat.

une boulangerie. On y vendait un peu de tout. Il fut pourtant traversé par le parfum divin d'une mie chaude. Il voulut savoir si Monsieur Shmigrud vivait encore, ce qu'était devenu son ouvrier Yankel. Sans Szulim, Gitel, Rachel, Yaakov Yechiel et sans Chana, leur mère, cet endroit était un cimetière… et pourtant c'était chez lui.

Il marcha jusqu'à la maison qui se trouvait un peu plus loin dans la rue et fut rassuré de voir qu'elle n'avait pas changé. On aurait dit que cette maison l'attendait. Il nota cependant un clou planté à l'endroit où jadis s'était trouvée la mezouzah, et emmanché sur ce clou, l'anse d'un panier vide. Il réajusta le feutre sur sa tête, congédia un pli vagabond au bas de son manteau et, libérant de l'étreinte de ses doigts l'acte de propriété dans sa poche, frappa vigoureusement à la porte.

Certains disent l'avoir vu entrer. D'autres assurent qu'il resta dîner et que la lumière brillait encore à deux heures du matin. Mais tous s'accordent sur un point : le lendemain, Alter Morderai Mandelbaum, ancien propriétaire du 12 et du 27 rue Targowa fut retrouvé pendu dans une des caves de la maison. Les nouveaux occupants déplorent n'avoir rien entendu.

PARTIE 4

Bullhead, Dakota du Sud
Période brune
(comme un crottin de shérif dans une plaine sans buffles)

Sans ce bout de papier racorni par mes transhumances hasardeuses, sans ce petit plan de la gare dessiné à la hâte et recouvert d'annotations, de flèches et de symboles, de petites croix accidentées par la sueur, la morve, la salive et le sébum, je me serais sans doute perdu irrévocablement. Un jour, un responsable de l'entretien de Penn Station aurait retrouvé mon luxueux bagage sur une bouche d'aération et, mû par les scrupules de l'honnêteté, l'aurait déposé au comptoir des objets trouvés sans toutefois noter ma présence au bout de l'anse. Ou alors, interpellé par les L, les V et les fleurs cruciformes, voyant dans ces initiales quelque promesse d'amélioration, il l'aurait ramenée chez lui dans le Bronx ou à Williamsburg et revendue à un voisin moins endetté que lui, conscient que pareille initiative pouvait lui coûter son poste. Mais je ne m'étais pas perdu. Mon petit plan m'aida à trouver les guichets où j'entrepris d'acheter un billet à destination de Chicago, à quoi on me répondit que les trains en direction de Chicago partaient de Grand Central, qui se trouvait à deux stations de métro de l'appartement de Lisa que je venais de quitter. À force de pratique, l'anglais trouvait seul son chemin dans ma tête. Chaque jour, de nouveaux panneaux de signalisation me livraient leurs secrets, je nageais dans un anglais quasi amniotique si bien que rejoindre Grand Central ne constitua pas un exploit. Seize heures de train me séparaient de Chicago. Chicago, ce n'étaient pas les Sioux Falls mais ça s'en rapprochait. Ensuite, il me faudrait prendre un autre train jusqu'à Minneapolis et de là, compter encore dix bonnes heures dans un de ces autocars au prix démocratique équipé de sièges inclinables, d'une climatisation et d'un émetteur radio jusqu'au Missouri. Au total, j'en aurais pour trois ou quatre jours de voyage, que je comptais bien mettre. Il me tardait de consulter les splendides ouvrages soustraits à l'héritage de Lisa et soigneusement rangés dans ma valise, à la manière d'une minuscule bibliothèque itinérante.

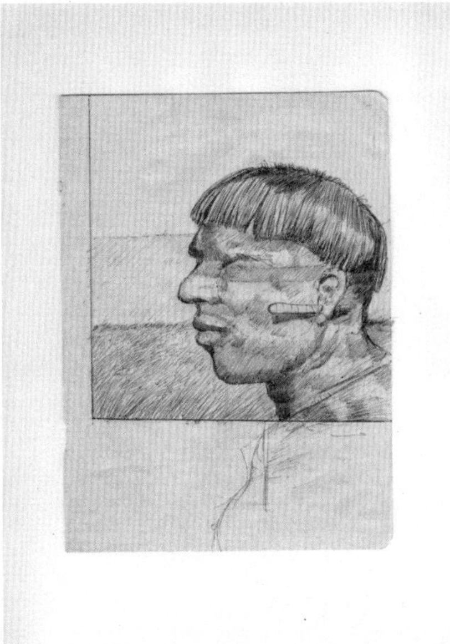

Une fois installé dans le train, je choisis un volume sur les Shuars et me plongeai dans la lecture, levant de temps à autre les yeux vers les zones périurbaines de New York que nous quittions. J'affectionnais cette ubiquité. Mon œil bondissait de la surface du papier à celle de la Terre et revenait au papier dans une oscillation jubilatoire. Je m'enfonçais lentement dans une Amazonie inhospitalière tout en jouissant du cadre réconfortant d'une campagne paisible, me perdais dans une cérémonie rituelle de réduction de têtes, spécialité des Shuars, et revenais aux visages rubiconds de mon compartiment. Une voyageuse fit remarquer qu'il y avait un enfant dans notre voiture, sous-entendant que les illustrations de mon livre n'étaient pas à mettre sous tous les yeux. De mon point de vue, ces superbes têtes à la peau polie relevaient moins de la sauvagerie que d'une technique de portraiture savante destinée à immortaliser l'ennemi, à préserver ses traits, son apparence humaine afin de ne jamais l'oublier. Je tentai de l'expliquer à la jeune femme, mettant l'accent sur le procédé : d'abord, laisser tremper la tête dans une décoction de baies rouges jusqu'à obtenir une peau bien caoutchouteuse, ensuite, sortir la peau du bain, la retourner et gratter les résidus de chair restés à l'intérieur, remettre le visage à l'endroit, coudre les paupières et à l'aide de petits pitons en bois, préparer la bouche à être cousue à son tour, précaution destinée à empêcher l'esprit vengeur de s'en échapper. Remplir la tête de pierres chauffées et de sable en veillant à ne pas brûler la peau de l'intérieur. La recoudre au niveau du cou. Frotter la peau avec du charbon jusqu'à obtenir une texture sombre, lustrée, caoutchouteuse et étanche. Sécher les lèvres à l'aide d'une lame chaude, retirer les pitons de bois et coudre la bouche. Si ça existe, conclus-je, il faut regarder. Je ne prétends pas ici que se faire réduire la tête par un Shuar est une aventure réjouissante ni même recommandable mais il serait dommage de passer à côté des leçons que nous enseigne un art aussi stupéfiant.

Je consacrai la seconde partie de mon voyage en train, celle de Chicago à Minneapolis, aux peuples des Grandes Plaines. Découvrant des physionomies de genre très variées, je fus amené à me demander auquel de ces peuples je me rattachais. Ma nature d'insoumis, celle qui avait fait prévaloir l'intérêt rituel des têtes réduites au confort des passagers, me portait du côté des Lakotas Oglaglas, mais je n'excluais pas la possibilité d'être un Dakota Santee descendant de Blue Bird. C'était dans le port de tête, le contour bien marqué des lèvres. La question du nom aussi se posa. De quel nom m'auraient gratifié les anciens si j'étais né dans les années 1850 sur les rives du lac Oahe ? Le frottement saccadé des roues d'acier contre les rails scandait sa musique rituelle sur laquelle venaient se greffer la course du vent, les compressions aérodynamiques d'un tunnel, le fouet aérien d'un pylône. J'espérais en fermant les yeux me trouver en prise avec une vision susceptible de déterminer les traits dominants de mon caractère. Un héron, un aigle, un buffle, un éclair foudroyant ? Mais aucune bête n'a surgi, pas le début d'un nuage à l'horizon, à croire que les chefs des Conseils du feu s'étaient donné le mot. Ils ignoraient mes interrogations.

Un rêve me propulsa dans le Réservoir de Central Park. Je m'y trouvais embourbé jusqu'à la taille, des gobelets de café tiède flottant autour de moi. Des cheveux me poussaient sur le front et la poitrine. Mes incisives cherchaient à se frayer un passage entre mes lèvres et me faisaient un mal épouvantable, je me demandais si un Shuard n'était pas en train de me coudre la bouche ou de me remplir la tête de cailloux quand le contrôleur du train a annoncé notre arrivée à Minneapolis.

L'étape la plus délicate fut ce moment où, arrivé à la gare des autocars, il me fallut renoncer à une centaine de destinations et n'en conserver qu'une... Sioux Falls ? Fargo ? Rapid City ? Standing Rock ? Rosebud ? Cheyenne River ? Pine Ridge ? Custer National Park ?

Les cars qui reliaient Minneapolis aux différentes réserves étaient majoritairement empruntés par des natifs. Dans la file conduisant au guichet, un jeune guerrier splendide vêtu d'une veste à franges et de mocassins perlés, le genre descendant en droite ligne de Big Foot ou Crazy Horse, a réclamé un billet jusqu'à Mobridge et je l'ai imité. Mon billet pris, je me suis hâté de le suivre et de m'assurer une place à ses côtés dans l'autocar. Une fois installé, je l'ai abordé de façon franche et directe, lui ai demandé à quelle tribu il était apparenté. Il m'a répondu qu'il était turinois d'origine mais qu'il habitait Bologne et a ajouté, très poli, en français : « Vous êtes français ? »

Chercheur en biologie, il en était à son quatrième voyage dans les Grandes Plaines. Ses travaux de recherche portaient sur la pollution des eaux des grands fleuves. Mes repères anthropologiques devenaient flous. Je craignais en interrogeant d'autres passagers de tomber sur un entrepreneur mongol spécialiste des rodéos. Nous avions encore pas mal de route à faire et mes livres étaient restés dans le ventre de l'autocar avec la valise. À mesure que nous roulions, de jolis petits lacs argentés adressés au ciel me confortèrent dans l'idée que j'allais dans la bonne direction. Nous nous arrêtions toutes les quatre heures dans une station-service, le temps d'avaler un sandwich et d'aller aux toilettes. Au bout de trente-six heures dans les vapeurs de gas-oil et de beignet refroidi à écouter des violons country plus irritants que des mouches tueuses, nous avons traversé le Missouri et sommes entrés sur les terres légendaires de Standing Rock, qui, au premier coup d'œil ressemblaient comme deux gouttes d'urine d'aigle au paysage que nous venions de quitter : un sol plat, une herbe brûlée, une ferme de temps en temps.

Nous avions largement dépassé Mobridge, où mon voisin de siège italien était descendu, lorsqu'arrivant à McLaughlin, le chauffeur m'a réveillé et m'a dit que mon ticket ne m'autorisait pas à aller plus loin, sans quoi son autocar m'aurait conduit en ligne droite à Walker et aux collines sacrées, la part majestueuse de la réserve, les origines du monde Lakota.

De l'autre côté de la route, il y avait une station-service. Assis à même le macadam, un ancien scrutait l'horizon. Devant lui, l'énorme coquillage jaune en plastique qui servait d'argument publicitaire ne semblait pas constituer un obstacle à sa contemplation. Transparentes aussi les rares voitures qui passaient sur la route. Inexistant, le panneau signalétique mentionnant *Standing Rock Reservation. Land of the Sioux Nation.* Invisibles, les enfants qui entraient et sortaient de l'épicerie pour le seul plaisir d'entendre la phrase musicale faisant office de sonnette, *Say you, say me* de Lionel Ritchie. L'homme sondait l'outre-monde. Par sa position rituelle, il mettait en doute jusqu'à l'existence des sociétés pétrolières et des célébrités du Top 50. Je me suis demandé : et moi, est-ce qu'il me voit ? Est-ce que j'existe dans son monde ?

Un grand homme en chemise à carreaux est sorti de l'épicerie, un sac beige en papier à la main. Il est venu souffler quelques mots à l'oreille de l'ancien sans provoquer chez lui la moindre réaction puis est monté dans un pick-up, a quitté la station et un break a pris sa place. Une femme en est sortie, a adressé quelques mots à ses enfants. On la sentait pressée de rejoindre des contrées peuplées d'Indiens plus conformes aux descriptions des brochures touristiques.

J'ai traversé la route et suis venu saluer l'ancien assis sur le macadam. Son regard s'est porté sur ma valise dont l'anse, les lanières et les renforts étaient conçus dans une peau de buffle exceptionnelle. Pensant tenir là l'entame d'une conversation amicale, j'ai fait en sorte qu'il puisse mieux l'apprécier. Un vieux tacot a fait grincer ses freins. Une fille en est descendue, vêtue d'une robe de la même couleur que sa peau. Elle avait les poignets très fins et portait des bottes en caoutchouc vert d'eau. Mes premiers mots en lakota, je les ai appris en assistant au spectacle de leur dispute. *Até*, père, grand-père. *Miniwanka*, eau mystère, alcool. Devant la résistance que lui opposait le vieux, la jeune fille faisait constamment mine de repartir, menaçait de l'abandonner aux vautours, aux crachats de marmotte et aux crottins de shérif dans une plaine sans buffles. Le klaxon d'un camion a meuglé : nous encombrions le passage. J'ai aidé la fille à porter son grand-père jusqu'à sa guimbarde. Je me sentais de plus en plus Dakota, et ce sentiment m'a rempli de fierté.

L'homme qui

Elle portait au poignet un bracelet de cuir dans lequel était gravé son prénom, Irène. Elle a démarré et sans lui demander l'autorisation, j'ai sauté dans la benne à l'arrière. L'idée n'était pas de la contraindre mais de lui prouver mon utilité. Nous avons roulé un certain temps sur la route 63 puis sur Bullhead Road avant de bifurquer sur un large chemin en terre. La précarité était partout. Elle semblait larguée par avion d'épandage. Elle poussait sous la forme de bungalows préfabriqués et de maisons en dur inachevées. Le moteur s'est tu devant une bâtisse augmentée d'un auvent en bois clair qui, au regard des autres habitations, rendait un peu de dignité à cet endroit. Une tête de hibou était sculptée dans la charpente. Elle disait : des gens habitent ici.

Quand elle m'a vu descendre de la benne, elle a d'abord hésité puis m'a fait signe de venir l'aider à sortir son grand-père du pickup. Nous avons porté le vieux jusqu'à un bungalow et l'avons installé dans un grand fauteuil à l'extérieur. Je me cherchais déjà d'autres tâches. Il y avait, suspendue à une corde à linge, une tapisserie aux dominantes rouge, noire et turquoise. J'en ai palpé l'étoffe. J'ai pris un air savant. Il ne me manquait qu'un sujet de thèse, un domaine d'investigation. *Tapisserie Dakota et art contemporain… Mark Rothko et l'art sioux, hasard ou influence ?* Jusqu'ici, le scénario de l'étudiant voyageur m'avait porté chance. J'escomptais trouver une bonne histoire, une histoire qui m'assurerait le gîte et le couvert quelques jours au moins. Je pensais, point de chute, chute de cheval, cheval de course, course à pied, pied de cochon. J'ai sorti un livre de ma valise et j'en ai tourné lentement les pages, m'attardant sur un portrait de chef guerrier, un totem. Peu à peu, l'idée de rester mutique s'est imposée à moi. Sans langue maternelle, chacun pouvait projeter sur moi son idéal. Muet, j'étais *l'homme qui s'est trouvé dans la station-service aux côtés de l'ancien.* J'étais *l'homme qui étudie l'Histoire des Nations des Grandes Plaines.* J'étais *l'homme dont la valise transporte les secrets des grands chefs de tribus.* Bien sûr, mon visage était celui d'un Yankee, je n'étais pas né sur les rives du lac Oahe ou dans les prairies grasses de Keystone, mais si je parvenais à les convaincre de me garder auprès d'eux quelques jours, j'augmenterais d'autant mes chances de devenir l'un des leurs. Je serais *l'homme qui n'était personne avant de rencontrer Irène.*

Elle devait aller récupérer des enfants à l'école et me demanda de rester auprès de son grand-père. Il fallait surveiller Até, c'était ainsi que tout le monde l'appelait, veiller à ce qu'il n'aille pas chaparder des bières ou du whisky dans d'autres bungalows. Que je reste assis dehors avec lui. Que je le mette au lit s'il le demandait. Je n'aurais qu'à m'allonger sur la paillasse et attendre son retour. Elle avait des joues en soie, un teint de lune rousse, des yeux de chouette contrariée. Sa paupière gauche accusait un léger retard à se rouvrir, accentuant encore la ressemblance avec l'oiseau nocturne. Sa bouche était si bien dessinée que sa pensée semblait tout entière contenue dans la chair de ses lèvres. Dans ces conditions, n'importe quel homme sensible à la beauté aurait accepté de rester assis à côté d'un grand-père à regarder des visions.

La journée, Irène travaillait dans une épicerie à McLaughlin. En son absence, ma mission consista à vérifier qu'Até n'ingurgite pas son poids en alcool. Si j'échouais dans cette mission, je devais faire en sorte de lui éviter la gorgée de trop, celle qui le ferait basculer dans l'outre-monde. Au-dessus de son lit se trouvaient suspendus plusieurs attrape-rêves mais au-delà d'une certaine quantité d'alcool, la magie n'opérait plus.

Je fis la connaissance des frères d'Irène, Mike, Joe et Verdell. Ils rentraient d'une virée au casino de Mobridge dans leur Defender cabossé. Ils ne virent pas ma présence d'un bon œil. Quel bénéfice y avait-il en effet à s'accommoder d'un muet qui potassait des vieux livres truffés de clichés yankees et passait son temps assis dehors dans un silence qui confinait à l'attraction magnétique ? En leur présence, et en particulier de celle de Verdell, Irène se montrait plus distante avec moi. Du reste, en leur absence, je ne décelais pas non plus de signes encourageants. Irène était aussi impénétrable que le Metropolitan un lundi. Je n'osais lui demander si les enfants qu'elle conduisait à l'école avant de se rendre au travail étaient les siens. Elle les habillait, les nourrissait, les consolait, supervisait leurs devoirs et paraissait très jeune pour assumer seule tant de responsabilités.

Personne ne semblait contester le statut d'Até. Il inspirait de la crainte aux enfants. Au moment de passer devant lui, ils ralentissaient leur course et la reprenaient quelques mètres plus loin. Les plus âgés lui témoignaient du respect. Tant que je restais assis dans ce fauteuil à lui tenir compagnie, ou allongé sur une paillasse à un mètre de son lit à contempler les cerceaux magiques en bois de saule tissés de fils de laine au-dessus de nos têtes, rien de fâcheux ne pouvait m'arriver, j'en étais convaincu. Até était leur ancien, leur mémoire.

Je ne pouvais rester muet indéfiniment. Je savais qu'un jour, ou plus sûrement une nuit, arraché à un songe, je deviendrais soit un imposteur soit un chamane. J'eus alors cette idée de retrouver la parole par le sommet de la hiérarchie. Un matin, Até s'éveilla de bonne heure, partit en quête d'une grande poêle et nous confectionna une gigantesque omelette qu'il veilla scrupuleusement à partager en deux. Il ne ressemblait plus à un grand-père mais à un homme en pleine conscience. Sa diction était claire et lente. En retour, je le félicitai à voix haute et cette nouveauté s'inscrivit en marque de respect : j'avais gardé le silence durant sa convalescence, œuvré à sa guérison. Maintenant qu'il retrouvait la pleine possession de ses moyens, je retrouvais les miens. Nous étions rattachés par des liens invisibles. Personne ne s'avisa de me réclamer des explications, cela resta une affaire entre le vieux et moi.

Até m'apprit que les enfants dont Irène s'occupait étaient ceux de ses autres petites-filles, Linda et Becky, qui vivaient à Minneapolis. Il me dit que le père d'Irène purgeait une peine au pénitentiaire du comté de Pennington à Rapid City, mais ne donna aucune information sur le délit qui l'avait conduit derrière les barreaux. L'honneur qu'il me faisait en se confiant à moi, un étranger de passage, m'honora. J'en oubliai de compter les bières. L'alcool ouvrit les digues, libéra le récit. L'illustre inconnu que j'étais devint l'âme sœur propre à démêler les nœuds de l'existence. Ainsi appris-je que l'homme robuste en chemise à carreaux aperçu à la station-service était Paco, son plus jeune frère. Il mettait ses talents d'avocat au service du Bureau des Affaires Tribales et représentait les intérêts des Sisseton dans les conseils du feu.

Quand Irène rentra, elle prit cet air de chouette offusquée que j'aimais tant. Elle estima les dégâts à une trentaine de bières. Ma curiosité l'avait une fois encore emporté. Je me retrouvai en bord de route sous un ciel sans étoiles. Je refis le chemin de nuit à pied jusqu'aux bungalows, entrai dans celui du vieux, lui ôtai ses chaussures, remontai sa couverture et allai m'allonger sur la paillasse à côté de lui. Vers trois heures du matin, je fus réveillé par les rires virevoltants de Vernell, Joe et Mike, comètes insouciantes revenues de Mobridge se souder à la misère des anciens.

J'étais à Bullhead depuis bientôt deux mois quand la température chuta brutalement, paralysant mes membres et mon esprit. Au réveil, je comptais les orteils d'Até en méditant sur ma propre autopsie. Ici, les gens étaient rompus aux écarts de température et s'équipaient en fonction. De novembre à mars, la rivière qui formait un coude autour de la petite agglomération de Bullhead restait gelée et blanche. Les champs se transformaient en station de sports d'hiver et si les motoneiges restaient le privilège des communautés installées dans la partie nord de la Réserve, la vie de tous se poursuivait en anoraks et en Moon boots. Les frères d'Irène s'auto-administraient de savants remèdes contre les basses températures, cocktails de musique hard rocket de morphine. Ils ne sortaient pratiquement plus de leurs bungalows. Tout ce froid me plongea dans une angoisse nouvelle. Une nuit, n'en pouvant plus, j'allai trouver Irène et lui expliquai que mon corps se cassait en mille morceaux. Elle souleva légèrement un coin de sa couverture et fit fondre ma peur jusque dans les coins les plus reculés de mon anatomie.

Dans ses bras, l'impression d'avoir retrouvé la moitié égarée de moi-même s'imposa peu à peu. Le mois de février venait de débuter quand elle m'annonça que nous attendions un enfant. Le ventre d'Irène s'arrondit et nous vécûmes au rythme de cet arrondissement.

NADINE REIZELE MANDELBAUM

C'est un jour très spécial : celui où après six ans de séparation, Nadine va retrouver sa mère en Belgique. Elle avait un an quand Claudia est partie. Tout ce qu'elle sait d'elle tient dans une photographie. Au sortir de l'avion, l'enfant cherche sa mère dans la foule. Elle se prépare à une apparition. Il y a tant de femmes blanches qu'elle se demande si l'hôtesse qui lui tient la main ne s'est pas trompée de pays.

Un cousin la dépose chez des amis car, elle le comprend à présent, son arrivée en Belgique est une surprise pour tout le monde. On téléphone à Claudia. On invente un prétexte. La petite retient son souffle, se consume dans l'attente.

Lorsque sa mère sonne enfin, Nadine a commencé à jouer avec d'autres enfants. Ils accourent sur le palier, s'assoient sur les marches – ces marches en granit aux grains multicolores dont Nadine se souviendra toute sa vie. En bas, Claudia prend tout son temps. Elle ignore ce qui l'amène. Ses talons font clic cloc, clic cloc sur la pierre. Arrivée à leur étage, elle salue les enfants par leur prénom, pose une main distraite sur les cheveux tressés de la petite nouvelle. L'inconcevable tarde à advenir. N'y tenant plus, un enfant dit :

– Claudia ! Regarde ! C'est Nadine !

Six années d'absence se condensent alors en cet instant étourdissant où la mère soulève la fille de terre et la contemple. Elle lui compte les doigts, vérifie qu'elle n'en a perdu aucun dans la tourmente de cette seconde naissance.

Elles rentrent à la maison, la nouvelle maison de Nadine. La porte à peine franchie, la petite sombre, éreintée. Vers minuit, Claudia entend Stéphane monter les escaliers. Il se prépare depuis des mois au grand jour qui, au vu des circonstances, s'est mué en grande nuit. Il entre dans la chambre, regarde l'enfant qui sous le poids de l'amour se réveille. Il étudie l'ourlet délicat de son nez. Elle examine la pâleur lunaire de son cou. Ils restent ainsi près d'une heure sans prononcer un mot, leurs visages à quelques centimètres l'un de l'autre, leurs yeux se prêtant des serments d'amour fou. Ma fille, se répète-il sans oser y croire. Mon papa, ne doute-t-elle pas une seconde.

Sur son certificat d'adoption, Stéphane fait ajouter Reizele entre Nadine et Mandelbaum.

Il apprend à sa fille à dire *zaït gezund !*[11] lorsqu'un Mandelbaum éternue, heureux de constater que le fossé des origines se comble en trois syllabes. Il l'initie aux croquettes de crevettes et aux cornets de frites, lui apprend à jouer la morte en s'aspergeant de ketchup. Cette habitude qu'il a de dessiner partout où il se trouve plaît beaucoup à l'enfant.

– C'est quoi, ce que tu dessines, papa ?

– Des *scraboutchas*.

– Des *scraboutchas*, répète-t-elle après lui, cherchant à apprivoiser toutes ces choses qui vibrent sur la feuille.

Il lui enseigne des rudiments de yiddish, dessine des animaux et des objets usuels, écrit phonétiquement le mot correspondant sous chaque dessin, cheval, *ferdel*, canard, *katchké*, ciseaux, *chiré*, cafetière, *kavnik*, théière, *tchaynik*, chaise, *chtoul*, revolver, *pitoyl*. Il veille toujours à ajouter un ou deux mots amusants pour stimuler son apprentissage. Caca, *kaks*, merde, *dreck*. Lorsque Claudia rentre du travail, elle est pleine de gratitude devant ce père qui, tout en écoutant la petite réciter ses tables de multiplication, dessine des Walter P38 semi-automatiques, des colts Piton 13 mm, des GP Parabellum 9 mm 13 coups et des 347 magnums 6 coups comme d'autres, du muguet et des marguerites.

---

[11] « Que tu aies la santé ! » en yiddish.

Iskahu Violet Johnson

La glace se fissura. Le lit de Grand River se gonfla d'une eau blanche et parfois rugissante. Irène me réveilla en pleine nuit et m'annonça que nous partions pêcher du côté de Wakpala.

Sur la route, dans une semi-obscurité, j'aperçus un bison magnifique. Je n'en avais encore jamais vu dans les prairies de Rock Creek et je me réjouis de contempler l'animal de plus près. Sachant que le premier troupeau se trouvait à cinq heures de route à l'ouest dans le parc national de Custer, voyant mon index pointé en direction de ce qui n'était en réalité qu'un bison découpé dans le bois et comprenant ma méprise, Irène et ses frères furent pris d'hilarité. Ils entrèrent en conciliabule et après m'avoir adopté sous le prénom de Mark, ils me baptisèrent Epazo, Index Pointé. Ce n'était pas un baptême porté par les murmures et les chants d'un conseil tribal, mais ces graines de tradition semées dans mon jardin intime terminèrent de me convaincre que j'avais trouvé une famille.

J'attrapai mon premier brochet et fus contraint de le rendre à la rivière. C'était la règle : les jeunes poissons étaient épargnés. D'ailleurs, nous ne pêchions pas, nous récoltions. Irène me montra un achigan à petite bouche qu'elle rejeta à son tour. Les mouches de pierre n'éclosent qu'au mois de juillet et en attendant, les vers de terre, que les oiseaux nous aidaient à débusquer par l'exemple, servaient d'appâts. Un busard plongea sur le gibier d'eau à quelques mètres de nous. Puis ce fut au tour d'un agent de la police de la pêche de venir nous tenir compagnie. Avions-nous la licence ? Pouvait-il voir nos papiers ? C'était quoi, dans les seaux ? Des truites arc-en-ciel ? Combien y en avait-il ? Dites donc, ça promettait un sacré barbecue ! Allez hop, tout le monde les mains sur le capot. Irène conserva les siennes sur les rondeurs de son ventre. Joe se retint de foutre son poing sur la gueule de ce flic des poissons. Vernell invoqua Paco et son poste au sommet de l'administration tribale. Ce fut en définitive une très, très belle journée suivie d'un non moins succulent barbecue.

Un matin de juillet, aux premières lueurs de l'aube, le silence se trouva déchiré par un cri. Dans un mélange de joie folle et de terreur, je dessinai les cuisses d'Irène dressées telles des orgues de pierre autour de la vulve palpitante, les guillemets de peau tendre et l'œil du cyclone, les lèvres qui, plutôt que d'appeler la chair à elles, la délivrait. Je dessinai le cri, le spectacle effarant de la mise au monde, le verdict irréversible de la naissance, la gélatine grumeleuse, le sang poisseux, la peau violette de l'à peine née et celle, blême, de l'accouchante. Je voulais dessiner la meilleure naissance possible.

Iskahu signifie cheville en lakota et lorsqu'Até désigna les grains de beauté qui formaient un bracelet autour de sa cheville, ce prénom lui resta. Violet, c'était pour la couleur de sa peau quand elle nous était apparue.

Je tenais absolument à déclarer la paternité de ma fille. Mais en l'absence de tout document stipulant mon identité, la chose était compliquée. Johnson, mon dernier patronyme en date, était le nom du 36e président des États-Unis et celui d'une marque de produits d'entretien. Son caractère passe-partout ajouté au bon sens me poussa à ne pas y renoncer trop vite. J'achetai un talisman à la station-service, sur lequel je fis graver *Mark Johnson*. Je récupérai quelques timbres sur de vieilles enveloppes et par le truchement d'une correspondance fictive, je me constituai une mère, Bella Johnson, vivant à Helena dans le Montana.

Recenser les natifs était une épine enduite de sang contaminé de coyote dans le pied de l'administration fédérale. Bullhead ne possédait pas encore de code postal à cette époque, c'est dire dans quelle abstraction nous vivions. Le Bureau des Affaires indiennes, qui dépendait de l'administration fédérale, faisait mine de laisser à celui des Affaires tribales son entière autonomie en matière d'enregistrement des naissances mais en réalité, les employés du recensement fédéral voulaient garder la main. Le FBI s'occupait des affaires criminelles. La police municipale, de faire respecter les codes de la chasse, de la pêche et tous les codes destinés à emmerder les natifs sur leur propre territoire. Les vols et les violences conjugales étaient du ressort du comté en les personnes du shérif et de ses adjoints. Quant à la police tribale, son pouvoir d'influence restait limité mais elle s'efforçait de tenir les autres administrations à une distance raisonnable. Ce qui m'offrait deux options : soit je me présentais à la mairie de McLaughlin en tant que citoyen américain et j'entrais dans le collimateur du comté ; soit je me rendais à Fort Yates dans les bureaux de l'administration tribale et m'en remettais à Paco, le frère d'Até. Mon choix porta sur la seconde option, cela va sans dire.

Quand je me présentai dans les bureaux de l'Administration tribale, mon petit talisman autour du cou, les lettres de ma mère Bella en guise de bonne foi, une secrétaire aux cheveux courts et aux épaules taillées dans la montagne consulta les éléments que je lui fournissais et déclara :

– Pour nous, vous n'existez pas, Monsieur Johnson. Allez dans le Montana, à la mairie d'Helena, et ils vous fourniront un extrait d'acte de naissance en bonne et due forme. Ensuite, revenez nous voir.

– Je suis devenu Sisseton, Madame, lui opposai-je. La mère de ma fille est Irène Burnes. Mon nom natif est Epazo. J'ai vu un bison dans les prairies de Rock Creek.

J'ai cru qu'elle allait s'étouffer.

– Ahahah ! Paco, viens voir, on a un gars sacrément drôle qui veut devenir Sisseton. Ahahah ! Je ne m'étais plus bidonnée autant depuis mon divorce !

Paco, plus grand que dans mon souvenir, me tendit une main aimable. Je le suivis jusqu'à un local tapissé de diplômes. Il en imposait avec son mètre quatre-vingt-cinq et sa voix de cour martiale. Le Bureau des Affaires indiennes ne devait pas en mener large quand il avait quelqu'un dans le collimateur.

– Mon frère Hogan se porte bien ?

– Avec des hauts et des bas, répondis-je.

– Tu sais, Hogan était un chef respecté il y a encore quelques années. Irène t'a dit qu'il nous représentait au Congrès ?

Paco était l'une des plus grosses pointures en droit tribal de la région. Il convoqua cinq générations d'anciens et dix années passées le nez plongé dans les syllabus à Minneapolis, saupoudra le tout d'intelligence et de sens de la nuance, à la suite de quoi je devins officiellement Epazo Mark Johnson, père d'Iskahu Violet Johnson Burnes au regard de toutes les polices et de toutes les administrations américaines.

Les buffles scintillants

Je rêvai d'un tableau entraperçu dans la section peinture américaine contemporaine du Metropolitan : *Crâne de vache rouge, blanc et bleu* de Georgia O'Keeffe. À mon réveil, j'avais en tête l'entame d'un chef-d'œuvre, un troupeau de vanités en hommage aux bisons qui, dans un passé pas si lointain, paissaient encore dans les prairies de Rock Creek. Ça s'appellerait *Les Buffles Scintillants.*

J'en parlai aux frères d'Irène qui m'aidèrent à désosser de vieux meubles et à construire un triptyque en bois de deux mètres de haut environ. Vernell trouva une combine et nous dégotta une cinquantaine de crânes à l'abattoir fédéral de Fargo. On y débitait plus de bêtes en une semaine qu'il était né de bisons en trois siècles dans la région. La tête du taureau châtré assigné à finir en entrecôte se différencie de celle du bison par la forme pauvre de ses défenses mais certains conservent de belles cornes. Il me fallut faire un tri. Je récoltai ensuite des tessons de bouteilles et les collai sur la trentaine de crânes sélectionnés. Bientôt, un splendide troupeau de vanités se dressa au bord de la W Bullhead. Par grand soleil, les rayons renvoyés par les éclats de verre se répandaient en une averse dans la prairie et les enfants tentaient de les capturer en sautant dessus à pieds joints.

Le triptyque venait d'être installé quand je reçus la visite du shérif Cody Jones et de son adjoint Ismaël White. Concrètement, mes buffles scintillants ne dérangeaient personne. Qui empruntait la W Bullhead à part nous ? Les touristes s'en tenaient aux grands axes. Ils fonçaient droit sur Rapid City, le Parc Custer et le Mont Rushmore. Le shérif et son adjoint devaient l'ignorer puisqu'ils avaient parcouru une centaine de miles dans le seul but de venir m'expliquer que mes buffles scintillants mettaient en péril la sécurité des automobilistes. Il faut dire que l'éclat de leur gyrophare en avait pris un coup. Mais je ne m'en laissai pas dire. Je déployai un argumentaire.

– Vous allez voir, shérif, bientôt, cette route dégueulasse sera la plus empruntée du comté.

– Ah oui ? Et pourquoi elle serait empruntée ?

– Parce que les gens viendront du monde entier voir mes troupeaux de vanités. Nous entrerons dans les livres d'art, shérif, dans les livres d'art.

– On peut toujours rêver.

Aucune plainte n'avait été déposée par les habitants puisqu'en gros, les habitants, c'étaient nous. Il n'y avait pas non plus matière à perquisition dans la mesure où mes crânes de taureaux rehaussés de débris verdoyants de bouteilles de bière – qui du reste, faisaient un effet bœuf, ahahah, un effet bœuf, épatant – se trouvaient à l'extérieur et non à l'intérieur des bungalows, au vu et au su de tous. Enfin, si mes souvenirs étaient exacts, la sécurité routière de Standing Rock était du ressort de la police municipale, pas de celle du Comté. Cody Jones parlait déjà d'envoyer la voirie démonter mon triptyque en vertu d'un alinéa relatif aux détritus déposés sur la voie publique. Nous en étions là quand il a posé ses grosses pattes de shérif sur un portrait de Violet.

– Dieu m'est témoin que vous savez dessiner les Peaux-Rouges.

Ce n'était qu'un dessin, un simple crayonné et pourtant la présence de ces doigts sur les rebords du papier, à quelques centimètres du visage d'Iskahu Violet, me rendit fou. Je pensais : Repose immédiatement ce dessin, fils de pute ou je te réduis la tête et je la dépose sur ma table de nuit. Il a lu à voix haute la dédicace au bas du portrait, *À Iskahu Violet, ma Lune miniature*, puis a réduit le dessin en confetti.

– Allez, Doug, on s'en va, on n'a plus rien à faire ici.

Dans mon cerveau, tout est allé très vite : je récupérais le couteau à cran d'arrêt que m'avait offert Vernell dans sa gaine fixée autour de ma cheville, je dérobais au shérif son revolver que je pointais sur l'adjoint pendant qu'avec la lame qui avait servi à gratter les derniers lambeaux de chair sur les crânes de mes buffles je clouais la main droite du shérif à la porte d'entrée, cette main crapuleusement obscène qui avait osé souiller Iskahu Violet. J'opérais plusieurs rotations du couteau de manière à m'assurer qu'elle ne servirait plus. Ensuite, de mes pouces dont je sous-estimais la force, j'enfonçais les globes oculaires du shérif dans leurs orbites et du plat de la main, je rentrais le cartilage du nez sous la structure ethmoïde de l'os nasal de façon à la faire remonter dans la partie spongieuse et molle du cartilage entre des yeux. Le shérif rendu inoffensif, je m'occupais de son adjoint d'une façon si vicieuse que je préfère ne pas m'étendre sur la question et je revenais au shérif, débouclais la ceinture de son pantalon, lui ordonnais de prendre son sexe de sa main encore valide et de se branler une dernière fois avant l'émasculation. Voilà exactement ce qui se serait passé si Irène n'était pas arrivée.

Après leur départ, je me lançai avec une détermination redoublée dans la sculpture en papier mâché de têtes réduites. Je confectionnai celles de Cody Jones et d'Ismaël White ainsi que des quarante et un présidents des États-Unis avec l'idée d'aller les planter le long de la route nationale à proximité de la station-service majoritairement fréquentée par les automobilistes de passage. Irène, qui jusqu'alors ne s'était pas mêlée de mes ambitions artistiques, s'opposa catégoriquement à mon nouveau projet. Je n'étais qu'un misérable enfant yankee têtu et égoïste. Depuis la naissance de Violet, je n'en faisais qu'à ma tête. J'allais bientôt être père pour la seconde fois et j'étais incapable de montrer l'exemple. Je regardais Irène envoyer Thomas Jefferson se recroqueviller dans les flammes d'un dégoûtant barbecue de colle et de papier.

Je l'ai prise dans mes bras et au bout d'un long silence, j'ai grandi.

Tathanka Mark Johnson est né le 27 juin 1990, peu avant les Pow-wow d'été et l'affluence touristique.

J'appris la modestie, les chants, les danses et les murmures. J'appris leur fierté silencieuse et entêtante. J'appris à manipuler les plumes sans les endommager, à poser le pied et à faire tinter les grelots. Le gouverneur George S Mickelson déclara 1990 *Année de la Réconciliation* et reconnut la légitimité du *Native American Day*, transformant en deux coups de calendrier magique les authentiques Pow-wow en parades de carnaval rentables avec billets d'entrée et badges numérotés. Plusieurs milliers de danseurs défilèrent dans le grand stade municipal de Rapid City devant des gradins pleins à craquer.

Je me résolus à vendre mes portraits, dont les touristes se montraient friands. Je m'installais les mois d'été sur les parkings panoramiques. J'étalais la marchandise sur des tapis traditionnels. Parfois, Irène m'accompagnait et vendait des bijoux et des hiboux sculptés importés de Chine. Nous achetions des patentes en début de saison, déclarions un tiers de nos revenus et à l'automne, nous avions accumulé plus d'argent que Vernell avec ses combines dans les bars et les casinos. Je vendais mes portraits entre dix et quinze dollars selon le format. Je les signais Epazo, Dakota Sisseton Tribe et les agrémentais d'une dédicace, *For* Cintia, *For* Hirochi san, *For* Helmut, *For* Marie-Françoise *with love*. J'avais grandi, certes, mais ce faisant j'avais rejoint le plus grand cercle du monde : le cercle des compromis. Un étudiant en anthropologie de l'université de Columbia m'envoya quelques lignes élogieuses sur mes buffles scintillants. Il en avait fait le sujet de son mémoire de fin d'études. À présent journaliste, il préparait un article et me demandait d'expliquer quel était le message de mes vanités brillant au firmament des terres confisquées d'une modernité stupéfiante, mais, insistait-il, avec mes propres mots. Craignant de retomber dans mes travers et de négliger ma famille au détriment de mes ambitions artistiques, je répondis : Cher Monsieur, c'est vous qui voyez. Cordialement, Epazo Mark Johnson.

Wakan Tanka

Avec Até, nous passions beaucoup de temps à regarder la télévision, l'hiver surtout. En Amazonie, un musicien célèbre participait aux Conseils des chefs Kayapo. Fasciné, Até regardait Raoni Metuktire s'exprimer au micro de CNN, son labret terminant de clore le bec aux plus sceptiques. Raoni était désormais écouté par les chefs du monde entier et cette aura inattendue forçait l'admiration d'Até autant qu'elle éveillait sa jalousie. Il zappait alors sur la *Roue de la Fortune* ou un western spaghetti de Sergio Leone, dont nous étions tous les deux très friands. Je lui suggérai de prendre lui aussi sa place à la table des négociations internationales :

– Tu vas écrire au Président des États-Unis, qu'est-ce que t'en dis ?

Il n'en disait rien mais je voyais bien que ça mijotait à l'intérieur. Tout ça rallumait sa petite flamme. Il refusa cependant d'écrire lui-même à George H W Bush et s'en remit à moi : Cher Georges, je vous écris au titre de chef historique de la tribu des Sisseton (dont je ne vous ferai pas l'insulte de vous retracer l'histoire), en tant qu'ancien porte-parole des Nations Lakota au Congrès. JE FAIS PARTIE DE CEUX QUI NE CROIENT PAS QU'UN ACCORD ENTRE NOS PEUPLES SOIT POSSIBLE. VOUS AVEZ UNILATÉRALEMENT DISPOSÉ DE L'HERBE ET DES FORÊTS, VOUS VOUS ÊTES RÉSERVÉ LES RIVIÈRES, LE CIEL ET LES MONTAGNES, VOUS NOUS AVEZ INTERDIT LA CHASSE, LA PÊCHE, L'ÉLEVAGE, L'AGRICULTURE. J'AI DONC DÉCIDÉ DE MANIÈRE UNILATÉRALE DE METTRE FIN À VOTRE MANDAT PRÉSIDENTIEL ; EN VOUS REMERCIANT, LITTLE HOGAN BURNES, FILS DE WHITE WOLF BURNES, PETIT FILS DE BIG STORM ET DE YELLOW BULL. Post-scriptum : vous seriez beaucoup mieux en acteur de western à l'instar de Ronald, votre prédécesseur.

En 1994, une fatigue générale emporta Até. Paco s'occupa d'organiser ses funérailles. Il convia les chefs des sept Conseils et tous ceux qui avaient connu Até du temps où sa parole était écoutée. Les sœurs d'Irène rentrèrent de Minneapolis. La veillée dura quatre jours comme le veut la coutume, le temps que l'âme d'Até rejoigne Wakan Tanka. On mangea, on amusa l'esprit d'Até en racontant des blagues. Des centaines d'épisodes de sa vie furent évoqués. Par petites touches successives, une vie entière apparut et plus j'en appris sur lui, plus je me sentis orphelin, plus j'eus envie de faire couler le nébuleux véhicule censé le conduire de l'autre côté.

Sa mort fut aussi une leçon. Je n'étais pas un Sisseton, aussi sincère soit mon attachement à cette nation. À moi, les esprits ne parlaient pas, Wakan Tanka n'offrait pas quatre incarnations successives mais une multitude d'incarnations à l'intérieur d'une seule vie et cette vie se déroulait sur Terre. À mon grand regret, le vieux n'était plus là à mes yeux autrement que sous la forme d'un cerveau inerte dans un corps refroidi. Il me manquait tout simplement parce qu'il n'était plus assis dans son fauteuil défoncé devant la porte de son bungalow, ou occupé à regarder le *Tonight Show*, à invectiver Jay Leno ou un de ses invités.

On l'enterra au cimetière de l'Église Baptiste Épiscopale Saint Joseph de Bullhead, vu qu'ici les blancs et leurs réglementations finissent toujours par avoir le dernier mot. Il partit avec le fusil de chasse de son grand-père Big Storm et le stylo à plume que lui avait offert son père White Wolf Burnes le jour de ses douze ans.

Ma seule consolation fut d'avoir pu glisser dans la poche de son dernier costume d'apparat une tête réduite de Georges H W Bush en souvenir du bon vieux temps qui, j'en étais certain, ferait glousser Até jusqu'à sa quatrième incarnation.

C'était pour moi la fin d'un cycle dont Até, en dépit des apparences, avait été l'élément central et lumineux. Un jour, nous raconterions à nos enfants l'homme qu'il avait été. Iskahu Violet serait en âge de comprendre, puis viendrait le tour de notre fils Tathanka Mark junior.

Le 10 juillet 1994, nous fîmes le choix de partir vivre dans une ville où nos enfants pourraient faire leurs armes et devenir à leur façon de valeureux guerriers.

MALEK MIELZAREGIAN

C'est un hiver rude. Malek Mielzaregian enfile son manteau, un modèle en laine de bonne qualité, mais qui baille aux emmanchures. Il a beaucoup maigri. Il traverse le boulevard Lemonnier tête basse, sans se retourner. Bien qu'il l'ait toujours fait, il ne soulève pas son chapeau au passage d'une femme, ne salue pas les commerçants d'un discret hochement de tête. Sous un ciel enrhumé, il marche les yeux rivés au pavé, s'étonne de voir que rien n'a véritablement changé depuis la première ordonnance : ce décembre ressemble à tous les autres, la pluie mouille de la même façon, mollit aussi sûrement le cuir des chaussures, éclabousse avec la même joie les jambes des pantalons. Il note tout de même l'absence d'enluminures dans les vitrines des magasins, qui d'ordinaire annoncent Noël et font oublier des journées au rabais suivies de nuits trop longues.

Il marche d'un pas rapide. Il a hâte de revoir Pili, sa lumière, son trésor. Il est pressé de la serrer dans ses bras et de la respirer. Il n'a jamais ressenti à ce point l'urgence de l'aimer. Il voudrait lui demander pardon. Les premières années, il lui rendait visite une fois par semaine, lui apportait un jouet, des sucreries, et à sa mère, des fleurs. Les affaires marchaient bien. Il savait qu'il ne pourrait jamais épouser Jeannette et reconnaître l'enfant eût égard aux préjugés de sa famille arménienne mais il aimait avoir un secret. Jeannette était ouvrière, il se sentait important. Quand il venait épisodiquement les voir, il était leur bon samaritain. Un *mensch*.

Cette fois, il vient les mains vides. Il courrait un trop grand risque à entrer dans un magasin. Il limite ses déplacements au strict minimum, ne sort qu'une fois la nuit tombée, dissimule l'insigne sous sa paume et même alors, il redoute les problèmes. Il ne sait plus à qui se fier, lui qui possédait un instinct si vif et savait reconnaître un salopard quand il en croisait un.

Il arrive chez Jeannette trempé jusqu'aux os et sent immédiatement son regard se poser sur l'objet de sa honte, sur l'étoile en tissu marquée d'un J et cousue sur son cœur comme un arsenic là où jadis il mettait un mouchoir ou une fleur. Jeannette manque lui refermer la porte au nez, se ravise.

Elle ne l'invite pas à s'asseoir. Elle a peur elle aussi. Pour la petite, surtout. Si quelqu'un venait à apprendre que le père de Pili est juif, ce serait encore pire que la polio. Il n'existe pas de médicament contre ça. Il arpente les quelques mètres d'habitation, demande à voir l'enfant. Depuis qu'il ne vient plus régulièrement, Jeannette manque de tout mais elle lui prépare une tasse de chicorée. À en juger l'état de ses mains qui puisent leur réconfort sur les parois de la tasse, ses yeux rougis, sa maigreur et sa honte, lui aussi manque de tout à présent.

Elle lui dit qu'il n'est pas question de réveiller la petite. Elle a souffert toute la journée à cause de sa jambe molle. Malek insiste, supplie, ôte son chapeau, se met à genoux, s'arrache les cheveux. C'est peut-être la dernière fois qu'il lui sera donné de voir sa fille. Alors elle dit : d'accord, mais après tu t'en vas.

Il entre sans faire de bruit. L'enfant dort à poings fermés. La musique de sa respiration l'apaise. Il n'ose la toucher, moins par crainte de la réveiller que par celle de lui laisser un mauvais souvenir de lui, un souvenir en forme d'étoile jaune. Il la respire profondément et ressort de la chambre, plein d'elle. Jeannette ne peut détacher les yeux de ce J qu'elle traduit par *Jood* parce qu'elle est flamande. Elle regarde Malek remettre son chapeau et s'en aller sans un mot.

Malek Mielzaregian reviendra voir Jeannette après la guerre, une seule fois, pour lui faire savoir qu'il est vivant, s'est marié et a eu d'autres enfants.

Jeannette lui apprendra que, de son côté, elle a épousé François Toller, qui a adopté la petite. Voilà de quelle façon Malek Mielzaregian vient prendre sa place dans l'arbre d'une famille fournie en pièces détachées.

PARTIE 5

Los Angeles
Période bleu outremer
(comme un ciel au beau fixe
sur un monde crépusculaire)

La cité des anges

Le choix n'était pas innocent. Je continuais à faire ce rêve qui, à l'issue d'une partie de chaises musicales avec les anges, me parachutait sur Terre sans explication. Alors que nous hésitions entre Minneapolis et Phoenix Arizona, Irène m'assura que les rêves indiquent la marche à suivre, Epazo, les anciens parlent à travers toi, ce sera Los Angeles. L'Amérique entière avait vu ces images diffusées en boucle sur les chaînes par satellite de voitures en flammes et de jeunes en colère lançant des projectiles dans les vitrines des magasins. D'Inglewood à Watt, de Little Bangladesh à Corea Town, China Town et Little Tokyo, le souvenir des hélicoptères et des nuages de fumée noire dans un ciel azuré était encore vivace dans les esprits. De violents conflits avaient embrasé la cité des anges et le quartier coréen avait été littéralement ravagé.

Le rêve finit par l'emporter. Paco nous trouva une camionnette et nous noya sous les recommandations et les nourritures préparées par sa femme. Au bureau du gouvernement tribal, il imprima la liste des natifs émigrés dans la cité des anges et y appela une femme qui consentit à nous héberger. Notre premier point de chute fut quelque part le long de Santa Monica Boulevard, une avenue aussi longue que Grand River, qui prenait sa source du côté des montagnes, se creusait un chemin jusqu'aux beaux quartiers avant de s'interrompre quelques mètres avant l'océan Pacifique. Notre hébergeuse, une native émigrée de longue date, vivait entourée d'une population majoritairement mexicaine, et si les relations de voisinage entre Mexicains et natifs n'étaient pas au beau fixe, d'après Paco, il n'y avait pas mieux pour s'acclimater. C'était bien sûr mal connaître le génie urbain par lequel les diasporas s'installent par vagues successives et conquièrent les territoires. Mais le génie urbain n'était pas la spécialité de Paco. Après tous les services qu'il nous avait rendus, comment lui en vouloir de nous avoir parachutés dans une banlieue qui contraignait ses habitants à effectuer quatre heures d'autobus jusqu'à leur travail ?

Durant les premières semaines, l'activité grouillante de cette ville suffit à nous réjouir. Le spectacle était partout, dans la forme singulière des palmiers maigres, dans les peintures murales érigées au rang d'art supérieur, sur les plaquettes dentaires des dealers, dans les cernes bleus des femmes de ménage qui partaient de bonne heure travailler dans les beaux quartiers et dans les yeux luisants, injectés de sang et d'insomnie, des filles en short qui usaient leurs tongs en toisant les passants.

Winema Harelson, notre hébergeuse, préparait le soir une soupe de lait au sucre qui leva l'énigme de sa corpulence hors normes.

Violet s'amusa à répéter des phrases en espagnol qu'elle entendait dans la rue et à la télévision. Tathankase fit même un ami. À quatre ans, l'aménagement des territoires urbains n'était pas son souci premier.

Irène trouva rapidement une place d'aide-ménagère dans East Hollywood, une façon de mettre le pied dans la porte d'un quartier qui a priori nous était refusé. Je ne rencontrai pas les mêmes facilités. Je ne possédais aucune qualification là où la demande masculine était forte : construction, maçonnage, carrelage, jardinage. J'aurais pu proposer mes services de peintre en bâtiment si seulement j'avais été capable de recouvrir un mur de façon homogène et m'en tenir à un fond monochrome, tâche aussi rebutante à mes yeux que manger de la farine crue à la petite cuiller. Contrairement à la majorité des émigrés, ignorant qui étaient mes parents et mes grands-parents, je ne répondais à aucune injonction de réussite sociale. Mon amnésie m'épargnait au moins ça, l'obligation d'incarner les opportunités qui avaient été refusées ou confisquées à mes anciens. Et si vendre mes portraits sur les parkings de Standing Rock avait été un compromis acceptable, je me refusais à jouer les Peaux-Rouges sur Sunset Boulevard ou à Venice Beach. À choisir, je trouvais moins humiliant de ne rien faire. Il me revint donc de chercher une école où inscrire nos enfants. C'était notre priorité.

J'en visitai plusieurs et fis ce triste constat : dans les cours de récréation, les élèves érigeaient leurs propres ghettos. Ils se menaient d'impitoyables guerres territoriales auxquelles il ne manquait que les vrais revolvers. Nous nous rendîmes à l'évidence : dans le quartier où nous hébergeait Winema Harelson, les gens vivaient plus misérablement encore que dans les Grandes Plaines. Quand ils n'étaient pas dealers, nos voisins étaient au mieux surveillants de parking. La plupart des femmes travaillaient dans les beaux quartiers. Elles se voyaient contraintes de dormir chez leur employeur et ne rentraient voir leurs enfants que le week-end. Ce n'était pas ce que nous souhaitions et Irène en parla à ses patrons, monsieur et madame Kaprielian, qui nous firent une proposition.

Nous nous installâmes à East Hollywood, dans une petite dépendance au fond de leur jardin. Irène n'eut plus qu'à traverser une pelouse. L'endroit n'était pas d'un grand confort. Nous mangions et dormions dans la même pièce, la vaisselle et la toilette se faisaient dans un seul évier, à l'eau froide, mais la météo clémente de Los Angeles nous fit rapidement oublier ces contraintes. East Hollywood était un quartier calme. On y voyait la montagne se détacher sur un ciel de carte postale. Il y avait de bonnes écoles, un hôpital, une église orthodoxe dont les dômes ressemblaient à des figues offertes au ciel. La portion d'East Hollywood dans laquelle nous nous trouvions ne portait pas encore le nom de Petite Arménie mais ses habitants s'appelaient Micoyan, Papazian, Tashjian, Garabedian, Jabotian, Gulbenkian, Saraydarian, Donoyan, et cette petite musique de la langue fonçait droit sur nous, bruyante et prometteuse. Les enseignes des drogueries, des boulangeries, du centre culturel, leurs lettres en forme d'arbalète, de paupière ouverte ou de sumo japonais, interrogeaient notre œil inexpérimenté. L'alphabet arménien, proche du cyrillique et du copte, ressemblait à une partition réclamant d'être déchiffrée. L'accent de madame de Kaprielian rendait encore plus appétissants ses *kourabiédès* et ses *maamouls*[12] .Si l'intérêt de notre fils alla principalement aux pâtisseries, Violet manifesta une grande curiosité envers la linguistique. Grâce aux recommandations des Kaprielian, elle put passer un test à l'école *Rose et Alex Pilibos*, rattachée à l'église apostolique Saint Gabaret, privilège peu commun à l'égard d'une enfant appartenant à une autre communauté. Les cours d'histoire et de religion y étaient dispensés en arménien et Violet s'en réjouit. Elle montra de grandes facilités d'apprentissage qui ne seraient jamais démenties. Profitant des dons de sa grande sœur, Tathanka fut admis dans la section maternelle de l'école.

Monsieur Kaprielian me proposa de venir travailler dans sa quincaillerie sur East Hollywood Boulevard. Bien que son magasin fût sensiblement plus petit que l'entrepôt d'Alaoui, ma tâche y fut assez similaire. Il me revint de veiller à ce que personne ne vole la marchandise, de connaître l'emplacement de chaque clou, écrou, clé, perceuse, mine, visseuse, papier de verre et disque de ponçage. Mon boulot consista à trouver en un temps record ce qu'on me réclamait. J'adorais regarder Kaprielian expliquer la supériorité d'un produit sur un autre, aligner de la plus fine à la plus épaisse des mèches sur le comptoir, caresser en fétichiste le nom d'une marque, faire rugir une foreuse.

Le soir, penché sur ma feuille aux côtés de Violet, je recopiais les mots arméniens appris durant la journée. Little Armenia était un parchemin et je voulais être son calligraphe.

Nous fûmes conviés à déjeuner chez les Kaprielian. Pendant qu'Irène aidait Yeva à la cuisine, que dehors les enfants s'attaquaient à toute chose susceptible de leur résister, je restai avec les hommes au salon. Je trempai mes lèvres dans une eau-de-vie au parfum anisé. Je peinais à suivre les autres convives qui puisaient dans chaque mot un nouveau prétexte à porter un toast. Mon attention fut réquisitionnée par les photographies posées sur les buffets et les armoires, les bibelots recouverts d'une écriture en forme d'ailes de mouches et de larves de papillon, les posters montrant le Mont Arafat et le Mont Liban, les drapeaux, les symboles nationaux et religieux,

[12] Kourabiédès, sablés aux amandes. Maamouls, sablés fourrés de dattes, de pistaches ou de figues.

témoignages de leur exil.

Après quelques gorgées d'arak, mon cœur ne fit plus qu'un avec ces hommes bruyants et compulsivement fraternels qui trinquaient à la Mère Patrie.

– À Azad ! Paix à son âme !

– À Viken, mon ami !

– À nos frères restés au pays !

L'arak, le lait des braves, remplit sans discontinuer nos verres. On loua l'incroyable courage du peuple arménien. On rendit hommage à la victoire de la Mère Patrie et à son indépendance fraîchement reconquise. On salua les absents. Les discours devinrent plus lapidaires à mesure que le sang était ivre. Un convive entama un chant des patriotes repris en chœur et dont je réclamai, à présent complètement saoul, la traduction à cor et à cri. *Mon chemin, tu me mènes bien loin mais n'oublie pas de me ramener de temps en temps vers mon pays, ma petite Arménie.* Quand vint mon tour, avec ce qui me restait d'idées claires, je balbutiai dans un anglais dyslexique :

– À L'Amer Nie notre mère partie !

Ce à quoi Kaprielian s'empressa de répondre :

– Dimanche prochain, je t'apprends à cuire le *khorovats*[13] !

– Très bien, Monsieur Kaprielian !

– Aram ! Appelle-moi Aram maintenant que tu es arménien !

Il leva son verre à cette hypothèse, puis nous fûmes tous conviés autour d'une table locomotive à laquelle se rattachaient trois tables wagons, la dernière étant réservée aux enfants.

En plus d'être une élève studieuse, Violet montrait un appétit dévorant pour la géographie et l'histoire. Elle manquait parfois de sensibilité mais elle était capable d'échafauder des raisonnements brillants. Elle disait, par exemple, que les quartiers de Los Angeles étaient des petites nations, que chaque personne qui arrive dans cette ville rejoint la sienne et que sa nation à elle était… l'Arménie. Obnubilée par la délimitation des parcelles, elle me demandait de lui dessiner

[13] Shish kebab arménien.

des plans du quartier qu'elle étudiait avec soin.

– Papa, à partir d'aujourd'hui, je m'appelle Nazenie comme la fille de Yeva.

– Pourquoi, ma chérie ?

– Je suis arménienne.

Ce genre de raisonnement contrariait Irène.

– Tout ça est ta faute, Epazo ! Depuis notre arrivée, tu passes ton temps à écrire un alphabet auquel tu ne comprends rien. Les Kaprielian se montrent hospitaliers avec nous mais ne va pas te mettre en tête que tu es l'un des leurs. Comment veux-tu que nos enfants sachent qui ils sont si toi-même tu l'ignores ?

– Je croyais que tu étais heureuse ici.

– Je ne parle pas de ça, Epazo. Notre fille ment et toi, ça t'amuse.

Les Transfigurés

D'importants changements étaient en marche. Dans la cité des anges, les passants se promenaient un téléphone sans fil collé à l'oreille. Les ordinateurs n'étaient plus l'apanage des banques et des universités, ils devenaient personnels. Certains en possédaient un au bureau, un autre à la maison et dans les familles aisées, chacun possédait le sien. Les programmes s'appelaient *Windows* et corrigeaient vos fautes d'orthographe. Le courrier voyageait dans l'espace et faisait le tour de la Terre en quelques secondes.

Dans la cité des anges, on racontait que bientôt l'humain accéderait à l'immortalité sans plus avoir à s'en remettre à Dieu. Les sciences en plein essor ne permettaient pas encore de reproduire un cerveau à l'identique mais il était déjà possible de s'offrir un cœur ou un poumon de seconde main. Une révolution médicale était en route qui repoussait aussi les limites de l'esthétique. Désormais, réclamer une vulve plus étroite, un pénis plus long, un nez plus discret, un ventre plus plat, des lèvres lippues, un ovale harmonieux ou des seins en béton pour ne citer que les interventions les plus courantes, devenait aussi banal que soigner une grippe. Rides, graisses, os, pouvaient être effacés, rognés ou greffés au besoin et cette activité de rabotage, de rembourrage, de lissage, de modelage et de restructuration faisait des chirurgiens esthétiques des portraitistes d'un genre nouveau. Leur art, que j'hésitais à qualifier – défiguratif ? transfiguratif ? – m'interrogeait d'autant que sept années dans les Grandes Plaines m'avaient habitué à des visages dessinés par le soleil, le froid, le vent, la pluie, les naissances et les deuils.

C'était une chose de voir un spécimen transfiguré à la télévision, c'en était une autre d'en accueillir un à la quincaillerie. Et quand une dame a poussé la porte, encore carbonisée sous ses bandelettes de gaze, l'orifice buccal plus proche de la bétoire que de la chair humaine, j'en suis resté ébahi. Elle me reconduisait à mes premiers instants à Casablanca, dans cette chambre chez des inconnus, sous ce masque déroutant que j'avais porté dans une immobilité cadavérique.

La dame en question avait besoin de monnaie pour s'affranchir du parcmètre, le temps d'aller acheter cette viande conservée dans le sel qu'on ne trouvait qu'ici, à Pokrip Hayastan, comment l'appelions-nous déjà ? Le basturma ! C'est bien ça ! Un délice !

Avec tous ces pansements, elle ressemblait elle-même à de la viande conservée dans une enveloppe de sel. Ses yeux semblaient hurler quand le reste du faciès restait muet sous les bandelettes. Par les rares zones de chair apparente, les bourrelets de paupière cireux et violacés, les lèvres *hématosées*, j'essayai de deviner les motivations de cette femme qui s'était volontairement livrée aux scalpels et aux bistouris. Sans que je le sache, elle allait avoir une grande influence sur mon travail futur et précipiter le moment où je cesserais de vendre des clous et des visseuses.

Ma vie changea lorsque je fis la connaissance de Daron Matossian. Matossian était un des plus anciens amis de mon patron, Aram Kaprielian. Ils avaient grandi tous deux à Beyrouth et avaient étudié dans les mêmes écoles. Depuis leur arrivée à Los Angeles en 1963, ils n'avaient jamais passé une semaine sans se voir ou se téléphoner. Grand amateur d'art et de mobilier ancien, habile aux enchères, Matossian avait très vite su tirer parti de la soif insatiable de culture et d'Histoire des millionnaires arméniens exilés sur les hauteurs de Malibu. Il avait fait fortune dans le commerce des antiquités. Sa première vente, un lot d'icônes orthodoxes anatoliennes, lui avait offert un tremplin inespéré. Il avait migré de Glendale à Beverly Hills, de Beverly Hills à Malibu, se rapprochant sans cesse de ceux qui lui achetaient à prix d'or des fragments d'Histoire.

Les montagnes ici lui rappelaient le Mont Liban de son enfance. Sa réussite avait été fulgurante si on la comparait à celle de mon patron resté modeste quincaillier et toujours installé dans le quartier des primo-arrivants. Mais ces inégalités n'avaient pas entamé l'amitié qui illuminait leurs visages dès que Matossian poussait la porte du magasin, son regard mosquée bleue rehaussé par une tignasse très blanche, un collier de barbe argenté et des voûtes sourcilières dont la symétrie ne pouvait qu'être l'œuvre d'un barbier démesurément consciencieux. Ses iris flottaient dans un blanc de jeunesse encore bleuté et plein de vigueur. C'était un homme très séduisant, et j'espérais que mon patron l'invite à un de ces déjeuners auxquels nous étions désormais conviés chaque dimanche.

Ce jour-là, mon patron était absent et le calme régnait sur le magasin. Matossian est entré et m'a demandé à quelle heure rentrait son ami. Nous avons bavardé. J'ignore qui l'en avait informé – Kaprielian, je suppose : il savait qu'avant de travailler à la quincaillerie, j'avais gagné ma vie en vendant mes dessins. Il m'a demandé dans quelle école d'art j'avais étudié et si je possédais quelques notions en histoire de la peinture. Il m'a confié posséder une galerie à Glendale, dans laquelle il avait exposé des peintres de renom tels que William Saroyan et Arshile Gorky. Je n'avais aucune idée de qui étaient ce Saroyan et ce Gorky mais Matossian savait capter votre attention. C'était un conquérant, un hâbleur né. Il donnait aux mots une couleur particulière, qu'il fût question de peinture ou de la contravention sournoisement collée sur son pare-brise pendant que nous discutions. Il cherchait une personne capable d'expliquer à ses clients la différence entre une croûte et une œuvre, un érudit. Il en avait assez des jeunes potiches qu'il engageait par gratitude envers ses amis et qui confondaient poudre à joue et pigments. Il ajouta que le poste ne serait guère mieux rémunéré que mon travail de magasinier mais qu'il me correspondrait mieux.

– Et Monsieur Kaprielian ?

– Ne t'en fais pas, il survivra.

J'en parlai à Irène et le petit précipice d'incompréhension entre ses yeux se creusa un peu plus. Elle scruta ce ciel devenu le nôtre, espérant y voir passer un nuage envoyé par ses frères.

– C'est une bonne nouvelle, dit-elle finalement.

Je savais qu'elle ne le pensait pas, que son cœur, vigoureux dans les Grandes Plaines, ne trouvait pas son rythme dans cette ville. Je la remerciai pour l'effort consenti.

Nous déménageâmes à Glendale. Kaprielian ne m'adressa jamais directement ses reproches. Ma culpabilité s'estompa devant les bénéfices indiscutables de rues bien aérées et d'une maison dans laquelle chacun possédait sa chambre. J'achetai à crédit une Pontiac décapotable à Irène, conscient que la seule chose qui retenait encore ma femme dans cette ville était cet entrelacement d'avenues et d'autoroutes, de parkings et de stations essence offrant l'illusion que les Grandes Plaines restaient à notre portée. Elle aima conduire les enfants à l'école, à la danse, au judo. Ça lui rappelait Bullhead.

La galerie Matossian se trouvait sur S Louise Street. C'était un cube de béton nu dont les murs conservaient la fraîcheur et absorbaient les sons. Il y régnait une atmosphère d'aquarium propice à la réflexion. Le rez-de-chaussée se composait de pièces d'exposition dont l'une servait aussi de bureau. Une dizaine de tableaux y étaient exposés. Le reste était entreposé dans un petit local au fond de la galerie. Au premier étage, une surface à peu près équivalente – mais à la température plus élevée par sa proximité avec le toit – restait inoccupée.

Durant les longues heures calmes et blanches qui remplissaient ma vie de galeriste, j'en consacrai une partie à peindre dans l'une des pièces du premier étage. Les jours où je préparais mes fonds, où je faisais fondre la gélatine sur un petit réchaud, ça sentait le lièvre mort là-haut. Une à deux heures par jour, je me consacrais à des tâches administratives telles qu'allumer l'ordinateur, éteindre l'ordinateur, tenter de dompter le clavier de l'ordinateur. Je tapais avec mes deux index. Cette activité m'épuisait. J'en sortais plus fourbu qu'après avoir fait l'amour cinq fois de suite avec ma femme. Je ne répondais aux courriels adressés à la galerie qu'en cas d'extrême urgence et me contentais le plus souvent de les transférer à Matossian.

Il ne se passait rien du lundi au mercredi. Le jeudi, jour de vernissage, la galerie se transformait en sanctuaire dédié à la diaspora arménienne, celle de Beyrouth et du Caire, de Turquie et de Macédoine. Matossian mettait un point d'honneur à recevoir, malgré un agenda chargé qui l'obligeait à quitter Los Angeles plusieurs fois par semaine. Les rencontres du jeudi étaient incontournables. Pas question d'en annuler une sous prétexte qu'il n'y eût rien de nouveau à exposer. Le même artiste se trouvait « verni » plusieurs mois d'affilée, n'attirant jamais que les indéboulonnables. On trinquait à la Mère Patrie sur le petit trottoir devant la galerie. Rarement un convive s'aventurait à l'intérieur. Je m'interrogeai sur les raisons de cette désaffection.

Les artistes arméniens représentés par Matossian donnaient sans exception dans la peinture abstraite. Or, pensais-je, on ne trinque pas volontiers à la santé d'une giclure d'huile ou d'un agglomérat de résine. On ne porte pas un toast à un parallélépipède rectangle avant le dixième verre. Enfin, c'était mon avis. Venait s'ajouter à ce premier obstacle le fait que les œuvres que j'étais supposé vendre n'éveillaient pas chez moi un grand enthousiasme. Le soir en rentrant, j'interrogeais mon fils. Je lui demandais s'il préférait les triangles ou les hiboux. Ma mauvaise foi était sans limites. Miro, Kandinsky, Paul Klee parlent davantage aux enfants que Le Titien et Véronèse mais la question n'était pas là. Je cherchais le moyen d'offrir à la galerie une meilleure visibilité.

Un jour, un mail arriva qui retint mon attention. Un client se plaignait de la rareté de la peinture figurative sur le marché de l'art américain. Il déplorait un certain conformisme de notre part, par méconnaissance ou par facilité, précisait-il. Il ne comprenait pas pourquoi nous mettions systématiquement en avant une mouvance abstraite florissante au détriment d'une autre, réaliste et injustement délaissée depuis Jackson Pollock. Le rôle du galeriste n'était-il pas celui du résistant ? L'expéditeur poussait sa démonstration jusqu'à affirmer que ce qu'il manquait à cette ville, c'était un grand peintre figuratif arménien capable de rendre à la diaspora sa grandeur et son Histoire. Le courriel se concluait par un Vive l'Arménie ! Vive notre Mère Patrie ! Votre bien dévoué. TRÈS CHER MONSIEUR, répondis-je aussitôt, JE NE PEUX QU'ABONDER DANS VOTRE SENS. JE TROUVE PERSONNELLEMENT LA PEINTURE ABSTRAITE ENNUYEUSE COMME UN FLEUVE SANS POISSONS ET JE VOUS INVITE A PASSER À LA GALERIE A VOTRE BONNE CONVENANCE. NOUS FERONS PLUS AMPLE CONNAISSANCE… J'omets sans doute dans ma retranscription quelques énormités orthographiques, car en dépit de mes progrès et du programme de correction automatique, il devait rester quelques coquilles mais dans l'esprit, c'était à peu près ça.

Le carillon de la galerie retentit quelques jours plus tard – fait assez rare pour être mentionné – et je fis la connaissance de ce correspondant absolument charmant, pétri d'intelligence, qui partageait mes goûts et ma consternation. Je nous préparai du café et il me montra un livre qu'il m'avait apporté. Ce n'était pas un livre de peinture mais d'Histoire.

– Pourquoi personne ne peint ça ? me demanda-t-il devant une photographie dont la légende disait *Orphelins arméniens de Tarse après les massacres d'Adana en 1909*. Nous en avons longuement discuté. Au moment de partir, il m'a dit :

– Gardez le livre. J'ai décidé de rentrer en Arménie. Maintenant que nous avons recouvré notre indépendance, le meilleur livre sur l'Arménie est l'Arménie elle-même.

Ses mots firent sur moi une forte impression.

Krekor T.

– Je n'ai rien vu d'aussi bon depuis longtemps, Epazo ! Ce peintre est exceptionnel ! Regarde toutes ces inscriptions truffées de fautes d'orthographe à la marge… C'est… C'est…

– Nouveau ?

– Voilà ! Organise-moi un rendez-vous le plus rapidement possible. On va faire un malheur.

Il me fallut alors expliquer à Matossian qu'après m'avoir laissé quatre toiles en dépôt, l'artiste avait omis de me laisser ses coordonnées.

– Enfin, Epazo, on ne laisse pas partir un talent de cette envergure sans lui demander où on peut le joindre ! On lui montre qu'on tient à lui ! On le bichonne ! On ne le jette pas dans le lit de la concurrence !

Lui, d'ordinaire si posé derrière son collier de barbe taillé par un André Le Nôtre du système pileux, était hors de ses gonds.

– Bon, ce n'est pas grave. Cherche-le sur Internet. Trouve-moi son site, les galeries où il a exposé. Tu m'as dit qu'il s'appelait?

– Krekor T.

– C'est une blague ?

– Non, regarde, en dessous des orphelins de Tarse, la signature est parfaitement lisible… Krekor T.

Matossian arpentait la galerie à la rechercher d'une piste. Terzan ? Tachyan ? Tcouldjyan ? Tovmassyan ? Tutundjyan ? Tchekedjian ? Tcheraghastshian ? Tchirakian ? Toumanian ? Et en sale gosse que je suis, je n'ai pu résister au plaisir de remettre un peu d'huile sur le feu.

– J'ai cru comprendre qu'il habitait au bord de l'eau.

– Au bord de l'eau, hein ? Tu sais combien de peintres californiens habitent au bord de l'eau ?

Ainsi naquit Krekor T., peintre figuratif jusqu'alors

injustement méconnu, artiste majeur de la fin du XXe siècle d'origine arménienne émigré sur la côte ouest des États-Unis. Matossian resta un long moment à contempler les toiles, s'amusant d'un détail qui lui avait échappé, puis d'un autre. J'avais signé les toiles d'un sang prélevé à la pointe de mon pouce que j'avais mélangé ensuite à de la laque de garance et du jaune d'œuf et les avais intitulées *Sang arménien n°1, n° 2, n°3, n°4.*

– Je peux te montrer ce que je peins en ce moment ? demandai-je quand nous eûmes terminé.

Contrairement aux toiles de Krekor T., mes *Transfigurés* suscitèrent chez mon patron un dégoût assumé. Il les qualifia de *disgusting*, dégoûtantes. À mes yeux, c'était la plus flatteuse des louanges. Je pensais : il n'est pas encore prêt. Je pensais : on reconnaît l'excellence en ce qu'elle bouscule celui qui regarde dans ses habitudes esthétiques. Je pensais : je tiens vraiment un truc formidable avec mes *Transfigurés.*

– Écoute, Epazo, je ne te dis pas que c'est mauvais... Mais réfléchis une minute... Les femmes se font toutes rafistoler, à commencer par la mienne. Tu penses vraiment qu'elles auront envie d'accrocher ça dans leur salon ?

– Et les orphelins de Tarse ? lui objectai-je.

– Ça n'a rien à voir.

Je pensais : il va finir par comprendre. Je pensais : mais non, il ne voit rien. Pour lui, Krekor T. et Epazo Mark Johnson sont deux peintres distincts. Le *winner* et le *loser.*

– Retrouve-moi ce Krekor. Demande-lui d'autres toiles. Organise un vernissage. Je n'ai pas envie qu'il aille montrer ses toiles ailleurs. Je veux l'exclusivité.

Quoi que pense Matossian de mes *Transfigurés*, je ne succombais pas à un penchant morbide. Mon travail était sérieux. Si ça existe, il faut regarder. Je nourrissais le projet d'assister à des interventions dans les cliniques les plus en vue de Los Angeles. Je voulais cueillir des opérés au saut de l'anesthésie totale, au sortir du charcutage, de la ponction, de l'augmentation, du réajustement, de l'agrafe et de la couture. J'ambitionnais de les peindre à la bétadine, dilatés et perclus d'ecchymoses. Si ça existe, si des gens vivant dans un pays en paix et dans l'opulence éprouvent le besoin d'entrer en guerre esthétique, de se transformer en grands mutilés, noirs à la peau blanchie, blancs à la peau brûlée, adeptes de l'amputation, de la nécrose cutanée et de la paralysie faciale, alors il faut peindre ça, donner à voir, explorer la métempsychose, défier les théories de Darwin, montrer l'humain dans sa propension à se démultiplier à l'intérieur d'un seul, dans son rapport ambigu à la beauté et à sa dégénérescence. Je n'avais toujours pas trouvé le nom juste. J'hésitais entre *Les Mutilés d'Hollywood*, *Les Vétérans de la Paix*, *Les Schizophrènes Plastiques*. Aucun ne me semblait à la hauteur du phénomène et après tout, les mots n'étaient pas mon métier.

À partir du jour où Krekor T. s'immisça dans nos existences, Matossian ne vit plus en moi un simple employé mais un partenaire. Il m'avouerait plus tard qu'il avait craint que j'ouvre ma propre galerie et promeuve seul l'artiste. De mon côté, j'entamai d'hypothétiques tentatives de joindre le peintre prodige et finis par convaincre Matossian d'organiser une première exposition sans lui. Une date fut fixée et nous gageâmes qu'entre-temps Krekor T. réapparaîtrait. La veille du vernissage, quatre toiles furent accrochées dans la petite galerie de S Louise Street et, pour la première fois de mémoire d'amnésique, mon travail fut exposé. J'allai apposer moi-même une pastille rouge au bas de chaque tableau vendu et l'ensemble nous rapporta dix-huit mille dollars dont Matossian me rétrocéda 10 %. Les tableaux montraient les plaines d'Anatolie, la baie d'Antioche, les camps de réfugiés de Port Saïd, les morts, les survivants, des paysans au champ, des commerçants dans leur officine, des instituteurs devant leur classe, des fusillés, des pendus, des prêtres apostoliques au prêche, des fantômes décharnés avançant nus dans des étendues désertiques, des crânes dans des fosses, des enfants transportés à Beyrouth et au Caire, naissance, mort, naissance, mort, dans un jeu de miroirs sans fin, la vie qui renaît sur les piles de cadavres. Ajoutés à la marge, des extraits de poèmes en langue arménienne, des témoignages plus ou moins authentiques mais toujours écrits avec sincérité, souvent recopiés dans l'ouvrage qui m'avait été confié. Nous étions le 16 mars 1997. Je ne possédais pas encore de téléphone sans fil mais j'avais bien compris qu'avec une adresse e-mail, on pouvait devenir n'importe qui, grospatapouf, erreur404, captainkurk17startreck, trouduc_86, alberttteinsteinnnn3.14 ou plus modestement, krekor.t@yahoo.com.

Je peignis jour et nuit. Je peignis les morts, les vivants. Je passai mon temps enfermé dans ce refuge de béton rendu étouffant par sa proximité avec les toits. Je conservais la clé dans ma poche et veillais à fermer la porte derrière moi. Curieusement, bien qu'il jugeât mon travail personnel peu prometteur, Matossian me laissa le conduire comme je l'entendais. De temps en temps, et uniquement à ma demande, il consentait à y jeter un œil. Il continuait à désapprouver cette portraiture qui cherchait la vérité dans l'os. Il disait que je gâchais mon talent. À mes yeux, l'impardonnable erreur aurait été au contraire de ne pas peindre le meilleur mutilé esthétique possible, de ne pas faire entendre son cri. Quand je rentrais chez moi, vidé, saigné, je m'occupais de mes enfants et je faisais l'amour avec Irène.

Un matin, ayant très largement abusé de la patience de Matossian et de ses absences prolongées à New York, Londres, Paris et Buenos Aires, je l'informai que nous avions enfin des nouvelles de Krekor T. Je lui lus le courriel rédigé par mes soins, articulant chaque syllabe, laissant aux chevaux de son imagination tout le temps de gravir les obstacles: « Cher Monsieur, je vous suis reconnaissant de faire cas de mes œuvres. Votre associé est un Arménien connu et respecté. Entre nous, nul besoin d'un contrat écrit, du moins à ce stade. Permettez-moi d'emprunter ces quelques mots à notre regretté écrivain William Sorayan, que j'ai eu l'occasion de rencontrer peu avant sa mort. *Je voudrais bien voir qu'un pouvoir en ce monde détruise cette race, cette petite tribu sans importance qui a toujours été combattue et déclarée vaincue, dont les structures ont été mises en miettes, dont la littérature n'intéresse personne et dont les prières n'ont pas été entendues. Allez-y. Détruisez l'Arménie. Essayez de voir si vous en êtes capables. Envoyez-les dans le désert sans pain et sans eau. Brûlez leurs maisons et leurs églises. Et ensuite, voyez s'ils ne vont pas rire et chanter et prier à nouveau.* Même en m'y essayant jusqu'à mon dernier souffle, je ne saurais mieux le dire, paix à son âme. Cordialement, votre dévoué, Krekor T. Post Scriptum : j'ai fait livrer trois nouvelles toiles à votre galerie. Ce sont des grands formats. J'espère qu'ils vous plairont. »

Une heure plus tard, Matossian était là.

– Où sont les toiles ?

– Je les ai mises dans le local.

– Quelle société les a livrées ? Tu as récupéré le bon de livraison ?

– Elles étaient derrière le yucca quand je suis arrivé.

Il sortit contempler les dalles ocres à présent vides qui semblèrent avoir subitement doublé de valeur au contact des tableaux. Puis il examina *Bourj Hammoud*, *Cimetière arménien du Vieux-Caire* et enfin *Cilicie*, trois formats 109x150 cm.

L'énigme Krekor T. s'étoffait. Était-ce un nom d'emprunt ? Le peintre souffrait-il d'une maladie orpheline l'interdisant d'apparaître au grand jour ? Était-il dans le collimateur de la justice ? Avait-il commis un crime ? Des ayants droit tentaient-ils de le faire connaître à titre posthume ?

La deuxième exposition fut un succès. Philibossian, Hagob, Kevork, les acheteurs se multipliaient. Des options furent prises sur les œuvres à venir. L'absence de l'artiste offrait un sentiment de liberté extraordinaire aussi bien aux acheteurs qu'à nous. Les clients s'exprimaient sans retenue. Je pouvais recueillir leurs compliments sans paraître infatué ni me sentir l'obligé de quiconque. La diaspora libanaise le prétendit Libanais, ceux d'Égypte jurèrent de ses origines cairotes, les Anatoliens confirmèrent ce qu'ils savaient déjà : Krekor T. était anatolien. Chacun puisa ses arguments dans la peinture même. Par cet amusant jeu de miroirs, j'eus paradoxalement l'impression de me trouver plus près de la vérité que jamais.

Si l'amélioration de notre train de vie suppléa quelque temps l'absence de roses des prairies et de truites argentées dans le cœur d'Irène, une tristesse vint habiter son ventre à l'endroit où jadis le feu avait couvé. Ses beaux yeux de chouette devenus de grands lacs de mélancolie, elle roulait sous un ciel sans nuages, reprochant constamment aux enfants leur manière de se comporter. Elle ne les rencontrait plus que dans le rétroviseur de la Pontiac.

Après la transformation spectaculaire de Violet, c'était à présent au tour de Tathanka de contester ses origines lakota. Ses mimiques, son accent étaient si californiens qu'Irène en venait parfois à douter de l'avoir mis au monde. Nous étions à cet endroit du couple où deux chemins sont possibles : laisser la famille se désagréger ou faire un troisième enfant.

Moral Majority

Violet entrait avec prudence dans l'adolescente. Elle se rêvait avocate et suivait avec grand intérêt les procès filmés des tribunaux retransmis sur les ondes de Court TV. J'étais désormais propriétaire d'une villa avec piscine dans laquelle j'avais installé mon atelier. J'y garais mes grands formats, une dizaine de *Transfigurés* qui, posés sur la tranche, formaient un pain de toiles géant contre le mur du fond. Je n'avais cessé de voir toujours plus grand, imprégné des dimensions de cette ville qui s'étendait des Rocheuses à l'océan et dont les côtes semblaient indéfiniment élastiques.

Les tableaux de Krekor T. m'assuraient un bon revenu. Un contrat liait désormais Matossian à l'artiste arménien fantôme, contrat qui concédait à ce dernier 40 % du fruit des ventes. J'étais parvenu à convaincre Matossian de me laisser gérer seul ce peintre excentrique, misanthrope et absent. Leurs échanges se limitaient à un mail ou deux par mois et dans ses mauvais jours, Matossian menaçait de tirer l'affaire au clair en mettant un détective sur le coup. Généralement, un coup de téléphone le rappelait à des affaires plus juteuses – ou moins sentimentales – chez Sotheby's ou Christie's. La petite galerie sur S Louise Street redevenait ce qu'elle était, une charmante auberge des amitiés patriotiques, un écrin de fierté arménienne dont les revenus servaient à me payer et à amortir l'alcoolémie du jeudi.

De mon côté, je m'efforçais de maintenir le prix des toiles de Krekor T. sous la barre des quinze mille dollars. Je voulais rester discret, ne pas attiser les convoitises. Tant que Krekor T. se vendait à un prix raisonnable, je pouvais dormir sur mes deux oreilles, Matossian négociant des Picasso, des buffets Rothschild, des reliquaires mystérieusement disparus de leur site d'origine en Égypte ou en Anatolie et aussi mystérieusement réapparus sur les commodes de collectionneurs polyglottes et naturalisés américains.

Pendant que Violet se passionnait pour les procès retransmis en direct, je devins un adepte des chaînes de télévision évangélistes qui délivrent la bonne parole vingt-quatre heures sur vingt-quatre par les voies du satellite. Je puisai mon inspiration dans les discours qui façonnaient l'Amérique. Je devins un fidèle de Pat Roberson, fondateur de la *Christian Coalition of America* et de Jerry Falwell dont le mouvement *Moral Majority* avait conduit Ronald Reagan et Georges H W Bush à la victoire présidentielle. Leurs messes réunissaient plusieurs millions de croyants dans des chapelles dont les murs avaient explosé. Je portraiturai les clowns de la foi, leurs grimaces, leurs contorsions, leurs simulacres de transe, le génie des muscles faciaux. Je portraiturai les druides modernes, leurs sermons hallucinés, leurs miracles en direct sur Christian Broadcasting Network et Trinity Broadcasting Network, *ô Lord,* des infirmes qui se lèvent et marchent face caméra, *Thank you, Jesus,* des pianistes paralytiques retrouvant l'usage de leurs mains, *Glory to God,* des aveugles délivrés de l'obscurité, ô toi le Destructeur, sors de ce corps immédiatement, je te l'ordonne ! Ô Seigneur, Tout-Puissant ! Fais danser ce cul-de-jatte ! Je portraiturai les pasteurs entrés en politique distillant la démence collective par les voies impénétrables de la télécommande. Je peignis la Sainte Trinité, au nom de l'Église, de la Télévision et des États-Unis d'Amérique. Je peignis les nouveaux chirurgiens du cerveau. Tout cela me retenait tard dans la nuit et quand je retrouvais Irène, j'étais si imprégné de térébenthine qu'elle m'envoyait dormir dans la chambre d'ami. Les nuits où nous dormions ensemble, elle disait que mon sommeil était habité.

– Tes mauvais esprits parlent quand tu dors.

– Que disent-ils ?

– Je ne sais pas.

– Essaie, Irène, rien qu'un mot, je t'en supplie, c'est important.

Je voulais ajouter, c'est plus important que tout ce que nous avons vécu. Ce ne sont pas mes mauvais esprits, ce sont mes anciens. Mais je n'en trouvais pas le courage.

– Irène, tu veux bien m'enregistrer la prochaine fois ?

– Je crois que tu es en train de devenir fou, Epazo. Cette ville va nous perdre.

Et elle se retournait. Et je ne voyais plus alors que les plaines et les montagnes de ses hanches et de son corps, que j'aimais tant, et qui paraissaient si lointaines.

Un vétéran faisait la manche devant notre supermarché. Chaque fois que mon fils le voyait, il me réclamait un dollar qu'il allait lui remettre et échangeait avec lui quelques mots. J'étais impressionné par l'assurance dont ce petit bonhomme faisait preuve. Tathanka Mark junior discutait d'homme à homme avec un soldat auquel il manquait les deux jambes. Il gardait le menton haut, le nez au vent, les mains bien enfoncées dans les poches avec cet air de dire : toi et moi, on a connu l'enfer, mec. Quand nous rentrions à la maison, il attendait que nous soyons tous rassemblés autour de la table et nous faisait part de son projet d'aller combattre dans le Golfe Persique. Il nous parlait de l'invasion du Koweït, des puits en flammes, de l'opération Tempête du désert. Irène se morfondait, laissait Violet monter seule au front et lui rappeler que ce n'était pas aux natifs de servir l'armée américaine. Je l'écoutais, impressionné par ses talents d'élocution et sa maturité, convaincu que les lubies de mon fils lui passeraient. À dix ans, rien n'est écrit.

Une nuit, un sang noir et grumeleux coula entre les jambes d'Irène. Le médecin nous expliqua que le fœtus n'avait pas tenu, que l'enfant était parti. Elle ne souffrit pas physiquement mais le vide qu'il laissa la plongea dans une dépression sévère.

Un être sans visage fut livré à l'éternité. Je dormis de plus en plus souvent dans la chambre d'ami et de moins en moins contre ma femme.

Le 12 décembre 1999, Irène rentra à Bullhead avec les enfants. Ce n'était pas un divorce, elle voulait que je l'accompagne, elle m'aimait encore mais ne supportait plus de passer les fêtes loin de sa fratrie.

Le même 12 décembre, je me rendis chez un imprimeur et lui commandai cent faire-part annonçant le décès de Krekor Tchirakian. Le corps, rapatrié en Arménie par la famille, serait inhumé au cimetière d'Erevan le 16 décembre à 10 heures 30 précises. Qu'il repose en paix et que sa peinture rayonne à travers le monde. Je savais mieux que personne où serait Matossian le 16 décembre à 10 heures 30 : à Paris, chez Christie's, devant un lot de trois horloges XVIIIe ayant appartenu au château de Chantilly, prêt à renchérir pour le compte de son meilleur client. Ce n'est qu'après l'avoir informé de la triste nouvelle, lorsque je le trouvai, les deux pieds posés sur mon bureau, jouant à pile ou face avec un faire-part, que je pris la mesure de ma naïveté.

– Enfin, Epazo, tu ne pensais pas sérieusement que je croyais tes histoires ?

– Pourquoi n'as-tu rien dit ?

– Parce que je trouvais l'idée astucieuse. Parce que mes amis n'auraient jamais acheté un tableau peint par un Peau Rouge. Parce que les Arméniens Peaux Rouges, ça n'existe pas. Bon, puisqu'ils sont imprimés, on ne va pas gâcher la marchandise. Les morts se vendent mieux que les vivants, tu n'es pas de mon avis, Krekor T. ?

La chute éternelle

À 7 heures 15, heure de l'Indiana, Matossian adressait une prière au Saint-Esprit, pressé d'en finir avec ce vol de nuit à destination de New York qui semblait ne jamais vouloir finir. Trois œuvres de Joan Miro seraient mises en vente à la mi-journée. Miro était un investissement aussi sûr que l'étalement de la dette d'un pays pauvre et il n'aurait manqué ce rendez-vous sous aucun prétexte.

À 5 heures 15, heure de la côte ouest, encore somnolente Elvira, aide-ménagère, consultait le cadran de sa montre, le cerveau en pilotage sur les horaires d'autobus qui arpentent le Santa Monica boulevard d'Est en Ouest et dessert les beaux quartiers en personnel de maison. Au même moment– 8 heures 15, heure locale – cinq passagers en provenance de Boston, un Égyptien et quatre Saoudiens, se donnaient le signal et deux d'entre eux pénétraient dans la cabine du commandant du vol 11 de la compagnie American Airlines pendant que les trois autres s'occupaient des passagers, amorçant le premier détournement aérien d'une longue série qui allait modifier à jamais le récit du monde, contraindre l'avion de Matossian à rebrousser chemin, anéantir dans un concert assourdissant deux tours d'immeubles en miroir hauts de quatre cents mètres, trente ans d'illusions d'optique, un nombre inhabituel de certitudes et de vies humaines avec leur lot de douleur et de difficultés respiratoires, déclenchant l'alerte quasi immédiate aux frontières, l'effondrement des places boursières et l'élévation des murs, la multiplication des écoutes et des actes racistes, la banalisation des perquisitions policières, l'essor inattendu du monde virtuel et des achats en ligne et, dans l'immédiat, la fermeture temporaire de Christie's et le report de la vente des trois Miro. Nous étions tous prisonniers des mêmes images : le premier avion s'enfonçant dans le verre et l'acier de la tour Nord métamorphosée en bloc de beurre, l'épais nuage de fumée et d'incompréhension, le second avion dix-sept minutes plus tard, l'effarant spectacle de ces personnes sautant de la tour en flammes, de cet homme à la fois immobile et propulsé à la vitesse du son, tête la première, de ce Batman anonyme, de ce super héros condamné par la diffusion en boucle de l'image filmée à tomber encore et encore, comme si la chute en soi n'était pas une épreuve suffisamment effroyable. Au-delà de l'incroyable brutalité avec laquelle l'impensé avait surgi, sa répétition était d'une violence dont l'œil ne pouvait se défaire et, pour une raison que je m'expliquais mal, cet homme condamné à tomber jusqu'à la fin des temps sans jamais arriver en bas, cet homme à qui une destination finale était refusée, c'était moi. Je pensais : TOMBER ÉTERNELLEMENT N'EST PAS UNE VIE. Je pensais : TOMBER ÉTERNELLEMENT N'EST PAS UNE MORT NON PLUS.

Plus tard, le nom de Matossian vint s'inscrire sur l'écran de mon téléphone portable car oui, je m'étais résigné à en acheter un.

– Tu as vu ?

Tout le monde posait la même question, cherchant encore la parade à ce qui ne pouvait être envisagé. Ça prendrait des mois, des années avant que le cerveau s'accoutume. Matossian en bégayait.

– Je ne sais pas si tu te rends compte, Epazo. À une heure près, je me serais trouvé dans cette tour en train de prendre mon petit-déjeuner avec mon client. Ç'aurait pu être moi, l'homme qui…

– Oui, mais ce n'est pas toi, ai-je coupé court. L'entendre me dire qu'il était l'homme qui chute éternellement avait quelque chose d'obscène. C'était un autre effet collatéral de ces images qui tournaient en boucle sur les écrans de télévision : tout le monde était l'homme qui se jetait dans le vide sans jamais atterrir, plus personne ne se préoccupait de savoir qui cet homme était vraiment. L'humanité se scindait en deux. Une moitié devenait l'homme qui se jetait dans le vide, l'autre, le pilote kamikaze qui percute la tour.

Une fois l'ampleur du désastre chiffré, et plutôt que de laisser le moral de ses clients péricliter, Matossian chercha un remède. Il ne s'apitoyait jamais longtemps, qualité qui faisait de lui un excellent homme d'affaires. Le XXIe siècle était mal barré ? OK, mais toute nouvelle situation n'engendre-t-elle pas de nouvelles opportunités ? Face à la dégringolade des places boursières, les collectionneurs éprouvaient un besoin immodéré d'optimisme. Ils voulaient des couleurs vives, des œuvres qui ne posent pas question. Ils étaient prêts à dépenser vingt-cinq millions de dollars pour remplacer la sinistre équation de l'homme qui se jette dans le vide par un chien ballon en acier inoxydable aux dimensions astronomiques. Et Matossian entendait bien en tirer profit. Il envisagea de nouvelles filières. Les tableaux aussi sont susceptibles d'être détournés dès lors que les aiguilleurs officiels se révèlent impuissants à en assurer le trafic.

Matossian m'introduisit dans un monde dont il m'avait jusqu'alors tenu à l'écart : celui des affaires proprement dites. Il m'assura que je pourrais gagner beaucoup d'argent et me faire construire un manoir dans les collines de Malibu.

– Pense à Irène. Pense aux enfants. Ils étudieront dans les meilleures universités.

Il me présenta un certain Romik, dont en six ans de bons et loyaux services à la galerie, je n'avais jamais entendu prononcer le prénom. Je me préparais à rencontrer un de ces milliardaires à la peau de reptile cultivant les métastases au bord d'un bassin d'eau en mosaïque importée d'Italie et sur ce point, je fus déçu.

De l'extérieur, la maison ressemblait à un gigantesque garage encastré dans la roche. Une piscine recouverte d'une bâche semblait à l'abandon. Embusqué derrière un *L.A.Times*, Romik portait un peignoir élimé et sans marque. Un maillot de bain sans cordon laissait entrevoir, enfin bon. Quand il nous entendit arriver, il maugréa un « I fuck Muslims » qui termina de façonner l'impression générale et se débarrassa de son journal avec les égards qu'on réserve à un vulgaire rideau de douche. Il porta une longue accolade à Matossian, puis me broya la main et me tendit sa carte de visite. *Romik Garabedian. Art expert. Authentification. Certificates delivery. US. Canada. Argentina. UK. Ireland. Finland. Germany. Italy. Spain. Portugal. Ukraine. China.* Soit le boulot payait mal, soit Romik cherchait à éviter les contrôles fiscaux comme on se prémunit de maladies sexuellement transmissibles.

Un long couloir distribuait des pièces à la température constante. Un grand bureau en désordre offrait une vue à pic sur l'océan. Sa décoration était pauvre et sentait le célibat. Là où l'on se serait attendu au mieux à un calendrier Pirelli se trouvait accroché le *Portrait au collier d'épine et colibri* de Frida Kahlo. Je me suis tourné vers Matossian dans l'attente d'un éclaircissement. La situation n'était pas déplaisante, elle avait l'odeur érotique et moisie du commerce souterrain. Je me suis approché du tableau et j'ai pris mon temps. J'ai imaginé ce Romik aux manières rustres, mort, les tripes à l'air, les testicules formant une petite mare de peau flasque entre ses jambes. Ça m'a détendu.

– C'est le troisième certificat d'authenticité que je délivre à un Portrait au collier d'épine et colibri. Et il y en a probablement une trentaine d'autres en circulation. Tu vois où je veux en venir ? demanda l'expert.

À vrai dire, non, je ne voyais pas.

– Tu es parfaitement capable de peindre un Kahlo.

– Je pense que vous faites erreur. Daron, dis-lui... Je ne suis pas faussaire. Il m'arrive de peindre sous un nom d'emprunt mais mes œuvres sont authentiques.

– Et moi, je te dis que tu as toutes les qualités d'un grand faussaire. Ton trait est fulgurant. Il passe directement de la tête à la main. Tes ajustements sont rares parce que dans ton cas ils sont inutiles. J'ai bien étudié les tableaux de Krekor T. : c'est ton immédiateté qui fait ton génie. Je ne prétends pas que tu pourras tout copier. Max Ernst, Chagall, Dali, Miro, ça me paraît compliqué. En revanche, un Kahlo ou un Riviera, c'est dans tes cordes, fais-moi confiance. Depuis que je fais ce métier, j'ai délivré plus de certificats d'authenticité que je n'ai bouffé de *maamouls*[14].

Je les ai suivis jusqu'à une petite pièce où était conservé un original de Diego Riviera, un *Dos de femme nue* datant de 1926. Mon œil est parti à la conquête des chairs, du grain de peau, des volumes. J'ai pensé à Irène. À mes côtés, Romik s'est mué en homme presque fréquentable. Il respirait, mangeait la peinture. Son regard courait sur la toile, magnétique, profond. Le regard de la conviction absolue.

– N'est-il pas admirable ? Regarde cette lumière légèrement

[14] Biscuits sablés fourrés de dattes, de pistaches ou de figues.

déportée sur la gauche de la colonne vertébrale. Tu penses pouvoir peindre ça ?

– Non, ai-je répondu sans la moindre hésitation.

– Eh bien moi, je suis convaincu du contraire.

Big Storm

Romik me fournit support, toile, pigments, liants, toute chose qui à l'expertise situerait la conception du tableau aux alentours de 1926. Je fis d'abord quelques essais sur papier. Je procédai selon mon habitude, par le truchement d'un songe fluctuant, ne cherchant pas la maîtrise, m'effaçant dans l'exercice, me dissolvant dans l'œuvre en cours, pliant la cambrure des reins de cette femme que je tentais de reproduire à mes propres désirs, renforçant l'arrondi du fessier, allongeant la dimension du cou, ce qui n'était visiblement pas la méthode appropriée. Créer à l'identique réclame la pleine conscience. Après plusieurs tentatives infructueuses, furieux de me laisser happer à chaque fois par les sirènes de l'interprétation, je me distanciai de ce dos de femme délicieusement sensuel. Je me persuadai que je peignais une pierre, un bidet, une casserole. J'obtins alors un résultat plus fidèle à l'original mais auquel il manquait l'essentiel : l'incarnation, la chair vibrante, le mouvement, l'oscillation. Matossian me houspillait. Sous prétexte que l'Amérique s'était pris deux avions dans les jambes, il fallait livrer deux fois plus vite. Lassé de me faire renvoyer dans les cordes par cette femme nue qui me tournait le dos, j'envisageais d'abandonner lorsque je me mis en tête de prendre Riviera à son propre jeu, de le surpasser dans l'excellence, d'entamer avec lui une partie de poker dans laquelle les volumes et les ombres remplaçaient les trèfles et les cœurs. Je voulus jouer un mauvais tour aux étudiants en art, bluffer les collectionneurs, les directeurs de musées, les curateurs, les experts en tout genre qui, dans trente ans, examineraient mon *Dos de femme nue* de Diego Riviera avec les outils technologiques les plus sophistiqués. J'imaginai la toile entre les mains d'un prince Saoud, d'une veuve de milliardaire japonais, d'un président ukrainien, d'un ministre de la Culture mexicain. Je fis disparaître le tableau dans une guerre panaméenne, costaricaine, salvadorienne et réapparaître dans l'aile latino-américaine du Metropolitan Museum en 2053. J'obtins en seulement quatre heures un *Dos de femme nue* fidèle à l'original. Tout y était : les variations de lumière dans la peau et les cheveux, le fond jaune pâle qui m'avait donné tant de fil à retordre malgré son apparente simplicité. Je retranscrivis au calque la signature et informai Matossian que ma part du travail était terminée.

Avec l'argent de mon premier Riviera, nous fîmes l'acquisition d'un mobile home japonais tout confort. Nous achetâmes des iPods, des smartphones, de quoi équiper toute la famille d'Irène en modernité californienne. Après l'avoir laissée partir seule avec les enfants aux cérémonies d'été – à tort ou à raison, je craignais que ma présence là-bas encourage Irène à y rester définitivement –j'avais cette fois promis aux enfants de faire le grand voyage, le tour des Pow-wow, la traversée des collines sacrées et la visite du Crazy Horse Memorial. Nous avions tous grand besoin de vacances.

Le taux de testostérone de Tathanka Mark junior grimpait de façon alarmante. Un jour, il s'appelait Tat, le lendemain, nous avions affaire à Mark. À la moindre erreur d'appréciation, il brandissait la hache de guerre ou le Sniper, il ne parvenait pas à se décider. Ma plus grande erreur consista à éteindre son enthousiasme quand il m'exposa son projet de sculpter dans la montagne le visage de son arrière-arrière-arrière-grand-père Big Storm à l'image du Crazy Horse Memorial, une œuvre de 200 mètres de long sur 160 de haut arrachée à la montagne dépassant celle du Mont Rushmore. J'enviai à mon fils sa jeunesse, son audace, jouai les rabat-joie, lui expliquai que le Crazy Horse Memorial avait été conçu par Korczak Ziolkolwski né à Boston, dont les parents étaient originaires de Cracovie. J'allai récupérer la carte postale aimantée à la porte du réfrigérateur :

– Tu penses vraiment qu'un Lakota aurait bousillé la montagne ? Et regarde-moi cette terrasse qu'ils ont installée sur la tête de Crazy Horse. Ce n'est plus Crazy Horse, Tat, c'est un œuf à la coque. Les touristes se promènent dans un œuf à la coque. C'est ça que tu veux pour ton arrière-arrière-arrière-grand-père ?

Ma mauvaise foi mettait toute la famille en rogne.

Nous étions sur le départ quand je reçus un appel de Matossian. Une commande formidable avec cent mille dollars à la clé. C'est avec ce genre d'argument qu'on finit un jour par perdre sa famille.

Violet rentra seule de ce voyage. Elle me choisit moi, son père sans racines, sans attrape-rêves, sans Pow-wow, et j'en éprouvai une profonde gratitude. Je n'avais pas le courage d'expliquer à Violet pourquoi je ne pouvais lui parler de mes anciens. Que lui aurais-je dit sinon que les vivants poussent sur les cadavres et qu'il en est ainsi depuis le début des temps, naissance, mort, naissance, mort, et rien d'autre.

Avec Irène, nous nous téléphonions tous les jours. Une partie de moi resterait à jamais Epazo, Index pointé vers un bison en carton-pâte, père d'Iskahu Violet Johnson et de Tathanka Mark Johnson, premier mari d'Irène Burnes, petite-fille de Hogan Burnes, dit Até. Ce serait l'histoire de notre vie : ensemble et séparés. Plus tard, Violet embrasserait des études de droit à UCLA et reprendrait le chemin des Grandes Plaines. Du haut de son mètre soixante, elle poursuivrait l'État Fédéral pour spoliation des terres, attaquerait les États du Dakota du Nord, du Sud et de l'Iowa et leur projet de pipeline, rien de moins. Violet prendrait son envol et moi du ventre. Une lassitude poivre et sel gagnerait mes tempes. À partir de midi, je répondrais non merci quand on me proposerait un café. J'utiliserais des lingettes parce que le papier toilette triple couche ne serait plus assez doux contre mes sphincters fragiles. Je connaîtrais mes premiers problèmes d'érection. Retrouver le titre d'un film deviendrait un exercice périlleux. Je serais un presque vieux.

LA MEUSE-LA LANTERNE
MARDI 17 AOÛT 1993

Deux Modigliani ? On s'est demandé longtemps s'il n'y avait pas eu deux Modigliani, un vrai et un faux qui aurait été peint par Mandelbaum lui-même (...) Un journaliste flamand est allé plus loin : il a affirmé qu'un Sud-Américain serait en possession du vrai tableau tandis que le tableau retrouvé chez Weinbaum serait le faux peint par Stéphane Mandelbaum. Interrogé, le célèbre faussaire canadien Réal Lessard n'est pas formel. Selon lui, le tableau aurait pu être « composé » à partir de trois œuvres différentes de Modigliani, mais rien n'est sûr. « En tout cas, estime Lessard, la composition est très belle. Le fond est très bon, très beau. Mais il y a beaucoup de faux Modigliani en circulation, et parfois ce sont justement les plus beaux qui sont faux. Vraisemblablement si j'en juge par ses œuvres, Mandelbaum a pu, aurait pu faire un Modigliani. » Vrai ou faux, on a finalement opté pour l'authenticité de l'œuvre.

Faux sang

Mon premier Kahlo fut *L'Hôpital Henry Ford*, un ex-voto huile sur métal peint en 1932, une œuvre très littérale sur l'impossibilité de mettre au monde. Posés très naïvement sur la ligne d'horizon, les gratte-ciel de Détroit. En avant-plan, sur une terre brune et nue, Frida allongée dans un lit médicalisé, le sang d'une fausse couche formant un estuaire dans le blanc des draps. Dans sa main gauche, six cordons rouges et aux extrémités de ceux-ci, ballons de baudruche flottant dans l'atmosphère, un appareil reproducteur féminin en résine, un escargot géant, l'ossature d'un bassin, un lys à la corolle violette, un instrument médical dont j'ignorais la fonction mais que je n'eus aucun mal à reproduire et enfin, l'enfant que Frida ne mettrait jamais au monde, l'ensemble offrant l'apparence d'une planche didactique.

Mon deuxième Kahlo, *Portrait au collier d'épine et colibri*, dont la technique était nettement supérieure à celle de *L'Hôpital Henry Ford*, me donna plus de mal. On y sentait fortement l'influence de Diego Riviera, à la fois dans la composition muraliste et les couleurs compliquées à reproduire, verts sombres, aubergine…

Mon travail de faussaire me fit considérablement progresser dans mon travail personnel, en particulier dans la technique de la peinture à l'huile. Mes faux partaient au Japon, en Chine, en Uruguay, au Panama. Ma part m'était réglée sur un compte offshore et au vu des montants qui m'étaient versés, je n'éprouvais aucun besoin d'en savoir davantage. Par son caractère illicite, cette activité me procurait un indéniable supplément d'existence. Les faux m'intéressaient au-delà de l'argent qu'ils rapportaient. Matossian m'en expliqua la complexité juridique. Il m'apprit à faire la différence entre faux et contrefaçon.

– Lorsque tu peins à la manière de Riviera, tant que tu ne signes pas l'œuvre, on ne peut rien te reprocher. Les lois sur la contrefaçon protègent les œuvres existantes, pas le style de l'artiste. En revanche, si tu copies un tableau existant avec l'intention de tromper ton client, là, oui, tu tombes sous le coup de la loi mais ton tableau reste une contrefaçon, pas un faux. Il le devient lorsque tu apposes la signature apocryphe sur l'œuvre copiée. Dans ce cas, c'est double peine, faux et contrefaçon. C'est ce que nous faisons.

La complexité de la législation ne m'intéressait pas en tant que telle mais je trouvais du plus haut intérêt les nuances qui existent entre plagiat, imitation, contrefaçon et faux. Ma curiosité était, disons, d'ordre philosophique. Où s'arrêtait le vrai, où commençait le faux ? Quelle fonction remplissait une fausse antiquité, un faux reliquaire, un faux vestige archéologique, un faux contrat, une fausse licence, une fausse déclaration, une fausse information, de faux honneurs, une fausse biographie, un faux titre de noblesse, un faux timbre, de la fausse monnaie, de faux papiers, de faux plafonds, de fausses plantes, de fausses montres, de faux diamants, de fausses blondes, de faux seins, de fausses dents, de faux ongles, de faux cils, du faux caviar, du faux sucre, du faux sang ? Si le faux était partout, en quoi était-il plus faux que le vrai ? Le faux dans son étymologie même – du latin *falsus*, *fallere*, tromper – devint une sorte d'obsession. Je le traquai là où il n'était pas directement poursuivi, là où chacun était amené à le côtoyer, à le pratiquer même, du faux Oscar 1964 posé sur la cheminée de mon voisin aux fausses entrecôtes irlandaises servies dans mon restaurant préféré. Je fis expertiser ma valise. Un bagagiste de Westwood m'assura que je tenais bien là une authentique LV Airbus 80x53x24 double sangle en tissus monogrammé marron et cuir naturel conçue entre 1983 et 1986. Il m'en proposa un bon prix, à quoi je répondis :

– Je vous remercie, mais j'y tiens. Elle est le seul élément concret sur lequel je puisse m'appuyer.

– Ah bon ? Votre vie est donc fausse à ce point ?

Je m'intéressai à toutes ces imitations qui inondent le marché. Dans l'industrie, la règle veut qu'un produit mis sur le marché offre sept points de différence en matière de composition et de design avec un produit déjà existant. De la chansonnette au sketch humoristique, du blockbuster au livre de chevet, le plagiat était la norme. Plus je me documentais, plus je découvrais à quel point nous nagions dans la copie.

Une autre occupation vint remplir mon existence qui consista à séduire les plus jolies femmes de mon quartier, à me transformer en drogue dure et à les abandonner. Cette distraction m'aidait à accepter le départ définitif d'Irène et surtout, l'idée qu'elle en aimât un autre. Quinze années de fidélité avaient presque réussi à me convaincre de la nature imputrescible de notre amour. Je me mis à charmer. On ne se fait pas arrêter pour sentiments frauduleux. Peu m'importait que la fille fût mariée ou non, jeune ou moins jeune du moment qu'elle prenait la forme d'une nuque émouvante, d'une croupe cambrée et agile, d'une vulve parfumée. Il n'y avait plus une seconde à perdre, bientôt ma verge outrepasserait sa date de péremption, la petite musique du temps me signalerait que mon tour de manège était terminé et alors, je pourrais danser sur ma queue, aucune médecine, fût-elle chamanique, ne parviendrait à la revigorer.

Je m'efforçais de tenir Violet à bonne distance de mes préoccupations crépusculaires. Quand elle rentrait du lycée, elle ne manquait jamais de remarquer le verre suspect bordé de rouge à lèvres. Nous faisions semblant de ne pas voir que j'étais vieillissant et terriblement malheureux. Elle rentrait de ses cours et venait m'embrasser puis allait étudier dans la piscine, en flottaison sur un pneu de camion, la pointe des orteils effleurant l'eau turquoise. Je lui garantissais un cadre rassurant et un amour inconditionnel. Elle m'offrait le sentiment d'être un père à peu près acceptable.

Un après-midi, une beauté sous anxiolytiques se présenta à l'entrée de la villa, menaçant de s'immoler si je ne lui ouvrais pas immédiatement la porte. Me sachant occupé à travailler, Violet prit l'initiative de lui répondre. Après lui avoir demandé son prénom, elle lui conseilla les barbituriques, moins douloureux, et retourna ensuite tranquillement à ses occupations. Méritais-je une fille aussi formidable ?

À force d'explorer des femmes sans retenir leur nom, de voyager en chair inconnue avec un désir toujours plus vaste de me perdre, je finis par trouver l'exception. Je fis sa connaissance dans les rayons d'un supermarché. Tessa fit le premier pas. Elle me demanda non sans malice ce que nous faisions là. Je l'invitai à venir prendre un certain nombre de mojitos à la maison, à abuser sans compter de mon charme et de ma piscine. Je la pris d'une façon aquatique. Tessa était tout ce que je ne cherchais pas réuni en une seule femme : blanche, maigre, presque sans beauté, d'une intelligence moyenne et sans aspérités. Elle était à l'esthétique ce que le muffin est à la gastronomie, rassasiante et fade. Là résidait la qualité première de Tessa, dans cette normalité qui contrastait radicalement avec l'apprêt exubérant des Angelinas. Tessa était originaire du Middle West. Dire que cette information me rapprocha d'elle serait inexact, mais j'avoue y avoir pensé. Elle bâilla pendant que je jouissais et les rougeurs provoquées par le chlore ajoutées à l'indifférence endormie de son regard provoquèrent chez moi le vertige salutaire de l'attachement. Une autre donnée scella définitivement notre union : Tessa était maquilleuse de cinéma. Sa spécialité était le faux sang. Thiocyanate et chlorure de fer, sauce barbecue, sang de règles mélangé à de la maïzena, marc de café et autres gourmandises. Elle m'expliqua le métier avec une verve qui convoqua mes sens. Couleur, épaisseur, fluidité étaient la trinité d'un faux sang plus vrai que nature. Le fabriquer demandait une grande sensibilité esthétique. Consistant et onctueux, liquide et transparent, jeune, vieux, croûteux, coagulé, statique, jaillissant, dévalant lentement les sillons de la peau, je n'avais plus eu de conversations aussi passionnantes depuis l'Afrique en la personne d'Ernest Mgabo. Tessa venait de terminer un tournage avec Quentin Tarantino.

– Tu ne connais pas Tarantino ? Tu me fais marcher, ce n'est pas possible. *Reservoir Dogs* ? *Pulp Ficton* ? *Jackie Brow*n ? *Kill Bill* ?

– Jamais entendu parler.

– Tu as vécu où durant toutes ces années ? Dans une grotte ?

– Sur Trinity Broadcasting Network, répondis-je un peu honteux.

Tessa est allée chez elle récupérer quelques DVD et nous avons regardé tous les films de Tarantino. C'était la Mecque du faux sang sous stupéfiants. Tessa faisait partie de cette génération dont la vocation était née avec*Terminator*, *La mouche* et *Batman Returns.* Créer des monstres avait été sa première passion mais une fois embarquée sur le tournage d'*Alien, la résurrection en tant que stagiaire, harcelée par une cheffe* maquilleuse souffrant d'un sévère déficit de confiance en soi, obligée d'endosser toutes ses erreurs à sa place, les longues traînées brunes et gluantes qui n'avaient pas lieu d'être, les oublis de prothèses, les glaires d'huîtres, elle s'était éloignée des extraterrestres et rapprochée de l'école réaliste, films de guerre, thrillers, moins de glaires d'huîtres, plus de sang. Les plaies sanguinolentes et les beaux gosses en costard étaient devenus sa spécialité. Dans les films de Tarantino, ce n'était pas ce qui manquait : munitions illimitées, membres arrachés, décapitations, le budget dédié au faux sang dépassait celui de la cocaïne. Le faux sang était en quelque sorte l'acteur principal, la fonction thérapeutique du scénario, m'expliquait Tessa. C'était le Versailles de l'hémoglobine. Le cinéaste faisait tomber un tabou, quelque chose de l'ordre du *c'est mal de montrer ça, allez tiens, je t'en remets trois litres, c'est cadeau.*

Tessa s'entendit immédiatement avec Violet et emménagea chez nous. Elle m'apprit à fabriquer du faux sang, giclures, perles, trajectoires définies ou barbouillis de poils, sang mélangé à la poussière, craquelé sur le plastron d'une veste ou le cuir d'une chaussure, épongé dans un mouchoir, sang frais d'une minute, sang d'une heure, d'un jour, sang moisi.

Je me fis construire un nouvel atelier– ou devrais-je dire un hangar ? – et peignis le premier d'une longue série de règlements de compte, un format à la mesure de l'hommage, 450x300 cm, empruntant à *Reservoir Dogs* ses tirs croisés. Je peignis des règlements de compte impliquant plusieurs dizaines de protagonistes. Je puisai chez Tessa la science du détail, chez Tarantino, le sens de la chorégraphie et dans ma propre imagination, la tension qui accompagne l'arrogance phallique du revolver, la menace d'une exécution, l'imminence d'un carnage. J'intitulai mes tirs croisés *Faux Sang 1*, Faux Sang 2, *Faux Sang 3*, *Faux Sang 4* avant de m'attaquer au plafond du hangar à la manière d'un Giotto ou d'un Véronèse. Je voulais peindre un *paradis* peuplé de gangsters dans un ciel aux nuages maculés de sang. J'empruntai aux voûtes baroques d'Andrea Sacchi et Pierre de Cortone la grandiloquence des perspectives et devins le premier peintre liturgique des voyous célestes. Je pense ne pas me tromper en affirmant être le premier. Il faudra que je vérifie. Je laissai le plafond sans signature. J'aspirais à ce que l'on vît mon travail. Matossian s'y opposerait sans doute à cause de nos activités illicites. *Paradis* attirerait les indiscrétions. On demanderait à rencontrer le peintre. On voudrait savoir pourquoi il peignait des gangsters entrés en sainteté, quels étaient ses amis, ses amours, ses obsessions, ses liens avec le banditisme. J'étais condamné à l'anonymat. Je demandai à Tessa d'inviter Quentin en catimini. J'escomptais qu'il s'esclaffe devant mon Paradis comme j'avais été subjugué par ses films éclaboussant le monde d'intelligence, d'humour, de sang et de cervelle.

WEINBAUM

Stéphane peine à trouver le sommeil. Une voix murmure à son oreille. Un homme sans visage le sermonne. Quand apprendras-tu à te faire respecter ? Quand traiteras-tu les salauds comme ils le méritent ? Donne une leçon à ceux qui croient pouvoir t'abuser. Obtiens réparation. Soigne les détails. Remplis les blancs. Infléchis le récit.

Weinbaum leur a donné rendez-vous à la planque ce soir. Les murs sont insonorisés, il n'y a pas le téléphone, l'endroit est idéal. Stéphane ne voit pas d'autre solution. Le langage n'est plus d'aucune utilité. Il va récupérer les deux millions que Weinbaum lui doit et après, merci bonsoir, il arrête les conneries.

Il arrive au rendez-vous avec un peu d'avance, attend les autres sur le trottoir d'en face. Quand il les aperçoit, il traverse, détendu, les mains dans les poches, la droite refermée sur son 7.65 et vient les saluer. Cinq marches séparent le rez-de-chaussée de la cave. Une fois en bas, le doute n'est plus permis.

Weinbaum les attend dans un nuage de Havane, la lèvre humide, le front huileux. Stéphane est armé, l'Israélien ne l'est pas. Stéphane est debout, Weinbaum, confortablement enfoncé dans son gras et prisonnier de deux accoudoirs. Profitant de son avantage, Stéphane colle son 7.65 sur la tempe de l'Israélien, fait glisser le canon du revolver de la tempe au front, obligeant Weinbaum à lui faire face. Voilà des semaines qu'il y pense. Il l'a même dessiné. Si Robert et Angel acceptent de se faire enfumer, ça les regarde. Le contrat a été exécuté. Le Modigliani a été livré. Maintenant, il faut passer à la caisse.

Le visage de Weinbaum s'est vivement empourpré. Les autres ne bougent pas, Stéphane s'y attendait, ce sont des mous, des gagne-petit, il va leur donner une petite leçon de courage, leur montrer à quoi ressemble un homme qu'on respecte.

Il enjoint Weinbaum de se déshabiller et tandis que ce dernier cherche encore un soutien du côté de ses gars, Stéphane rectifie la position de la tête de la pointe de son revolver, l'obligeant à basculer légèrement vers l'arrière. Il corrige l'angle du canon, la position de sa main qui tient l'arme, et cette vision le galvanise : exactement comme sur le dessin, pense-t-il. Il inspire une bouffée d'eau de Cologne capiteuse qui, mêlée aux odeurs de Havane et de transpiration, l'aurait fait vomir en d'autres occasions mais qui à présent l'exalte. Tremblant, Weinbaum se dévêtit. Le canon du Browning vient caresser l'arrondi du ventre, les petites fesses bleuies, les couilles qui grelottent. Stéphane procède à l'ablation de la confiance en soi.

– Enlève ta chevalière !

Weinbaum mise une fois encore sur la loyauté de ses sbires. Stéphane arme le chien de son 7,65 et renouvelle sa demande :

– File-moi ta bague, bordel !

Mais l'anneau reste coincé à la jonction de la première et la deuxième phalange. Va-t-il falloir scier le doigt ? L'Israélien l'enduit de salive. La bague s'extrait enfin et va rouler sous un meuble. Avant que l'incident arrache les autres à leur léthargie, Stéphane enjoint Weinbaum de lui signer un chèque de deux millions. Sans pinailler, l'Israélien s'exécute. Il doit savoir que Stéphane ne pourra pas l'encaisser. Il aligne les zéros. Il pense en avoir terminé, mais Stéphane fait glisser le canon de son 7,65 suivant l'arête du nez et l'enfonce dans la bouche. Petite impro de dernière minute. Il regarde l'Israélien au fond des yeux :

– Je veux mes deux millions en cash avant la fin de la semaine. Compris ?

Stéphane quitte la planque sans un regard pour ses complices. Il a hâte de rentrer chez lui, de se blottir contre Claudia et de regarder *L'homme qui valait trois milliards*.

UNZER WORTE
Lea
OK
lea france.
Hold-HUP
ECT.....

Brumbaum

Partant du postulat que ma date de naissance était celle renseignée sur le passeport franco-marocain que m'avait remis Yousef Alaoui, un hypothétique 4 février 1961 rédigé à la main par un employé appliqué ou un habile faussaire, ayant par ailleurs échoué à dissuader mes enfants de célébrer mon anniversaire, je leur avais finalement concédé ce 4 février et une fois l'an, Tat et Violet me passaient invariablement à la moulinette des vœux, des cadeaux, du gâteau, des bougies, l'ensemble constituant une épreuve d'autant plus cruelle que j'étais le seul à savoir que nous célébrions le néant. Le 4 février 2011, jour supposé de mes cinquante ans, me plongea dans un malaise plus profond encore. J'étais devenu presque vieux et ne résoudrais peut-être jamais l'énigme de mes origines. Longtemps, j'avais réussi à éteindre ces petites flammes rieuses miroitant à la surface d'un *Happy Birthday Dad We love you* écrit au sucre blanc. Mais devant le monolithique nombre 50 qui déjà s'érodait en cire fondue, et dont une moitié célébrait vingt-cinq ans d'absence à moi-même, quand je pris réellement la mesure de mon amnésie, ma seconde vie ayant duré aussi longtemps que la première, les deux se répondant en miroir, devant cette vie palimpseste, devant ma lâcheté, ne survivant plus que par ce calcul mesquin qui consiste à se cacher dans l'espoir de ne jamais avoir à justifier ses actes, la fête fut brutalement terminée. Je me décidai enfin à consulter un neuropsychiatre, chose que j'aurais dû faire vingt-cinq ans plus tôt.

– Pourquoi avez-vous fui, Monsieur Johnson ?

– J'étais recherché par la police. J'ignorais la nature de mon crime.

– Et aujourd'hui ? Vingt-cinq ans, c'est plus qu'il n'en faut en matière de prescription. À moins que votre crime ne relève de la Cour internationale des droits de l'homme, auquel cas… Nous allons tenter quelque chose. N'y voyez aucun jugement moral, il s'agit d'un exercice. Nous allons envisager le pire.

– …

– Combien d'hommes pensez-vous avoir tué ? Un ? Deux ? Dix ? Pensez-vous avoir participé à une guerre ?

– …

– Pensez-vous avoir commis un meurtre au sein de votre propre famille ? Quel serait le scénario du pire ? Homicide ? Fratricide ? Matricide ? Infanticide ? Que redoutez-vous le plus ?

– De ne pas être attendu.

2011 fut aussi l'année de ma rupture avec Tessa. Après deux ans de vie presque commune, elle me quitta au bénéfice d'un réalisateur de films de zombies. Lasse du faux sang et dotée d'une réputation solide, elle retourna à ses premières amours, les glaires d'huîtres. Je n'entendis plus parler d'elle et ne rencontrai jamais Quentin. Je ne fis pas non plus de gros efforts en ce sens. Je me laissai happer par la dépression. J'engloutis dans un ton sur ton d'assez mauvais goût des pizzas décongelées devant des toiles hautes en hémoglobine de synthèse. Je pris du poids et des bajoues. Violet tenta de me convaincre de passer mon permis de conduire, elle qui avait décroché le sien à seize ans. Elle aurait préféré que je me noie plutôt que me voir tomber en ruine. Ma fille chérie, ma continuation, ma lumière, se faisait du souci. C'était le monde à l'envers.

– Que peignez-vous en ce moment, Monsieur Johnson ?

– Rien.

– De quelle manière occupez-vous votre temps ?

– Je regarde le plafond…

– Qu'y a-t-il au plafond ?

– Des hommes embusqués derrière des nuages…

– Que font ces hommes ?

– Ils s'entre-tuent… Certains sont déjà morts… D'autres, presque morts…

– À l'agonie ?

– Si vous le dites… Les nuages sont maculés de sang…

– Pensez-vous qu'il existe un lien direct entre vous et ces hommes ?

– Ce n'est pas à moi de le dire, Docteur… Moi je peins, c'est tout…

J'envisageais d'installer un projecteur de cinéma dans mon hangar. Je pensais qu'un écran de cinéma m'encouragerait à me remettre au travail. Les commandes de Diego Riviera et de Frida Kahlo avaient tari. De temps en temps, je passais une journée à la galerie, une façon de remédier à mon isolement tout en affirmant ma misanthropie, de revendiquer mes droits à la dépression et à l'autisme technologique. Les écrans d'ordinateurs me donnaient la nausée. Je tapais toujours avec deux doigts sur le clavier, ne répondais que sporadiquement au téléphone, cultivais obstinément la lenteur. Je fuyais les consignes et les avertissements, les bannières et les recommandations. Je refusais de skyper, ignorais les messages qui arrivaient directement sur mon téléphone, surtout quand ceux-ci commençaient par IMPORTANT ou URGENT.

– Pourquoi pensez-vous qu'il vous soit aussi difficile de répondre au téléphone, Monsieur Johnson ? Craignez-vous un appel en particulier ? Avez-vous déjà envisagé votre maman à l'autre bout de la ligne ? Avez-vous imaginé ce scénario, celui d'une femme qui vous dirait : « Allô, mon chéri ? C'est moi, c'est maman… ? »

Au fond, ce qui m'effrayait n'était pas la technologie en tant que telle mais la vitesse qu'elle engendrait, ses injonctions brutales. En ma qualité d'amnésique, je ne vivais pas la dissolution du passé pour la première mais la seconde fois. J'étais doublement orphelin. À la rapidité, je préférais la contemplation d'un éclat de lumière, la forme bavarde d'un objet désuet infusant mon présent avec délicatesse.

– Monsieur Johnson, pourquoi vous êtes-vous si peu préoccupé de faire connaître votre travail d'artiste, vous qui rêviez d'être exposé au Metropolitan Museum ? Quelle situation redoutez-vous le plus ? L'échec ? Le succès ?

Trois décennies d'expériences cliniques jalonnées de tâtonnements avaient permis au docteur Brumbaum de reconduire certains patients sur le chemin de la mémoire, les aidant à revenir habiter la page blanche, le silence effroyablement bruyant, le requiem pour un vivant qu'est l'amnésie autobiographique.

Je fus soumis à une batterie de tests et d'IRM qui permirent d'établir que mon cerveau n'avait subi aucun dommage structurel. Je fus soumis à des sons et des images, des photographies relatives à l'Histoire contemporaine et aux étapes d'une vie. Nous travaillions aussi sur les odeurs. Brumbaum me soumettait des biscuits, des fruits, différentes épices, me demandait de lui décrire mes sensations. D'autres fois, je me retrouvais des électrodes sur la tête, entouré d'une équipe de sept ou huit personnes. Des écrans montraient l'intérieur de mon cerveau qui s'animait de taches multicolores, d'ondes et d'oscillations. Je m'endormais au bout de quelques minutes, en écoutant le professeur Brumbaum commenter de sa voix lente et méticuleuse les images apparaissant à l'écran. À mon réveil, je déplorais ne pas avoir été téléporté dans un autre monde et me trouver toujours dans ce fauteuil, coiffé d'électrodes, la tête aussi vide et le cœur aussi mort. Je pensais au vœu pieux de Frida Kahlo : *J'espère que la fin est joyeuse. Et j'espère ne jamais revenir.*

– Je vais être franc avec vous, Monsieur Johnson. Malgré des avancées encourageantes, nous ne connaissons pas à l'heure qu'il est un moyen clinique de remédier à l'amnésie pathogène. Nous sommes techniquement en mesure d'implanter des souvenirs mais pas de raviver ceux qui ont disparu. Je sais, c'est terrible à entendre. Je ne peux que vous encourager à vous exposer à un maximum de situations plutôt qu'à vous refermer sur vous-même.

Et c'est là qu'il m'expliqua le principe du cheveu dans la soupe qui vous conduit à un autre cheveu dans la soupe dans des circonstances à peu près similaires.

– Retournez à Casablanca. Essayez de retrouver cette fille, rappelez-moi son nom…

– Dounia.

– Voilà. Elle détient peut-être une information cruciale.

Allez à Roubaix. Visitez Paris. Promenez-vous dans les endroits que tout le monde visite, la tour Eiffel, le zoo de Vincennes, vous y êtes peut-être allé enfant. Nous sommes allés à Paris avec ma femme, nous avons adoré. Mangez des croissants au beurre. Buvez du Chardonnay. Regardez les chaînes de télévision françaises. Ça, vous pouvez vous le faire tout de suite.

– Quoi ?

– Eh bien, regarder les chaînes françaises… Lisez des auteurs classiques, Victor Hugo, Arthur Verlaine.

– Arthur Rimbaud.

– Ah ! vous voyez ? C'est un début. Regardez des films français, écoutez des chansons françaises. L'idée est de vous exposer au plus grand nombre de stimuli possible. Je me dois toutefois de vous mettre en garde. Même en recouvrant la mémoire, vous ne réglerez qu'une toute petite partie du problème. D'une certaine façon, votre quête de mémoire ne fera que débuter. Amnésie ou pas, l'homme de cinquante ans que vous êtes garde peu de souvenirs de l'enfant qu'il a été. La mémoire est la matière la plus mouvante qui soit. À la naissance, le nouveau-né oublie une grande partie de ce qu'il a emmagasiné durant neuf mois afin de pouvoir engranger de nouvelles expériences. Nous ne cessons de corriger les événements et ce sont précisément ces corrections qui nous permettent d'avancer. Quand un souvenir menace notre équilibre, soit nous le modifions soit nous le supprimons. C'est moins définitif que lorsque nous jetons un document dans la corbeille de notre ordinateur mais nous sommes tous de grands nettoyeurs. Chacun organise son amnésie partielle, généralement à son avantage. L'oubli est un mécanisme indispensable, la condition *sine qua non* de notre équilibre mental davantage que le problème. D'un point de vue clinique, s'entend.

Son apologie de l'oubli avait quelque chose d'indécent. Si je suivais son raisonnement, j'étais un cul-de-jatte à qui l'on explique que la vie est plus belle sans jambes. Il me prescrivit un traitement censé m'aider à traverser cette période difficile.

– Je pourrais aussi vous garder à l'hôpital. L'amnésie pathogène de longue durée est un phénomène rare, nous ne demandons qu'à pouvoir étudier votre cas mais est-ce vraiment ce que vous voulez ? Mariner dans un fauteuil des électrodes sur la tête ? Visionner des centaines de photos assez quelconques et répondre à des questions qui le sont tout autant ? Regarder votre cerveau découpé en fines tranches sur un écran d'ordinateur ?

Brumbaum avait au moins le mérite de l'honnêteté et je finis par le remercier de ne pas m'avoir abreuvé d'illusions. Durant les séances qui suivirent, voyant que je n'avais toujours pris aucune initiative, comprenant à ma barbe de trois jours et au négligé de mes vêtements que j'avais passé le plus clair de mon temps à errer en pantoufles, il me proposa un marché :

– Je vous aide à vous familiariser avec Internet et en retour vous faites preuve de bonne volonté. Dans votre cas, Internet est un outil au moins aussi efficace que les scanners dont nous disposons. Vous avez un site d'artiste ?

– Non.

– Nous allons en créer un. La prochaine fois, apportez-moi des photographies de vos œuvres. Nous allons les envoyer à des galeristes, des foires d'art contemporain, lancer des avis de recherche d'œuvres similaires. À moins que vous ayez de sérieuses raisons de penser que vous n'étiez pas peintre avant votre amnésie, nous allons vous chercher à partir de mots génériques, peintre roubaisien disparu en 1987, accident, suicide. Nous allons investiguer du côté des affaires criminelles de cette époque, voir ce que nous trouvons en tapant *Dahane Chekouh*, *Youssef Alaoui*. Cela fait-il sens, Monsieur Johnson?

– Je n'utilise pas Internet, Docteur, je ne peux pas répondre à cette question.

– Des centaines d'étudiants sont prêts à effectuer ces recherches à votre place à raison de dix dollars de l'heure.

– Je préfère demander à ma fille de s'en occuper. Je n'ai pas envie que tout le monde soit au courant.

– Au courant de quoi, Monsieur Johnson ?

– …

– Solliciter votre fille n'est pas une bonne idée. Si votre passé vous effraie, imaginez combien il bouleversera vos enfants. Je ne trouve pas judicieux qu'ils découvrent la vérité avant vous. Un ami de confiance, peut-être ?

Je retournai encore une dizaine de fois chez Brumbaum et s'il ne me rendit pas la mémoire, si ma bonne volonté resta sporadique, ses conseils contribuèrent à améliorer quelque peu mon moral en berne.

Irène et Tatme firent une visite surprise. Lorsque je vis arriver à l'aéroport mes beaux guerriers à la chevelure mangeuse de lumière, visages de velours frais de la première rosée, Tat dépassant sa mère de deux têtes, je compris à quel point mon fils me ressemblait. Un cou de Phénix, un sourire sculpté dans l'ironie. J'en fus bouleversé. Arrivé à la maison, il ouvrit son sac, pressé de me montrer ses portraits de Cheyennes, d'Arapahos, de Chippewa, Oglaglas, Hunkpapas, Minnecoujous en costume d'apparat.

Un chiffon de pudeur enfoncé dans la gorge, je cherchai désespérément mes mots. Il avait effectué d'incroyables progrès. Nous étions si physiquement semblables, nos voix jouant dans les mêmes octaves, nos rires frémissant à la même fréquence, nos yeux réclamant à l'autre les mêmes confirmations, que durant quelques secondes j'ai cru me trouver en présence de celui que j'avais été à dix-huit ans, comme dans une nouvelle de Jorge Luis Borges.

You're fired !

Je finis par accepter l'idée selon laquelle mes grandes retrouvailles avec le passé n'auraient pas lieu, qu'au mieux celui-ci me réapparaîtrait morcelé, incomplet, sous la forme de fragments qu'il me reviendrait de poncer, de vernir, de patiner telle une antiquité, de chérir, de haïr, de remettre en images, en mouvement, en musique, mais qu'en aucun cas je ne viendrais à bout de ce rêve fou qui consiste à vouloir élucider le mystère d'une existence.

Je fis installer un écran de cinéma dans mon hangar et traquailes expressions hallucinées des animateurs de télévision, les tics et les strabismes des hommes d'influence. Je portraiturai les personnalités médiatiques les plus populaires, celles qui faisaient la pluie et le beau temps dans les chaumières américaines. J'étais loin d'imaginer alors que le présentateur de *The Apprentice*, émission dont le concept consistait à faire passer des entretiens d'embauche à des aspirants chefs d'entreprise devant une Amérique au chômage serait un jour élu quarante-cinquième président des États-Unis. Tu entends ça, Até ? 45e grand chef de la première nation ! Simplement en flattant nos plus bas instincts. Simplement en promettant de construire des murs. Simplement en accusant les Mexicains d'être des violeurs. Simplement en prêchant la haine à la télévision. Simplement en martelant tous les mensonges qui lui passaient par la tête. Je dessinai l'appendice buccal de ce présentateur aux lèvres chenilles expulsant ses fientes de mépris et ses étrons de grossièreté au visage des téléspectateurs. J'intitulai mon portrait *You're fired ! Vous êtes viré ! 2,70 x 2,90 cm. Portrait à la mine de plomb sur papier marouflé.*

Ce midi-là, nous avions convenu de déjeuner, Matossian et moi, dans un restaurant d'Hollywood réputé pour son excellente cuisine française. Vers 11 heures, je reçus un coup de téléphone de sa femme m'annonçant qu'il ne viendrait pas. D'une voix chevrotante, elle m'expliqua que les Fédéraux étaient venus le chercher à son domicile :

– Notre petite-fille jouait dans le salon quand ils sont arrivés. Elle a vu leurs uniformes et a cru que les policiers sortaient du poste de télévision. Elle hurlait : mamy, mamy, je ne veux pas aller en prison !

– Je suis certain que les choses vont s'arranger, Madame Matossian. Votre mari a les meilleurs avocats de Los Angeles. Il s'en sortira. Il me dit toujours : Epazo, quand tu fermes bien ta porte, la poussière n'entre pas.

Je m'efforçai de la rassurer et quelques minutes plus tard, je reçus un appel de Matossian. Il se trouvait toujours dans les bureaux des Fédéraux. Sa voix sifflait d'une étrange façon. En vingt ans de collaboration, nous n'avions jamais été confrontés à ce type de situation. Nous n'avions pas jugé utile, ou pas eu la prudence d'accorder nos violons sur la marche à suivre en cas de pépin. Nous n'avions établi aucun code. À présent, j'entendais ses poumons asthmatiques siffler et notre omission me parut impardonnable.

– Epazo… Hum… J'ai un service à te demander… Hum…

– Tu es sûr que ça va aller ?

– Hum… J'ai attrapé la crève avec toute cette poussière…

Sa réponse transpirait de sous-entendus.

– Oui, c'est tout de même incroyable, toute cette poussière, pas vrai ? Tu es sûr d'avoir bien fermé la porte ?

J'attendais un « c'est ça », un « voilà », un signal moins nébuleux que de simples toussotements, poussière, nom de Dieu, Matossian, poussière qui n'entre pas quand on ferme bien sa porte, alors, était-elle entrée, oui ou non?

– Je voudrais que tu appelles ma femme et que tu la rassures.

– C'est fait.

– Passe à la maison vérifier que tout va bien. Fais-le tout de suite.

– OK.

– Epazo ?

– Oui ?

– J'ai oublié de te dire quelque chose. Krekor T. va être exposé au musée d'Erevan.

Cette conclusion ajoutée à la petite note de musique en forme de bourdonnement d'abeille qui suivit acheva de me convaincre qu'il essuyait de sérieux ennuis.

Je me suis rendu aussitôt chez lui, me préparant au pire. Tout semblait calme autour de la maison. Madame Matossian m'ouvrit, grelottante sous un châle, son chat blanc dans les bras. Elle leva à peine les yeux quand elle me vit et m'invita à la suivre à la cuisine, une lassitude arrachant difficilement ses pas au carrelage. Elle ouvrit une armoire et en sortit des maamouls, un pot de miel, des amandes, rien de bien extraordinaire, la recette d'une vie arménienne bonne et durable. Une fois vidé de son contenu, le placard révélait un coffre encastré dans le mur, qu'elle ouvrit sans hâte. Elle en sortit un colis dont j'estimai les dimensions à 30x30 cm ainsi qu'une grande enveloppe beige.

De retour chez moi, je dénombrai un passeport, un billet d'avion, plusieurs certificats ainsi qu'une lettre avec des instructions. *C'est une icône crétoise du début du XVI*[e] *siècle. Transporte-la dans une valise ordinaire. Glisse-la entre tes vêtements. Si un douanier te pose des questions, ne lui montre aucun document. S'il te demande ce que c'est, dis-lui que c'est une reproduction. Ezkon, l'épicier de Little Armenia te l'a confiée pour que tu la remettes à un membre de sa famille. S'il la déballe, trouve les arguments pour le convaincre de la manier avec précaution. Si le douanier est sikh ou musulman, change de file. Et dis bien à ma femme de ne pas s'inquiéter. Que Dieu la protège, elle, les enfants, l'Arménie. Quand tu arrives à Buenos Aires, dépose le colis à cette adresse…*

Le contenu du colis me surprit moins que le procédé. Matossian avait démarré sa carrière florissante en faisant commerce d'objets de culte apostoliques et orthodoxes, tiares, reliquaires, icônes, encolpions, lanternes, artophorion, broderies et manuscrits. Il réservait à ces exilés magnifiques une attention particulière, surtout lorsque ceux-ci provenaient de régions peu clémentes avec les communautés chrétiennes. Les icônes beyrouthines, cairotes et stambouliotes étaient aussi les préférées de ses clients milliardaires. Sa prose aux effluves testamentaires ressemblait à une de ces prières qu'on adresse après avoir piétiné les tablettes et coulé quelques serviteurs de Dieu au fond du fleuve.

Le sol du hangar se dérobait sous mes pieds. Des secousses telluriques s'emparaient de mes muscles et se propageaient jusqu'aux organes. Une part de moi jusque-là docile et silencieuse menaçait de rompre les digues. Je ne pouvais rester là à attendre qu'on vienne m'arrêter. Depuis que Violet avait décroché son premier poste d'avocate dans les bureaux du gouvernement tribal de Standing Rock, je vivais seul. Ma fille travaillait à la rédaction de son premier recours contre le

Dakota Pipeline Project supposé barrer les Terres Sacrées dans une insultante diagonale de 1.850 km et aller acheminer son gaz jusque dans l'Illinois. Depuis son départ, la piscine était vide, ne restait que ce pneu de camion sur un fond crevassé. Je n'avais plus rien à espérer de cette vie sinon qu'on me fît deux ou trois petits-enfants. J'étais un Almanach Vermot au pays des smartphones. Je ne voulais pas déranger Violet, lui imposer le poids de mes insuffisances. Brumbaum était en vacances. Matossian, entre les mains des Fédéraux. Irène, sur ses terres ancestrales. Quant à notre fils Tat, je ne voyais pas très bien de quoi nous aurions parlé. Il était bien armé dans l'existence, dessinait mieux que moi, montait à cheval, conduisait des camions, plaisait aux femmes, avait tant de cordes à son arc que les rares fois où je m'avisais encore de lui prodiguer un conseil, j'essuyais des gloussements. Je n'allais pas lui avouer que depuis le commencement c'était moi – et non lui – qui avais eu besoin de conseils, que mon éducation provenait d'un héritage indistinct, que je n'avais fait que répéter des phrases entendues et que neuf fois sur dix, je m'étais trompé.

J'emportai quelques vêtements que je rangeai dans une petite Samsonite en fibre de carbone dont la principale qualité était d'être passe-partout. Je glissai le colis entre deux piles de chemises, comme me l'avait recommandé Matossian, ajoutai une trousse de toilette et quelques livres. Au moment de boucler mes affaires, je fus pris d'un doute: après trente ans de bons et loyaux services, ma LV Airbus double sangle ne montrait aucun signe de fatigue. Nous étions deux inséparables antiquités ignorant l'essentiel de notre histoire, récoltant les odeurs des pays que nous traversions. Je choisis finalement de la prendre et me rendis chez le notaire signer quelques documents, puis à la banque vider mes comptes et remplir ceux de mes enfants – on n'est jamais aussi prudent que lorsqu'on ignore les motifs d'accusations qui pèsent sur nous.

Je quittai Los Angeles pour l'Argentine le 5 janvier 2015, muni d'un passeport américain au nom de Roger Arthur Baldwin et d'un visa touristique valable trois mois.

RIVKA LIBE MANDELBAUM

Rivka Libe travaillait dans le magasin de lingerie de son oncle Feter Simcha. Un jour, sa tante Esther vint la trouver et lui dit qu'elle avait un jeune homme à lui présenter.

– Sois attentive vendredi, tu verras passer devant le magasin un beau garçon avec une barbichette. Il rentre tous les vendredis de la *shul*[15] fêter le shabbat dans sa famille. Ensuite, dis-moi si tu souhaites sortir avec lui.

Vendredi arrive et dès midi, Rivka suit les mouvements de la rue depuis la vitrine. Bientôt, chaque passant devient une promesse non tenue. Peu avant quatre heures, elle voit enfin arriver un beau jeune homme perdu dans ses pensées, un livre sous le bras. Et si Rivka est aussitôt conquise par ce jeune homme qu'en bonne *chatren* sa tante lui recommande, si Rivka tente de conserver le plus longtemps possible l'image furtive de ce garçon, la lumière de son regard, l'ourlet harmonieux de ses lèvres qui marmonnent – il lui confiera plus tard qu'il récitait la *Birkat ha hamma*, prononcée tous les vingt-huit ans à l'occasion du nouveau cycle solaire –, son teint lait d'amande, ses cheveux drus assortis à la couleur de ses yeux, ses traits réguliers, l'arête noble de son nez, l'élégant pincement au-dessus des narines, ce n'est pas sa beauté qui décide Rivka mais la petite barbe proprement taillée qui lui couvre le menton et lui donne des airs de seigneur russe. Alter Mordechaï ne ressemble pas aux jeunes hommes de sa communauté qui pensent que le rasoir est une invention de goyim. Elle s'empresse de prévenir sa tante. Elle veut le rencontrer.

Les années passent. Entendant son voisin lui conter de quelle manière deux soldats nazis sont entrés dans sa boutique et l'ont obligé à danser, Alter Mordechaï caresse sa barbe qu'en bon père de famille il a laissé pousser : elle l'aide à

[15] « École » en yiddish.

réfléchir. On dirait que l'origine de ses pensées se trouve dans cette pilosité à l'extrémité du menton, que les questions s'y agglutinent. Il ne fait pas bon être juif à Soznowiec ces temps derniers mais il veut encore croire que les choses s'arrangeront. Sans doute ces jeunes nazis entrés dans la boutique de son voisin étaient deux idiots incultes qui avaient envie de rire.

Quelques jours passent et tandis qu'Alter Mordechaï vient d'ouvrir sa boulangerie, deux soldats entrent et font les pitres. Le premier se sert dans la vitrine, mord dans un bagel qu'il recrache sur la marchandise. Son binôme pouffe, vient se poster devant Alter Mordechaï et lui tend une paire de ciseaux.

– *Schneiden sie ihren bart !*[16] hurle-t-il.

Alter Mordechaï reste pétrifié et le soldat hausse encore d'un ton.

– Tu vas couper cette barbe ou je te la brûle !

Cette fois Mordechaï s'exécute, priant pour que personne n'entre dans le magasin. Après un premier coup de ciseau timide, ignorant les gloussements incontrôlés de ses bourreaux, il s'empresse d'en finir. Et tandis que les brassées de poils pleuvent sur le carrelage, la pensée de Mordechaï va à sa femme Rivka Libe, à ce jour où, le voyant passer devant la boutique de lingerie de Feter Simcha avec son livre de prière et sa *tsigele*[17], elle l'a choisi lui parmi tous les garçons de sa communauté. Il prend conscience de ce que Rivka ne l'a jamais vu sans sa barbe et il se demande : va-t-elle me reconnaître ?

---

[16] « Coupe-moi cette barbe » en yiddish.

[17] « Barbichette » en yiddish.

PARTIE 6

Buenos Aires
Période vert j'espère
(que ces ordures pourriront en enfer)

Plus le mensonge est gros, plus il passe.
Plus il est répété, plus le peuple le croit.
Joseph Goebbels

Huit mille passeports et cent mille cartes d'identité

Quand je voulus rebrousser chemin, il était trop tard. J'avais une escouade de douaniers dans le dos et une autre face à moi, avec chiens renifleurs, des mois d'entraînement à traquer le bagage suspect et l'anus de contrebande. Un mélange d'ammoniaque et de culpabilité suintait de mes pores dilatés. Je me voyais déjà escorté dans les coulisses aéroportuaires, être soumis à des fouilles qui sonneraient le glas d'une longue errance à travers des forêts de possibilités et terminer ma vie en prison à portraiturer les gardiens, à négocier du papier à dessin, des crayons, des fusains, une toile, un bloc de gélatine, des piments contre une pipe. Une fois l'an, mon pénitencier organiserait une exposition de mes œuvres, une journée Portes Ouvertes destinée à mieux faire connaître la vie des hommes en rétention, ah ! ah ! Portes Ouvertes, excellent, je n'aurais plus à chercher la confirmation de ma propre existence, plus à m'inventer des vies, des noms, des familles, des cultures, des appartenances, tout se trouverait là, résumé dans quelques mètres carrés de captivité. On procéderait sur moi à un test ADN. On retrouverait mes parents qui prendraient immédiatement l'avion et répareraient la perte d'un fils, échangeraient un fils disparu contre un fils taulard. Mes enfants revendiqueraient ma libération. Dans le scénario du pire, je serais placé dans le couloir de la mort et Violet ferait appel. Elle invoquerait des circonstances atténuantes, une amnésie autobiographique, une enfance non pas malheureuse mais inexistante, votre honneur, connaissez-vous quelque chose de pire qu'une enfance inexistante ? Déjà l'humidité moisie d'un cachot remplissait mes poumons, le fumet de viande grillée laissé par la chaise électrique irritait ma gorge lorsque j'entendis :

– Rodgaire Artoure Baldavine ?

Je ne souhaite ce nom à personne. C'est comme entendre une blague désopilante sans être autorisé à rire.

– *Si.*

– *Trabajo o turismo ?*

– *Turismo.*

Le douanier livra mon passeport à la vigilance d'un scanner. Les mesures de sécurité s'étaient considérablement sophistiquées depuis la chute éternelle de l'homme et des deux tours jumelles. Concevoir un faux passeport nécessitait désormais plus de science que peindre un Kahlo.

– *Gracias*, dit le douanier en me glissant le chef-d'œuvre de falsification dans la petite rigole sous la vitre du guichet. Son merci arrivait un peu tard. Les chevaux de la paranoïa étaient lancés, ça puait l'état d'arrestation. Au-delà des guichets, d'autres chiens se tenaient prêts à me déchiqueter, on leur avait appris à renifler l'icône orthodoxe, le *Saint Nicholas, tempera on wood de 28,5x21,5* à un demi-million de dollars réglé d'avance. Je sentais déjà la douce caresse de l'abandon qui précède l'évanouissement. Un des molosses aux dons olfactifs surdéveloppés s'affairait autour de mon bagage. Il reniflait les fleurs cruciformes avec un enthousiasme généralement réservé aux prises substantielles de cocaïne ou de champignons hallucinogènes guatémaltèques. Heureusement, son intérêt ne dura pas, les LV devaient lui procurer la migraine autant qu'à moi et je me retrouvai une fois encore en liberté conditionnelle, retour à la case coupable.

Je demandai au chauffeur de taxi de me renseigner un hôtel pas trop cher mais confortable, petit de préférence – *pequeno* – dans le centre-ville – *centro de la cuidad.* Il me déposa dans le quartier de Palerme, devant un immeuble dont l'architecture et les lustres en authentique pâte de verre rallumèrent dans mon cerveau les mots *bordel* et *Belle Époque.*

Je dormis habillé, les bras en croix. Mon lit tanguait dangereusement, fragile embarcation. Des mots en français, en espagnol, en italien, en allemand s'acheminaient aux frontières de ma conscience. À chaque inspiration, j'étais assailli par une nouvelle vague de substantifs à l'écume brouillonne qui s'écoulait aussitôt de mon lit et était absorbée par la moquette de ma chambre. Je n'avais pas bu une goutte d'alcool et pourtant j'étais ivre. Au bord de la noyade linguistique.

Je me rendis à l'adresse renseignée par Matossian aux premières heures le lendemain. Sakis Delekinas habitait à Belgrano, dans une rue où se côtoyaient des maisons de styles très éclectiques : chalets bavarois, fermes normandes, manoirs Tudor et Reine Anne, maisons de maîtres néoclassiques français et Art nouveau autrichien. Celle de mon client, une étonnante bâtisse à colombages, reflétait assez bien l'esprit du quartier que j'avais découvert le matin même dans un dépliant à l'hôtel et dont le texte mentionnait les flux migratoires ayant donné naissance à cet étonnant tourbillon architectural. Le dépliant évoquait une importante communauté allemande ayant établi dans cette ville et aux alentours de véritables colonies dans les années 1930, 1940 et 1950, dans le quartier Florida en particulier – aussi appelé *barrio alleman* – ainsi qu'au sud de Bariloche dans la vallée de Calamuchita et les montagnes de Cordoba, à proximité des missions jésuites. Ce que la brochure ne mentionnait pas, c'est que la plupart de ces migrants avaient été les membres les plus zélés du parti nazi avant, pendant et après la Seconde Guerre mondiale, c'est à peine croyable, disons-le, invraisemblable même de faire l'impasse sur pareille information. Ce morceau d'Histoire nous était, à ce dépliant et à moi-même comme à la plupart des habitants de la planète, comment dire, *sorti de la tête ?* avait, abradacabra, *été effacé ?* avait *laissé la place à de nouvelles expériences ?* selon le verbatim du docteur Brumbaum, à l'instar de bon nombre d'événements historiques essentiels du reste. Si bien qu'arrivé devant le chalet d'inspiration rhénane ou bavaroise ou autrichienne aux sympathies nazies de mon client, je ne vis rien d'autre qu'un petit miracle kitsch ayant fièrement survécu à l'invasion des tours d'immeubles modernes qui s'élevaient en arrière-plan, invasion advenue dans les années 1960 et rendant à Buenos Aires sa part de banalité. C'est donc joyeux, presque folâtre que j'agitai la cloche en bronze qui pendait à côté du visiophone, curieux d'en découvrir le son, avec l'innocence d'un Hansel et d'une Gretel par les murs en chocolat et la cheminée en pain d'épice alléchés.

Une gouvernante m'ouvrit la porte, une femme forte et

d'âge indéfini qui sentait le muguet fané. Dans un anglais de contorsionniste, elle me demanda si j'avais fait bon voyage et je lui emboîtai le pas dans de longs couloirs sombres aux murs parcourus de cimaises et de denticules néoclassiques. Sur les plafonds couraient de fines poutres d'un bois identique à celui des colombages extérieurs. Au bout de ce confortable terrier, on arrivait sous une véranda de construction récente volée au périmètre du jardin. Dans un foisonnement de plantes suspendues, Sakis Delekinas, silhouette élancée, une maigreur très élégante que des bras interminables finissaient de transformer en être végétal, était penché sur des boutures.

Matossian n'avait pas eu l'occasion de me parler de lui et j'étais plutôt satisfait de me retrouver devant pareil spécimen. Je dis spécimen car tout dans cet homme, les nervures de la peau, la fragile ossature, disait la grâce et la beauté malgré un âge avancé. Les heures à venir ne feraient que confirmer le sentiment de me trouver en compagnie d'un ermite réservant son indulgence aux espèces végétales et aux icônes helléniques sans fioritures des XVIe et XVIIe siècles.

Mistère Baldabine esta aqui, annonça la gouvernante sans susciter la moindre réaction.

Elle me désigna un fauteuil. À l'image de mon hôte, j'avais mes petites coquetteries : rester debout lorsqu'on m'invite à m'asseoir ; afficher une décontraction presque distraite ; feindre d'avoir oublié la raison qui m'amène… J'inspectai avec suspicion les plantes grasses, les lianes, les orchidées. Cette petite mise en scène nourrissait un intérêt réciproque, pimentait les négociations à venir, façonnait la relation et justifiait selon Matossian 10 % du prix de la vente. Bien qu'une pudeur tout orthodoxe nous interdît les métaphores sexuelles, nous appelions ça les préliminaires. Si notre théorie des préliminaires était exacte, par le peu d'empressement que Delekinas montra à mon égard, ce serait bientôt à moi de lui rétrocéder 10 %. Je posai finalement les yeux sur la plante qu'il inspectait avec des gants et une rigueur toute scientifique, une cactée assez laide aux feuilles grasses recouvertes de longs poils blancs à la croisée de l'ananas et de l'araignée.

– *Escarapela peluda*, dit-il. Elle nous vient du Chili. Elle pousse à trois mille mètres d'altitude. On n'en trouve pratiquement plus.

La gouvernante revint avec un broc de citronnade et deux verres sur lesquels était écrit *Oktoberfest*. Delekinas lui présenta ses mains gantées, qu'elle dépiauta comme deux lièvres. J'étais supposé rester plusieurs semaines à Buenos Aires et j'escomptais bien être pris en sympathie. Il me fallait absolument un éclaireur dans cette ville.

– Je vous montre l'icône ?

– Non merci, ça ira. Je regarderai ça plus tard.

– Et si elle est endommagée ?

– Elle l'est ?

J'évaluai le nombre de gorgées de limonade restant dans mon verre. Je supportais mal l'idée qu'après treize heures d'avion, la valse des contrôles douaniers et une première nuit en forme de naufrage dans une maison de passe reconvertie en hôtel, je fus mis à la porte en vulgaire représentant de commerce. Je lui soumis les documents et les certificats d'authenticité, qu'il éplucha avec soin. Il resta accroché à la paperasse comme au versant le plus abrupt de ses obsessions collectionneuses.

– Je ne peux prendre congé sans vous l'avoir montrée, insistai-je. Mon patron ne me le pardonnerait pas.

Il finit par me donner raison, me renseigna un évier où me savonner les mains et me confia la tâche de déballer moi-même sa précieuse acquisition, craignant sans doute de la contaminer au contact de quelque champignon provenant de la terre résiduelle sous ses ongles qui viendrait sournoisement gangrener un bois et une peinture multi-centenaires.

Je fus d'abord surpris par la pigmentation de ce Saint-Nicolas, d'un or dense et foncé. Il avait la carnation d'un Maure aux cheveux lisses. Sa peau illuminait l'ensemble de la composition. La main droite irradiait au bas gauche de l'icône. La tunique rouge cardinal avait été rendue orangée par l'oxydation. Quelques taches cramoisies tantôt circulaires tantôt étoilées et ressemblant à des impacts de balles se trouvaient dans la zone de l'auréole mystique. Ce n'est qu'après avoir examiné l'état de la relique que je notai les similitudes de traits qui existaient entre la figure sacrée et mon client, tempes dégarnies, cheveux très blancs et abondants, front haut et lisse barré de deux rides horizontales profondes, œil légèrement cerné à l'iris flottant, barbe et sourcils impeccablement brossés, nez occupant parfaitement le tiers central du visage, j'aurais pu continuer longtemps, port de tête, longueur du torse, finesse des phalanges, mais je n'étais pas venu jouer au jeu des sept erreurs. J'étais venu livrer une icône, ma mission s'arrêtait là. Nous nous étions tout dit. Je cherchai fébrilement dans le fond de ma citronnade un pépin sur lequel rebondir. Manifester mon intérêt envers l'architecture fantasque de sa maison était une piste. Faire valoir mon projet de visiter Buenos Aires en était une autre. Par où commencer ? Quels quartiers éviter ?

– Vous n'avez pas eu de problèmes avec votre passeport ?

Je doutai qu'il m'eût parlé tant sa courtoisie tardive semblait réglée sur un fuseau horaire différent du mien.

– Mon passeport ?

– Matossian ne vous a rien dit ? Nous, les Argentins, avons la réputation de fabriquer les meilleurs passeports du monde.

– Je ne vous suis pas.

– Oubliez le tango et le *dulce de leche*. Le savoir-faire argentin se trouve là, au fond de votre poche. Nous sommes les champions toutes catégories de la seconde chance. Nous sommes imbattables dans le transfert de compétences.

– Désolé, Monsieur Delekinas, mais je ne comprends pas un mot de ce que vous me dites.

– Ne prenez pas cet air offusqué. Vous n'êtes ni le premier ni le dernier à débarquer en Argentine dans l'espoir d'y mener une vie paisible sous une identité d'emprunt. Je sais, au début, c'est difficile. On regretterait presque d'avoir laissé derrière soi la meilleure part de soi-même. Mais ensuite, on s'habitue. Je l'ai vécu il y a de ça très longtemps.

Il soupira devant un passé qu'il était seul à voir.

– Savez-vous à combien de citoyens allemands l'Argentine

a offert l'asile à la fin de la Seconde Guerre mondiale? Quatre-vingt-dix mille. Savez-vous combien de documents d'identité notre regretté Perón a fait parvenir à l'attaché militaire auprès de l'Ambassade d'Allemagne quelques mois avant la fin de la Guerre ? Huit mille passeports et cent mille cartes d'identité. Vous ne trouverez pas un pays plus hospitalier que le nôtre, Monsieur Baldwin, je peux vous l'assurer.

Six millions de plus

Il m'invita dans un restaurant de Palermo où il avait ses habitudes. En été, les tables les plus convoitées étaient celles dressées à l'extérieur, dans une splendide cour pavée en damier madrilène. On y mangeait sous un parasol, entourés d'arbustes et de fleurs en pot. Mais Delekinas était rompu à l'exotisme facile et à la brise semi-saline provenant de l'embouchure du Rio de la Plata qui valait à cette ville son nom, Buenos Aires, bons vents. Il laissait ces évidences aux touristes et déjeunait à l'intérieur. J'étais moi-même un vieux hibou et ce choix m'agréa.

Le patron vint nous saluer, affichant bruyamment ses origines italiennes et sa complicité avec une poignée d'hommes installés à une longue table à proximité du bar. Ils portaient des costumes bien coupés. Leurs gestes, leur sens de la formule et leur habilité dans l'art de manier le cure-dent avaient un parfum de programme politique. Delekinas alla les saluer et s'entretint avec un octogénaire au cheveu dru, puis revint vers moi et me montra sa table, la numéro 4, adossée au mur du fond et drapée d'un joli carré vichy rouge et blanc.

Nous déjeunâmes sous l'œil attentif d'Oratio, un serveur en livrée, un miraculé des dépôts de bilan reconverti en chien fidèle. Le vieil Oratio ne semblait plus vivre que pour satisfaire Delekinas, conforter ses convictions en matière de cuisson et d'œnologie. Il attendait que nous soyons disposés à commander, l'esprit encore troublé par nos dix minutes de retard. Nous avions traîné en route, Delekinas m'ayant offert un petit cours d'architecture en chemin.

Ce bon Oratio arriva au galop, poussant devant lui une desserte basse sur laquelle se trouvaient de l'eau, du vin, du pain, des olives, et un plat de légumes blancs de forme phallique dont je ne parvins pas à retrouver le nom. Ils avaient été dorés à la poêle et saupoudrés de parmesan, de copeaux d'olives et de feuilles de basilic. J'attendis que Delekinas eût porté à sa bouche une première de ces verges de caniche, puis en goûtai une à mon tour. Introduisant prudemment le prépuce entre mes lèvres, je fus sujet à une montée de salive inhabituelle due à une délicieuse amertume qui mit mes sens en extase, ma langue en sidération sans que me revienne le nom de ce fichu légume. Je reniflais mes glaires. En trente ans, jamais un goût ne m'était *revenu* avec autant d'intensité. Était-ce mon cheveu dans la soupe ? Le stimulus propice à la réminiscence ? Cette ville était saturée de mémoire jusqu'à l'indigestion. C'était Rome, Florence, Madrid, Tolède, Porto, Buckingham, les côtes normandes, Paris, Berlin, Munich, Vienne rassemblés sur un terrain de tennis.

Une frise en carrelage courait sur les murs du restaurant. Delekinas m'expliqua qu'elle provenait de la province de Salta, à la frontière de la Bolivie, du Chili et du Paraguay. Son père avait été le premier à l'exporter en Argentine. J'écoutais Delekinas, jetant de temps à autre un regard en direction de la table où se trouvaient les hommes en costume.

– Ne vous faites pas de souci, Monsieur Baldwin. Nous sommes chez nous ici. Nous pouvons parler librement, m'assura-t-il.

Il me raconta dans quelles conditions son père et lui avaient embarqué à Gênes par un froid matin de janvier 1947 à bord d'un de ces paquebots ordinaires qui reliaient à l'époque l'Italie à l'Argentine.

– Ma mère refusait de nous accompagner. Partir sans elle me déchirait le cœur. J'étais encore un gamin et je pleurais, une vraie fillette.

Et Oratio de rester planté là dans l'attente d'une approbation, l'avant-bras du pauvre homme montrant des signes de faiblesse. La Réserve *Vernaccia di San Giminiano* – le péché mignon de Delekinas – pesait chaque jour un peu plus lourd.

– Avant de monter à bord du navire, mon père m'a dit que si je continuais à pleurnicher, la police me tuerait. Je n'ai plus jamais pleuré depuis.

Au moment où le paquebot de Delekinas quittait Gênes à la vitesse de huit nœuds et entamait deux longues semaines de traversée, Oratio manqua l'unique occasion d'attirer notre attention sur le plat qui arrivait. Il exprima un profond soupir de défaite et disparut le temps de revenir armé de deux assiettes d'un superbe Osso Bucco à la milanaise.

– Vous voyez l'homme assis à cette table, celui que je suis allé saluer ? poursuivit Delekinas. Nous nous sommes connus sur le paquebot. Nous avons fait la traversée ensemble. Je n'oublierai jamais notre arrivée. On devinait Montevideo au loin. Les passagers étaient agglutinés sur le pont. Ils exultaient leur joie mais pour Umberto et moi, c'était un drame. L'indentation des côtes matérialisait le début d'une existence loin de nos mères. Ce voyage faisait de nous des orphelins.

Il marqua une pause dans laquelle vint s'engouffrer le visage tendre et vaporeux d'une mère.

– Voyez-vous, ici, nous partageons tous des histoires de ce genre. C'est ce qui nous lie. Nous aimons ce pays. Nous vivons soudés par des souvenirs communs. Nous partageons les mêmes valeurs. Ce qui est en train de se passer en Argentine est tout simplement intolérable. Nous ne pouvons abandonner ce pays aux femmes, aux gays et aux communistes. Pas après ce que le colonel a fait pour nous.

– Ce matin, je pensais que les plantes étaient au cœur de vos préoccupations. Je ne vous imaginais pas intéressé par la politique.

– Les plantes aussi ont besoin d'un bon président.

Il attira mon attention sur un petit homme à la tête en forme de boule de billard, le sourcil fourni, une étroite moustache noire taillée selon la configuration du philtrum.

– Il s'appelle Alejandro Biondini. Il est notre candidat aux prochaines élections présidentielles. C'est un homme à la détermination formidable. Je vous le présenterai à l'occasion.

Nous avons eu au dessert d'excellents sorbets au melon.

Delekinas parlait l'espagnol, l'italien, le français selon qu'il s'adressait à Oratio, à l'un des prestidigitateurs du cure-dent ou à moi, utilisant parfois un mot d'allemand. Il m'expliqua que la nouvelle génération prenait la relève, il cita Gustavo Pampillon, le chef du *Foro Nacional Patriotico*. Un de ses amis se leva et cria Six million more ! à l'attention du patron.

– *Six million more !* est le nom du groupe de musique de son fils, m'éclaira Delekinas.

Je ne demandai pas six millions de quoi, trop occupé à le suivre dans ses élucubrations trilingues pour m'arrêter à ce nombre pourtant astronomique. J'avais d'autant plus de mal à suivre que sa diction s'étiolait à mesure que coulait le nectar des Pouilles dont il avait commandé une seconde bouteille juste avant le limoncello de Calabre qui termina de pulvériser nos derniers atomes de rigueur sémantique.

Bien que le restaurant fût situé à un bloc seulement de mon hôtel, je raccompagnai Delekinas chez lui. Une fois devant sa très pittoresque demeure, vacillant mais joyeux, il me proposa un dernier verre. Deux heures plus tôt, découvrir les arcanes de son chalet m'aurait enchanté. On pouvait l'admirer ou en rire, trouver grotesque le mélange de poutres apparentes et de moulures néoclassiques, prétentieuse, effrayante, de mauvais goût, imbécile cette macédoine de ruralité rhénane et de chic viennois, mais il était impossible d'y être indifférent. À l'égal de la gouvernante et du servile Oratio, le chalet de Delekinas méritait le détour. Je suivis donc l'énigmatique vieillard.

La visite démarra dans une grande salle à manger tapissée de blasons et de symboles que je rattachai sans difficulté à l'Empire Germanique. Un siècle et demi s'était écoulé entre l'arrogance de ce papier peint arborant des centaines de croix de l'Ordre de Guillaume et ma propre existence. Une table en chêne massif pouvant accueillir deux douzaines de convives occupait le centre de la pièce. Des sièges sculptés d'aigles couronnés étaient disposés le long des murs dans l'attente d'une célébration. Dans les boiseries, la vaisselle, le plâtre, le papier peint, le tissu des rideaux et jusque dans les renforts métalliques des volets intérieurs, en creux, en à-plat, en repoussé, en transparence, les armoiries de l'Empire proclamaient leur puissance révolue devant un auditoire absent. Je continuais à faire ma propre cuisine linguistique à partir du charabia que m'offrait généreusement mon hôte quand ce dernier s'assit dans l'un des sièges sculptés et, le souffle court, revint à une narration plus confidentielle :

– Je n'ai touché à rien depuis la mort de papa.

– Votre père était très germanophile.

– Papa a été parmi les premiers exfiltrés du réseau Odessa, avec le soutien de la commission Peralta sous la direction du colonel Enrique Gonzales. Il était SS-Gruppenführer.

– Votre père était allemand ?

– Oui. Maman était crétoise. J'ai pris son nom à la mort de mon père.

– Et de quoi est-il mort ?

– Limoncello. Nous avons toujours aimé les liqueurs calabraises dans la famille.

Ce fut entre nous le début d'un long et sinueux jeu de piste qui allait peu ou prou me mettre sur la voie. Je mesure a posteriori la chance qui fut la mienne de croiser la route de cet homme et comprends mieux à présent le mélange de fascination et de répulsion qu'il m'inspira. Je doute que Matossian eût organisé cette rencontre en pleine conscience mais je ne peux m'empêcher de penser que par le biais d'une intuition tout arménienne, il eût deviné mes origines et m'eût sciemment mis sur la voie. À mesure que nous visitions le chalet, une douleur centenaire, invaincue, s'éveilla dans la profondeur spongieuse de mes os.

Nous visitâmes les anciennes cuisines. La découverte d'un vieux poêle en fonte me bouleversa. C'était comme retrouver un ami d'enfance.

– Il fonctionne ?

– Je suppose. On ne s'en sert plus depuis l'installation du chauffage central.

Nous montâmes aux étages où se trouvaient les chambres de ses petits-enfants. Ils ne venaient plus qu'occasionnellement lui rendre visite. Il appela la gouvernante et sur le ton du reproche, lui suggéra d'aérer un peu tout ça. Il s'arrêta devant une porte blindée, tapa un code à l'abri de mon indiscrétion. Dans une atmosphère savamment entretenue à 18°C, une collection d'icônes attendait d'être appréciée à sa juste beauté. Nous étions dans le *pequeno museo* de Sarkis Delekinas, sa *terra interior*. Je ne fis pas tout de suite le parallèle entre les Vierges à l'Enfant, les Christs Pantocratores, les Résurrections, les Saints et les Archanges et sa mère confisquée.

– Ce n'est qu'après la mort de papa que j'ai repris contact avec ma mère. Elle est venue immédiatement me voir à Buenos Aires. Elle m'a offert cette *Vierge à l'Enfant* du XIXe siècle, est restée quelques semaines auprès de moi et est morte à son retour à Héraklion. Elle avait soixante-neuf ans.

– Et vous avez pris son nom.

– Un nom est à la fois un cadeau et un poison, j'imagine que ce n'est pas à vous que je dois l'expliquer. Un nom est une prison quoi qu'il arrive.

La journée se terminait. Ma deuxième dans cette ville. J'avais grand besoin de me reposer et de faire le point.

– Il est temps que je rentre, Monsieur Delekinas. Je vous remercie infiniment de votre hospitalité.

– Voulez-vous que je vous aide à faire venir votre famille en Argentine? Je crois savoir que vous avez une fille brillante, une avocate.

Ses paroles me glacèrent. Je n'étais plus sûr de comprendre les raisons qui avaient motivé Matossian à m'envoyer chez cet homme ni dans quel but il lui en avait dit autant sur moi.

– Pourquoi feriez-vous venir ma famille ?

– Les affaires, Monsieur Baldwin. Le transfert des compétences. Vous possédez une très bonne connaissance de la peinture. J'ai parmi mes relations des collectionneurs qui souhaitent vendre des tableaux d'une très grande valeur. Dans la plus grande confidentialité bien sûr. Vous êtes libre dans les prochains mois ?

Il devait connaître mon emploi du temps aussi bien que moi et je ne lui fis pas le plaisir de répondre.

– Un ferry part toutes les heures à destination de Montevideo. Nous passerons le week-end chez un ami. Prenez un maillot de bain, ils ont une grande piscine. Vous verrez, ils sont charmants. Soyez chez moi demain matin à 8 heures tapantes. Un taxi nous emmènera au port. Si vous n'avez pas d'autre projet bien entendu.

SZULIM GAZÉ

C'est un de ces beaux dimanches où Thérèse, fille de Rachel et Szulim Mandelbaum, a invité la famille à déjeuner, ceux d'Anvers, ceux de Bruxelles, il ne manque qu'Henry, Berte et leurs enfants, qui habitent en Argentine. Ce matin, elle est allée acheter du *gefilte fish*, des *latkes* et du *gehakte leber* chez Steinmetz, du *keeskieren*[18] chez Kleinbladt et de la limonade chez Delhaize spécialement pour les garçons. Tout le monde est là, sauf Szulim qui ne devrait plus tarder. Il habite dans l'immeuble en face, sur la Pantin Moretus *Lei*. Il n'a que la rue à traverser. Les garçons tournent autour de la table, picorent dans les plats, font déjà un sort aux *matzes*. Ce sont des adolescents, ils ne pensent qu'à se nourrir. Quels beaux enfants !

Thérèse passe devant la photographie de sa mère Rachel et déplore que les garçons n'aient pas connu leur grand-mère. Quand Rachel est morte, Szulim s'est remarié avec Baltje. Le premier mari de Baltje, mort à Auschwitz, s'appelait Simon Mandelbaum. En épousant Szulim en secondes noces, Baltje Mandelbaum est devenue Baltje Mandelbaum Mandelbaum. Ces choses-là ne s'inventent pas.

Les garçons ont conservé quelques souvenirs de Baltje. C'était une femme aussi petite en taille que vive de caractère. Elle devait son parfum d'oignon à une consommation importante de ce bulbe qu'elle étalait, finement haché sur de grandes tartines de fromage blanc. Sur le buffet, il y avait les photographies de Rachel, Leibich Yehuda, Chana, Alter Mordechaï et Yaakov Yecheil. Tous semblaient la tenir à l'œil. Et puis Baltje est morte elle aussi, et Szulim s'est retrouvé seul. Mais que fabrique-t-il ? Thérèse se fait du souci pour son père. Depuis quelque temps, il n'a plus goût à rien.

[18] Carpe farcie, beignets de pommes de terre, pâté de foie de volaille, gâteau au fromage.

L'assiette de cornichons est vide et elle va en chercher d'autres à la cuisine. Stéphane lui emboîte le pas et propose de l'aider. C'est un adolescent d'une extraordinaire beauté, qui peut se montrer très doux quand il le décide. Il est d'une grande sensibilité. Elle l'a observé tout à l'heure lorsqu'il regardait les photographies. Sur ce point, ils sont semblables : même dans l'euphorie, ils n'oublient jamais ces êtres sans voix habitant un monde qui s'arrête brutalement au bord du cadre.

Thérèse appelle Szulim au téléphone, laisse sonner vingt fois, puis envoie les garçons le chercher. Quand ceux-ci arrivent à l'appartement, une forte odeur de pain grillé flotte dans la cuisine. Le four et la gazinière sont éteints. La table, proprement rangée. Dans le salon, le journal télévisé commente l'assassinat de John Lennon devant son immeuble à Central Park. Szulim est allongé sur le carrelage devant la porte de la salle de bains. Il a perdu connaissance. Ses petits-fils l'invectivent.

– *Zeidé*[19] ! Szulim ! Réveille-toi !

Yves ouvre grand les fenêtres. Ariéh fils vérifie le chauffe-eau. Sylvain appelle les urgences. Stéphane conserve l'oreille collée sur la poitrine de son grand-père, heureux de constater que son vieux cœur court un marathon. Dans cet appartement sans système d'aération, après avoir toasté l'équivalent de trois pains – sa réserve de la semaine – et saturé l'atmosphère en gaz de combustion, Szulim s'est évanoui par suffocation. Stéphane regarde son frère. Ils pensent à la même chose. Pour eux, c'est une évidence : les boches sont dans le coup. Ils sont pris d'une bouffée d'hilarité qu'ils tentent de soustraire à la vue de leurs cousins et de leur tante Thérèse venue les rejoindre. Tout le monde n'appréhende pas l'humour de la même façon. Goebbels et Hitler doivent bien s'amuser en tout cas. Après avoir échappé aux pogroms, à ses obligations militaires, au typhus, aux famines, à la déportation, aux chambres à gaz, aux fours crématoires, aux fusillades expéditives, Szulim a manqué se faire gazer par un commando de tartines grillées.

[19] « Grand-père » en yiddish.

La route des rats

Je passai une autre nuit sur ce lit-radeau, dans cette chambre aux allures de bordel, éteignant et rallumant la lumière, arraché au sommeil par des fantômes en forme de missiles furtifs, des réminiscences foudroyantes et inintelligibles, des siphons m'aspirant vers les eaux de la mémoire et me recrachant aussitôt. J'eus la présence d'esprit de demander à être réveillé à l'aube et soignai mon insomnie par la consultation d'un livre abondamment illustré qu'à la réception on avait eu la gentillesse de me prêter. L'ouvrage retraçait le destin d'Evita Perón, une noiraude décolorée en blonde, une starlette de cinéma pas tout à fait à mon goût, devenue première dame d'Argentine et aussi populaire que la Sainte Vierge. J'eus brièvement recours à sa mythologie pour m'endormir, où l'on me vit prendre Evita dans toutes les positions qu'impose une insomnie sévère, sous les yeux cramoisis d'un général bandant mou et contraint de me sucer la verge sous les ovations d'un peuple galvanisé par l'érotisme de nos ébats, les hommes s'astiquant le manche debout, les yeux exorbités, les femmes alanguies sur les trottoirs agitant leurs petits doigts frétillants comme des sardines entre leurs jolies cuisses. Il me tardait de dessiner la femme la plus aimée d'Argentine, d'en établir les contours charnels et historiques, de la plier aux impératifs de la mine et du papier. Elle réveillait mes fantasmes sadomasochistes peuplés de militaires réputés pour leur raffinement dans la cruauté.

Nous embarquâmes sur le ferry-boat quelques minutes avant le départ, Delekinas, une discrète sacoche en toile claire à l'épaule, moi avec ma valise talisman au bout du bras. J'avais préféré tout emporter, réglé le solde de ma chambre, une nuit supplémentaire dans cet hôtel aurait été celle de trop. Deux chemises, un pantalon, une trousse de toilette, une biographie illustrée de Maria Eva Duarde de Perón, ma vie d'homme en fuite se résumant une fois de plus au strict minimum.

Je restai un moment sur le pont du ferry à contempler Buenos Aires depuis le large, m'efforçant de voir cette baie avec le cœur et les yeux des centaines de milliers d'exfiltrés avant moi. L'aéroglisseur filait à une vitesse de trente-cinq nœuds, soit plus de quatre fois la vitesse du paquebot sur lequel Delekinas et son père étaient arrivés. Il me parla de l'Amiral Graf Spee, célèbre Panzerschiftt de la marine de guerre allemande sabordé en 1939 au nez et à la barbe de l'armée britannique. Il revint sur le réseau Odessa, les deux cent mille nazis – nous ne parlions pas ici de nazis à la petite semaine mais d'hommes chevillés aux concepts de race pure et d'épuration – qui avaient voyagé dans ces grands cargos de tourisme dont les restaurants offraient un panorama divin sur l'immensité liquide – c'était autre chose que les wagons de marchandises direction la Pologne,badinait Delekinas – et s'étaient installés dans cette enclave étonnante creusée par le Rio de la Plata. Il me confia encore que des années après les exfiltrations massives du réseau Odessa, les routes maritimes reliant Gênes, Naples, Barcelone et Vigo à Buenos Aires et Montevideo avaient été rebaptisées par les communistes la route des rats, ah, ces communistes, de grands humoristes, n'est-ce pas ? Il me parla enfin du génie économique et industriel arrivé avec les hommes, les Bayer, les Bosch, les Opel, les Siemens, les AEG, les Agfa photographie, les banques et les commerces, les *flamberias alemanas*, les *peluquerias alemanas*, les *ferreterias alemanas*, les *carnicerias alemanas* qui avaient prospéré dans les zones urbaines comme le poivrier sauvage dans le désert de Patagonie. Et il n'était que 10 heures du matin.

Au débarcadère, le jeune Esteban, un regard forgé par trois générations de prospérité industrielle, chemise rose clair ouverte sur un bronzage caramel, petites fesses sportives moulées dans un jeans blanc trop serré, nous attendait à côté de sa Porsche 356 Pré A 1500 S décapotable de couleur champagne, une réplique dont j'avais vu l'originale la nuit même dans le livre retraçant la vie de l'épouse du Général, un modèle conçu dans les années 1950 par la Carrera Panamerica à la demande d'une starlette britannique passionnée de sport automobile à la mémoire de sa très grande amie, l'incontournable

Evita.

Cette voiture mit Delekinas dans d'excellentes dispositions. Nous avions le cul au plancher, la tête dans la tourmente. Tout ça le revigora, si toutefois il était utile de le revigorer davantage, car quand il ne s'enfermait pas dans un mutisme obstiné, Delekinas était un véritable moulin à paroles. Il entreprit Esteban en allemand et en espagnol. Relégué à l'arrière avec les valises, le vent rendant impossible toute conversation à cette distance, j'observai tour à tour l'océan, les immeubles bordant la côte et beaucoup plus près de moi, presque sous mon nez, la nuque d'Esteban et le tatouage visible par transparence dans le coton délicat de sa chemise.

Après les immeubles du bord de mer vint l'arrière-pays et ses premiers refuges de milliardaires qu'un système fiscal conciliant cultivait telle une végétation supérieure. Esteban menaçait de nous envoyer dans le décor à chaque virage. Il conduisait selon une conception toute nietzschéenne du Code de la route – Il faut vivre dangereusement– à laquelle je répondais par une poésie toute surréaliste – On vit peu mais on meurt longtemps – dont j'ignorais alors combien elle avait imprégné mon adolescence.

Il ralentit au sommet d'une colline aride et rocailleuse et s'enfonça dans une propriété, s'arrêta à quelques mètres d'un bâtiment lui aussi austère et rocailleux. Une pinède circonscrivait le jardin et je me souviens avoir pensé « ça sent le sapin ici » sans mesurer la portée de cette réflexion. Don Gustavo répondit aux coups de klaxons tonitruants que lui adressait son arrière-petit-fils par un bras levé qui resta énigmatiquement suspendu dans l'atmosphère trois ou quatre secondes de trop. À quatre-vingt-sept ans, me confia Delekinas, Don Gustavo commençait doucement à perdre la mémoire. J'étais bien placé pour savoir l'inconfort d'un tel handicap et cette information me mit d'emblée en de bonnes dispositions à son égard.

On nous fit traverser un gigantesque salon débouchant sur une vaste terrasse. Au-delà, une pelouse se déployait dans laquelle se découpait une grande piscine turquoise. En bordure du bassin, une femme prenait un bain de soleil. Lorsqu'elle nous entendit, elle se redressa dans un mouvement parfaitement maîtrisé. Ses muscles saillants disparurent sous un peignoir. Brune, la cinquantaine, elle avait été nageuse ou gymnaste. Elle semblait s'être levée peu de temps auparavant. De tendres coussinets de nuit lui bordaient les yeux. Ses pupilles dilatées ressemblaient à deux diamants noirs. Je ne fis rien du reste qui put trahir mon admiration devant sa plastique exceptionnelle de caryatide tombée du lit.

– Ruth, ma tante, dit Esteban.

Ma contemplation fut interrompue par l'arrivée d'une horde d'enfants qui rentraient de la plage et vinrent se coller contre leur arrière-grand-père, lui donnant du Opa par-ci, du Opa par-là, racontant des histoires de crabes, de poulpes, de méduses, de scooters des mers, les lèvres bleuies par une baignade trop longue, leurs petits corps fripés secoués de tremblements, leurs pieds laissant sur le carrelage des îles de sable que leurs nounous s'empressaient d'effacer derrière eux.

Des enfants plus âgés arrivèrent avec des limonades et se disputèrent les hamacs suspendus aux arbres de la terrasse. Tout espoir d'entamer une conversation fut ruiné par le bain d'amour et de désinvolture dans lequel sa progéniture noyait Don Gustavo et ce dernier nous proposa de le suivre jusqu'à une tonnelle de vigne blanche ombragée. On nous servit une collation, fromage blanc, mangues, papayes, jus de canneberge. Opa soignait jalousement son espérance de vie.

– *Sprechen sie deutsch ?*[20] me demanda-t-il, une serviette accrochée en bavoir déjà maculée de coulées orange.

Voyant ma tête, il émit un rire grave et baroque. Puis, s'adressant à sa petite-nièce :

– Ruth, *schatz*[21], si tu retournais faire quelques longueurs dans la piscine ?

Nos échanges prirent alors un tour plus concret.

– C'est une affaire délicate.

Nous n'étions pas en villégiature mais au cœur d'une

[20] « Parlez-vous l'allemand ? »

[21] « Trésor ».

négociation dont l'icône livrée à Delekinas n'était que le ver au bout de l'hameçon.

– *Une Baigneuse* de Pierre-Auguste Renoir.

Nous parlions d'un tableau évanoui soixante-quinze ans plus tôt, tableau qui se trouvait sur la liste des milliers d'œuvres soustraites par les nazis durant le IIIe Reich, et qui faisaient toujours l'objet d'investigations complexes impliquant des collectionneurs et les musées du monde entier. Don Gustavo en espérait vingt-cinq millions de dollars, tous ces enfants à nourrir lui coûtaient cher.

– Je souhaiterais que vous vous présentiez chez mon acheteur en tant que copiste de la toile, avec les documents attestant qu'il s'agit d'une contrefaçon. *Du verstehst ?*[22] Si l'origine du tableau est découverte, il risque de nous échapper.

J'eus la troublante impression d'avoir déjà eu cette conversation. Je m'efforçai de faire abstraction de mon cas personnel et me penchai sur ce morceau d'Histoire : le marché de l'art sous l'Occupation. Les chiffres étaient stupéfiants. Quarante-cinq mille tableaux spoliés à des particuliers et des galeristes juifs avaient été restitués à leur propriétaire ou à leurs descendants à la fin des années 1940. Quinze mille autres tableaux étaient toujours hébergés par des musées en Europe et aux États-Unis. Si on examinait soigneusement l'inertie avec laquelle s'effectuaient les restitutions, si l'on confrontait la fulgurance des spoliations à l'incroyable lenteur des restitutions, si enfin on prenait en compte les tableaux n'ayant jamais refait surface, ce pillage était le plus spectaculaire de l'histoire de l'art. Imaginez un seul individu vidant le Louvre en une nuit sans s'en trouver inquiété par la suite. Je me souvenais avoir lu un article sur un certain Cornelius Gurlitt récemment confondu, un collectionneur austro-allemand dont le trésor de guerre s'élevait à mille cinq cents toiles, tout de même, mille cinq cents toiles, on ne cherchait pas une aiguille dans une botte de foin, finalement retrouvées à Salzbourg et à Munich. Les œuvres spoliées durant le IIIe Reich non restituées à ce jour constituaient un musée invisible réparti en d'innombrables

[22] « Vous pigez ? »

petites salles disséminées dans le monde entier, des petits musées personnels, *pequenios museos personales*, *kleine personliche museen. Combien exactement, je n'en avais* aucune idée. Mon cerveau avait renoncé à calculer. Il avait cessé de considérer l'envergure de la spoliation dans son ensemble, qui s'étendait bien au-delà des œuvres d'art, aux biens mobiliers et immobiliers, aux commerces, confiscation orchestrée avec la complicité des responsables des pays occupés, ministres présidents, gardes des Sceaux, ministres secrétaires d'État à l'Économie et aux Finances à qui le pouvoir nazi avait confié la tâche de déterminer eux-mêmes les conditions de rémunération des administrateurs provisoires des biens confisqués. Alors, je pose la question en toute humilité : à quoi devais-je m'attendre avec La Baigneuse de Pierre-Auguste Renoir, pardon, avec Don Gustavo?

– Votre rémunération sera à la hauteur, Monsieur Baldwin, soyez-en sûr.

Le fait qu'il prononçât correctement mon nom m'amena à me poser d'autres questions : l'avait-il choisi lui-même ? S'était-il occupé personnellement de mon exfiltration vers l'Argentine ? Je fus encore sujet à quelques réminiscences, mais rien de personnel : les Juifs ne pourront entrer dans les grands magasins, les magasins de détail et artisanaux ou y faire leurs achats ou les faire faire par d'autres personnes qu'entre 15 et 16 heures. L'entrée des Juifs dans les salles de vente publiques est interdite d'une manière absolue, trululu, les doigts dans le cul…

Le regard de Don Gustavo s'éteignit. Un voile opaque tomba sur notre conversation. Il se trouva lui aussi plongé dans la tourmente des réminiscences. Il prit appui sur ses accoudoirs et quitta la table. Delekinas lui emboîta le pas et je me retrouvai en l'aimable compagnie de Ruth. Même ramollie par l'eau et le chlore, sa peau s'appliquait à repousser le verdict de la ménopause. Je lui demandai quelles étaient ses préférences en peinture. Elle en rougit de plaisir, murmura un Ooooooh ! que j'interprétai comme le premier d'une longue série d'orgasmes.

– J'adoooore l'art dégénéré, confessa-t-elle. Otto Dix, Ernst Ludwig Kirchner, Egon Schiele. J'adore énerver mon grand-oncle.

– Vous semblez beaucoup l'aimer.

– Détrompez-vous. Nous nous haïssons mutuellement.

Elle fut traversée par un spasme qui n'avait du rire que l'apparence et semblait être l'aveu d'un désespoir sincère, celui d'être indécemment riche et scandaleusement seule. Elle repartit en direction de la piscine. Je restais stupéfait devant le délié de ses mouvements. Ses fesses roulaient mignonnement, dans l'axe de la marche, sans déborder sur les hanches. Elle était botticellienne à un âge où le corps se pare des rondeurs d'un François Boucher. Et puis il y avait ce prénom, Ruth. M'étourdissait-elle délibérément ou était-ce une posture destinée à dissimuler le désastre hormonal qui l'habitait ? Elle fit encore quelques longueurs et sortit de l'eau, gracieuse à questionner Courbet, Pissaro et Matisse sur leurs inclinations esthétiques.

Sur la terrasse, un enfant chevauchait ma valise, lui prêtant les caractéristiques du dromadaire. Ruth alla lui administrer une claque. Je la suivis ensuite dans la maison, regardai l'eau ruisseler du corps au carrelage. Arrivée devant une chambre, par un subtil jeu de jambes elle referma la porte derrière nous et me plaqua contre celle-ci, m'obligeant à agripper sa chevelure d'une main et à plonger l'autre entre ses hanches, me guidant en experte dans les coulisses de son sexe où la température dépassait toutes mes prévisions, m'enjoignant d'éteindre son incendie intérieur avant que la maison entière ne prît feu. Malgré l'absence de ces petites erreurs qui font habituellement le véritable charme d'un corps, elle me plaisait terriblement. Il émanait d'elle une énergie qui transformait l'amour en combat. J'inversai le rapport de force, la contraignis à me tourner le dos, à me tendre sa croupe musclée de faune. Avait-elle un ancêtre capable de tuer un chien-loup à main nue ? J'aimais l'obscénité de ses cris. Ce n'était pas un corps que je baisais mais un arbre généalogique en flammes. Je venais sur son grand-oncle et ce qu'il représentait. J'éjaculais sur des milliers d'exfiltrés. Je tamponnais huit mille passeports et cent mille cartes d'identité à l'encre de mon sperme. Je savonnais la route des rats. Je noyais le réseau Odessa. J'ensevelissais le IIIe Reich sous mes humeurs séminales, je lui administrais ma solution finale pendant que ses vigoureux tétons me sommaient de les bleuir, que son cou appelait mes dents, que son dos cherchait mes ongles. Tout en elle demandait à être marqué d'un érotisme qui lui interdirait ensuite de retourner se pavaner au bord de la piscine. Je jouis comme on conclut une bataille, dans la rage et l'épuisement.

Tant de mouches

J'avais pris une première douche en compagnie d'une Ruth reconnaissante pour sévices rendus, une seconde à l'issue d'une sieste solitaire et rédemptrice, l'ensemble de ces délices ayant fait naître en moi une faim de vainqueur. C'est donc avec enthousiasme que je m'installai à côté d'Esteban à l'heure du dîner. Une fois débarrassé de sa Porsche, il ne faisait plus ses dix-huit ans, ressemblait à ces enfants gâtés trop tôt livrés à eux-mêmes, en mal d'attention, sur qui une once d'intérêt a des pouvoirs de résurrection. Je l'interrogeai sur ses études, ses projets, tout ce qu'un quinquagénaire veut savoir sur un môme de dix-huit ans. Les études, il n'en savait rien. La plupart de ses copains de lycée étaient partis étudier en Angleterre, en Suisse ou aux États-Unis. Ils rentreraient avec un diplôme d'école de commerce surfait, une perte de temps selon lui. Des projets ? Ça, oui, il en avait. Mais il n'eut pas l'occasion de me les expliquer. Ruth nous avait rejoints, impériale, diabolique, les stigmates de nos ébats dissimulés sous une robe en mousseline noire aux manches couvrantes et au col montant ne laissant apparaître que le visage et les doigts.

– S'il t'embête, n'hésite pas à venir t'asseoir à côté de moi, me suggéra-t-elle.

– Ça va bientôt être grand-mère et ça se prend pour Jennifer Lawrence, lui rétorqua Esteban.

– *Cabron ! Iccho di puta !* s'insurgea-t-elle en lui jetant des poignées de chips au visage.

Plus tard, quand tout le monde se trouva réuni autour de la table, Esteban se chargea des confidences collectives. Avant de s'appeler Gozes, ses arrière-grands-parents s'étaient appelés Gutmann. Longtemps, ils avaient hésité entre Gomez, Garcia et Gonzales. Conserver le G leur avait permis de ne pas sombrer entièrement dans l'anonymat et d'adresser un doigt d'honneur à l'Histoire. Il leva son verre de jus de goyave et porta un toast :

– *Gesundheit, Ober Führer Gunter Fridolin Gutmann ! Heil Hitler !*

J'entendis vibrer les ailes des moustiques femelles.

– *Halt die klappe oder sie essen in dein zimmer !*[23] ordonna son arrière-grand-père avec la lenteur due à son âge, mais avec une autorité intacte.

Ses mains apostoliques réquisitionnées par la dégustation d'une délicieuse mousse d'avocat, Delekinas s'efforçait d'ignorer les turbulences ordinaires de cette famille qui, à l'égal

[23] « Ferme-la ou tu manges dans ta chambre. »

de tant d'autres, oscillait entre discrétion rampante et besoin de reconnaissance.

– Gunther Fridolin Gutmann était notre *urgrosvater*[24], le père d'Opa, m'expliqua Esteban. Il est mort à quatre-vingt-neuf ans.

– Toutes mes condoléances, répondis-je.

– Oh, ne t'en fais pas, il a eu une belle vie.

Il leva un autre verre.

– À Franz Stangl ! À Marchenko ! À Demjanjuk ! Ils se sont tous fait piéger, les imbéciles, alors que notre bien aimé Gunther Fridolin… Malin comme un Juif, hein, *opa* ?

Esteban se trémoussait de plaisir pendant que Ruth aidait son grand-oncle à ne pas s'en mettre partout, la moitié de sa mousse d'avocat ayant tapissé sa petite laine du soir. Tout se passait comme si ma mémoire faisait partie de ces biens confisqués durant l'Occupation et n'avait jamais refait surface depuis. Il y avait dans mon obstination à ne pas me souvenir le même entêtement que chez quelqu'un qui se répéterait à longueur de journée « je suis américain, je suis américain » ou « je suis écossais, je suis écossais », réduit à cette définition de lui-même.

Après le dîner, Esteban m'invita à le suivre dans les sous-sols, pressé de me faire visiter ce qu'il appelait « ses quartiers généraux ». Nous descendîmes une volée d'escaliers dont je n'aurais pu dire si elle conduisait aux soubassements de la maison ou sous le jardin. Il procéda à un ensemble de déverrouillages assez proches de l'idée que je me faisais de l'arsenal de sécurité du bunker présidentiel de la Maison Blanche, ouvrit une porte en alliage ultraléger que seuls une centaine de milliardaires sur la planète étaient en mesure de s'offrir, un assemblage de métaux et de matières synthétiques reléguant l'or au sabot des chevaux et dont on pouvait se demander si elle ne leur était pas directement envoyée par des extraterrestres sympathisant avec l'extrême-droite.

Dans une première partie du bunker – car c'était bien un bunker, conçu pour la guerre totale –, là où on se serait

[24] « Arrière-grand-père. »

attendu à trouver des réserves de nourriture, une trentaine de fusils automatiques étaient alignés. L'odeur du neuf s'ajoutait à la chimie ultrasophistiquée des matériaux.

– Ici, il y a absolument tout, m'assura Esteban. Armes, médicaments, scanner, salle d'opération, salle de squash, sauna, cinéma, robots sexuels, ahah, viens, je vais te montrer.

À mesure que nous avancions, l'épaisseur des cloisons étanches à l'eau, au feu, aux gaz de toute nature, aux virus et aux bactéries, aux rayons X et à l'humanité même, produisit sur moi une impression d'écrasement.

– C'est normal, tu vas t'habituer. Dans quelques minutes, tu te sentiras chez toi ici.

Il m'a obligé à jouer au ping-pong. Si j'avais été plus jeune, il m'aurait sans doute contraint à tester les vulves et les anus artificiels. Étions-nous descendus jouer au ping-pong ?

– Non, tu as raison. Viens, je vais te montrer quelque chose.

Nous avons traversé plusieurs salles et sommes entrés dans une remise où se trouvaient consignées des centaines de médailles, d'écussons, d'équipements ayant appartenu aussi bien à de simples membres du parti nazi qu'à des notables du IIIe Reich. Chaque objet portait une étiquette sur laquelle figuraient quelques mots d'explication dans une écriture manuscrite. Il y avait là un travail impressionnant d'archivage qui ne pouvait être l'œuvre ni d'Esteban ni d'un membre isolé de sa famille. C'était une tâche de longue haleine, motivée par une volonté de mémoire et de transmission. On s'était passé le flambeau. On avait offert à chaque relique la plus belle et la plus complète histoire possible. Il me montra la flûte traversière d'Urgrosvater, quelques partitions de Schubert qui lui avaient appartenu, des carnets de poésie noircis d'une écriture bouclée à l'ancienne.

– Mon arrière-grand-père était très amoureux de Ruth, sa femme. Il lui écrivait un poème par jour. Quand il officiait à Sobibor, il rentrait parfois à l'improviste lui réciter quelques vers qu'il avait écrits pendant le service. Et ici, regarde, un masque à gaz qu'il a porté, tu veux l'essayer ? Tu es très pâle, amigo, tu es sûr que ça va ?

– C'est le manque d'air, répondis-je.

– Le manque d'air ou le Ziklon B ? Ah ! ah ! ah ! Non, je rigole.

La pièce de collection dont Esteban était le plus fier était un rasoir ayant appartenu à Ywan Marchenko, *alias* Ywan le Terrible, *alias* le bourreau de Treblinka et accessoirement, un grand ami d'Urgrossvater.

Le point commun de toutes ces reliques résidait dans la façon dont la famille d'Esteban s'était appliquée à les contextualiser, rendant par une description sommaire feu leurs propriétaires aussi humains que vous et moi. Ainsi, une poire de lavement ayant soulagé Demjanjuk d'une crise d'hémorroïdes due à une alimentation trop riche. Nous passâmes en revue des casques et des médailles, des brassards et des drapeaux achetés sur Internet. Mon attention fut attirée par une splendide dague de la SA fabriquée à Solingen en 1936. Je découvris le visage de l'héroïque Urgrossvater grâce à des photographies en noir et blanc le montrant dans un défilé à Berlin aux côtés de ses supérieurs hiérarchiques puis, les premiers échelons gravis, devant les bureaux de la Wehrmacht à Munich et enfin, haut gradé dans le camp d'épuration de Sobibor, dans une ambiance qu'on devinait mélangée de mélodies de flûte traversière et de chair humaine grillée. Je m'intéressai aux documents papier, aux formulaires et décrets estampillés, à la correspondance entre Urgrossvater et Franz Stangl dans laquelle il était question de fidélité au régime. Mon attention se porta ensuite sur deux fusils StG 44 fabriqués en 1942 par l'industrie allemande, véritables précurseurs des fusils d'assaut modernes.

– C'est ici qu'on se réunit avec les Craneos Duros.

– C'est ton équipe de ping-pong ?

– Les Craneos Duros sont les petits frères uruguayens des Bandera Negra en Argentine. Tu n'as jamais entendu parler de la Banda del Rusito?

– Non.

– On nettoie. On désinfecte.

– C'est une société de nettoyage ?

– On prépare ton avenir, crétin, le mien, celui de nos enfants.

– Delekinas m'en a parlé. Votre candidat argentin aux présidentielles est Biondini, c'est bien ça ?

– Ouais. Ils parlent de quoi vos journaux aux États-Unis ?

– Je lis peu les journaux.

– On va nettoyer l'Argentine et l'Uruguay des pédés et des communistes. Le jour où on sera prêts à migrer sur Mars, on ne veut pas de parasites dans le vaisseau, tu vois où je veux en venir ? On ne veut pas de jaunes, de trans et de macaques. On ne veut pas de femme capitaine qui t'explique la vie sous prétexte qu'elle a réussi les tests de la NASA et toute cette merde. L'Entreprise, c'est bien dans les séries télé. On ne va pas laisser les Juifs infester Mars, tu comprends ?

Dans les grandes lignes, je comprenais.

Le poids de l'injonction, ai-je pensé. Esteban est rongé par ses racines. C'est du cinéma sur toute la ligne. Esteban joue au dur, il transpire à grosses gouttes le poids du fardeau héréditaire dans sa petite chemise de fabrication italienne. Esteban se pisse dessus, ses jolies fesses moulées dans la toile de jean. S'il était vraiment celui qu'il prétend être, il porterait le treillis et le cheveu ras, roulerait en *Humvee*[25] et se ferait une joie de m'apprendre à armer les fusils d'assaut à l'entrée au lieu de jouer au ping-pong.

Je me sentais de plus en plus à l'étroit au milieu de cet arsenal de preuves à charge et à décharge. Ma main droite commençait à bouger toute seule, à dessiner les objets, à discuter avec eux. J'allais prendre congé, dire à Esteban que nous nous étions levés tôt, le week-end ne faisait que débuter, nous aurions tout le loisir de reprendre cette discussion au petit-déjeuner, mais il quémanda encore quelques minutes de mon attention avec un tel enthousiasme que je ne pus les lui refuser.

Arrivé dans sa chambre, il me fallut admettre que je m'étais trompé à son sujet. Il était bien celui qu'il prétendait être, dans une version plus raffinée que celle du simple héritier idéologique. Il avait filmé quantité de scènes de tabassage de rue avec son téléphone, les avait partagées sur le darknet avec

[25] Véhicule de transport de l'US Army.

les sympathisants. Je n'eus dès lors plus aucun doute quant à ses capacités de nuisance.

– Pourquoi fais-tu ça ?

– Pour qu'ils foutent le camp. Tu sais combien de films ont été tournés entre 1939 et 1943 ? Vingt-neuf mille ! Goebbels les a fait transférer dans un dépôt de la Blücherstrasse à Berlin, dans deux bunkers à Baselberg, et dans deux autres à Berlin-Schönefeld et à Trebbin. Le reste a été envoyé à Munich, à Vienne et à Prague. La plupart ont été détruits par les bombardements à la fin de la Guerre mais avec Internet, ce genre de catastrophe ne se produira plus. Les films sont copiés à l'infini. Personne ne peut les contrôler. Internet, c'est l'arme absolue ! L'Excalibur !

Je ne l'écoutais déjà plus que d'une oreille, sidéré par la quantité d'articles et de photographies épinglés aux murs de sa chambre. Mon esprit vagabondait. Déployée à la manière d'une enquête criminelle, la déstabilisation programmée de la démocratie se racontait à travers des images d'émeutes urbaines et de manifestations, de passages à tabac, d'actes de vandalisme, de profanations de sépultures, de procès et d'appels, d'actions orchestrées par les élus en place et les candidats à venir, Antonio Biondini, Frauke Petry, Norbert Hofer, Geert Wilder, Marine Le Pen, Donald Trump, Nigel Farage, le tout constituant une véritable fresque donnant au mur une profondeur fictionnelle dans laquelle on pouvait aisément s'enfoncer, ce que je fis.

Pendant qu'Esteban me parlait, je me suis approché d'une feuille A4 épinglée un peu à l'écart reproduisant une peinture aux dominantes rouge sang sortie d'une imprimante Brother aux réglages foireux. Je fixais sans attente particulière, sans idée préconçue, sans espoir de vérité cette curieuse peinture. J'inspectai ce qui, à bien y regarder, ne pouvait être ni le levier de changement de vitesse de la Porche d'Esteban ni le manche de la matraque électrique posée sur son lit. En faisant abstraction des cartouches en fin de vie, des nombreuses bavures, des imprécisions, des encres corrompues, je reconnus ce qui ne pouvait être qu'une verge en érection dans des couleurs sanguines, une verge longue, fine, gonflée de sang, dressée telle un salut nazi devant ce qui de toute évidence ne pouvait être que l'entrée d'un camp d'extermination, ce qui ne pouvait être que l'entrée du plus funestement célèbre camp d'extermination nazi, ce qui ne pouvait être que l'entrée du camp d'extermination d'Auschwitz avec ses rails croisés, son porche cloaque, son gouffre à sens unique, sa porte des enfers. Brusquement, bestialement, de la façon la plus barbare, je fus pris d'assaut. Les forces armées de la mémoire foncèrent sur moi, m'atteignirent en plein foie, me crevèrent les yeux, explosèrent mon os occipital, s'enfoncèrent dans les profondeurs de ma plasticité synaptique telle la balle d'un Luger P08 semi-automatique dont la course aurait été suspendue trente ans plus tôt et qui aurait enfin atteint sa cible, libérant mon nom, l'atelier de Thoma, l'aube dans l'atelier de Thoma, mon sexe brandi dans l'aube dans l'atelier de Thoma, mon sexe au garde à vous, Auschwitz au garde à vous devant mon sexe brandi. Les forces armées de la mémoire me libérèrent d'une interminable spoliation – je n'ai pas rêvé d'Auschwitz ; c'est Auschwitz qui a rêvé de moi. Elles me libéraient des rails croisés menant à l'inéluctable cloaque, *Arbeit macht frei*, ah ! ah ! l'énorme farce. Elles libérèrent la voix de Thoma quelque part dans un atelier avec l'odeur de la térébenthine, de la gélatine, des pigments, de la sueur, de la petite gare près de chez lui, de la voie ferrée. Elles libéraient une constellation de voies ferrées et de destinations, de filles aimées, de femmes baisées et épousées. Des rails jusqu'à Claudia, ma Claudia, mon bonbon sucré, des rails jusqu'à Odette, Rosita, Annie, Ines, Marie, Aziza, des rails menant aux corps de Tamara, Yasmina, Sylvie, Nouria, Francine, à l'entrecuisse de Françoise, Louise, Neget, Anne-Catherine, des rails grimpant sur le dos de Véronique, Doris, Annick, Mimi, Cornelia. Un réseau ferroviaire colossal se déployant à l'infini, le sexe s'écrivant entre les rails jusqu'à Sophie, Beate, Yaël, Alice, Anne W, Anne D, Anne S, Anne P, tant de rails tant de Anne, tant d'échappatoires, des rails comme si la Terre entière n'était qu'un réseau ferroviaire de possibilités pour ne pas retourner à Auschwitz, des rails jusqu'aux femmes des autres, jusqu'aux femmes des amis, celle de Lanzenberg, celle de Nouriel, celle d'Hugo, des rails jusqu'aux loukoums sur la place du marché de Furnes, des rails polonais, arméniens, turcs, égyptiens, hongrois, slovaques, russes, des rails jusqu'à la Mongolie, la Manchourie, la Guadeloupe, la Martinique, la mer de Chine, la mer Jaune, la mer Tung-Hai, le golf de Tonkin, la Corée, le Japon. Des wagons d'amis, d'ennemis, de bandits, de proxénètes, de soldats, d'estropiés, de cow-boys, d'Indiens, de croisés, de sarrasins, de poètes, de peintres, de philosophes, de mouches, ne pas oublier les mouches qui bourdonnent au-dessus de la chair morte et y plantent leurs œufs, les mouches à confiture, les mouches à vide-ordures, les mouches à champ de bataille, les mouches à fosse commune, les mouches, ces grands témoins de l'Histoire, tant de mouches, tant de morts, tant d'assassinés, tant de douleur, tant de naissances, tant de landaus, tant de fardeaux, tant de cercueils, tant de maternités et de cimetières, tant de pontes dans nos chairs.

J'accouchais de moi-même, stupéfait, abruti, étonné d'être aussi mort, aussi vivant, aussi juif comme la fois où mon père avait posé un chapeau de rabbin sur ma tête et où j'avais couru partout dans la maison en criant « je suis juif je suis juif je suis juif ». J'accouchais d'un père, d'une mère, de deux frères, de leurs noms, de leurs visages, du timbre de leur voix, de l'odeur de leur peau, j'accouchais d'une maman rousse à ses heures et pas si grande en définitive, pas si rousse non plus mais immense par son rire et sa bouche pleine de farces et sa canne battant la mesure, Pili la brune occasionnelle, la blonde d'une semaine, la rousse le temps d'un conte, et qui jamais n'avait cessé de veiller sur moi, son petit ange.

– C'est un Juif qui a peint ça, *amigo*, un putain de Juif qui se branle devant une photo d'Auschwitz. C'est carrément dément, tu ne trouves pas ? Tiens, je viens de penser à un truc : si on lançait un concours de selfies de bites en érection devant Auschwitz ? Objectif : six millions de clics !

Il envoya un message dans ce fichu océan de 1 et de 0 auquel je ne comprenais rien. J'étais penché sur son épaule. Je pouvais lui tordre le cou si tel était mon désir. Je pouvais lui broyer le crâne et lui exploser la cervelle à coups de maquette d'Amiral Graf Spee, rien de plus simple. J'étais deux fois plus robuste que lui. Au moins aurais-je éliminé un nazi dans ma vie après avoir baisé sa tante. Au moins aurais-je fait ma part du boulot. Mais de nouveaux wagons s'acheminaient jusqu'à moi. Je ne voulais pas interrompre ces retrouvailles tant espérées avec moi-même. J'ai donc postposé mon projet d'assassinat.

– Je vais me coucher, Esteban.

– Déjà ?

– J'ai du sommeil à rattraper.

– D'accord. On verra ça demain, alors.

– On verra quoi ?

– Nos queues devant Auschwitz.

Une poussière de pigments

Je parai au plus urgent. De retour dans ma chambre, je ne fis pas en hâte ma valise mais la défis au contraire. Après trente ans de bons et loyaux services, ma fidèle Airbus capitonnée ne trahissait aucune anomalie. Ni affaissement, ni ballonnement, ni défectuosité des coutures. Ses bords s'étaient assouplis. La couleur de la toile avait légèrement pâli. Par endroits, les contours des fleurs cruciformes s'étiolaient. Même si mes yeux avaient avec le temps une propension à gommer les défauts, rien, absolument rien à l'exception d'une discrète mais sournoise odeur de moisissure ne la trahissait, moisissure qui dernièrement m'avait fait craindre avec une acuité paranoïaque les ennuis à mon atterrissage à Buenos Aires. Une armada de douaniers sur trois continents s'y étaient laissés prendre et je ne comptais pas les mains par lesquelles elle était passée, les fois où j'avais été à un rien de la perdre, de l'offrir, ou simplement de l'abandonner.

Mes doigts partirent à la recherche du petit mécanisme dissimulé sous la doublure, dont me revenaient à présent toutes les subtilités. Il était encastré dans l'armature intérieure du bagage, un minuscule bouton provoquant un discret *cloc* repoussant le premier fond comme on expulse un hoquet. L'ingéniosité du système résidait autant dans la discrétion du mécanisme que dans la nature même de l'objet dissimulé. Quoi de plus familier en effet dans une doublure qu'un morceau de toile de lin plié en quatre en guise de rembourrage, je vous le demande, je le demande aux douaniers, je le demande aux chiens, je le demande aux rayons X, je le demande même à cet homme d'entretien de la Penn Station qui, tout imaginaire qu'il fût, aurait très bien pu exister, emporter chez lui ma valise talisman et la vendre, les plis et les ourlets de l'existence sont parfois compliqués et inattendus.

Une fois le premier fond soulevé, une odeur âcre se libéra. Un morceau de tissu rigide de 55x35 grossièrement maillé sur quatre épaisseurs et verdi par une fine couche de spores apparut. Il semblait surgir du ventre d'un mammifère. La toile avait été soigneusement découpée sur son châssis au niveau des versants latéraux, au cutter, laissant deux bons centimètres de marge entre le bord et l'œuvre peinte. Je félicitai la main habile qui s'en était chargée avant de me souvenir que cette main avait été la mienne. On ne revient pas à soi en un claquement de doigts. J'étais moins fier en revanche du procédé par lequel l'œuvre avait été introduite dans le double fond. Je me rappelais avoir longuement médité sur la question. La valise offrant les dimensions de 53x79, la toile mesurant116x72, j'avais d'abord tenté un seul pliage dans le sens de la longueur. L'excédent n'était alors que de 7cm dans le sens de la largeur et j'avais âprement négocié cette solution, pensant que la toile épouserait les bords intérieurs de la valise, à quoi il m'avait été objecté que la pression exercée par les cm excédents menacerait l'efficacité du système. Je m'étais finalement résolu à l'inconcevable : plier la *Femme au camée* en quatre, comme un vulgaire brouillon.

Je la récupérai avec précaution, conscient qu'une manipulation hasardeuse pourrait lui être fatale et m'alléger d'un ou deux millions de dollars. Une poussière de pigments s'échappa des pliures, à laquelle vinrent se joindre des éclats de peinture secs et cassants. J'essayai de deviner à quelle partie du tableau ceux-ci correspondaient, noir pour la robe, rose pour la chair, jaune pour le J'imaginais un cri de douleur blanc à la conjonction des pliures, un trou à l'endroit du visage, un vide plutôt qu'un regard, un désert, un désastre, une abstraction aussi vaste que trente années d'amnésie, la poursuite d'un cauchemar en quelque sorte, j'entendais la peinture craquer, le modèle protester, la *Femme au camée* grogner contre le sombre imbécile, le mufle, l'ignare qui avait osé la mettre dans cet état.

Elle me regardait de travers au bout de ce cou longiligne que portent en signature tous les modèles de Modigliani. Légèrement déportée sur la gauche, elle avait été épargnée du naufrage. Son nez poignée de couvercle, ses yeux grains de café, son regard magnétique auquel manquait une pupille, un œil au-dedans, un œil au-dehors, les nuances pourpres des joues presque vivantes, l'ovale lunaire de son visage, harmonieux, épuré, entre madone de Fra Angelico et masque africain, tout ce qui faisait l'essence d'un Modigliani avait été préservé, reflétant une âme triste et profonde, lasse et contrariée, particulièrement contrariée dans le cas qui nous occupait parce que trop longtemps restée sans l'aumône d'un regard. Dissimulé sous de microscopiques bulles de moisissure, le camée aussi avait tenu bon. L'avant-bras posé sur le dossier de la chaise s'écaillait légèrement. Les mains aussi étaient abîmées. Pour le reste, les pliures couraient principalement sur des surfaces faciles à restaurer, tels la robe, la chaise, le mur du fond, l'armoire, peints dans des textures moins sophistiquées que la peau. La signature du peintre était intacte. J'ai épelé plusieurs fois son nom, l'ai convoqué à ce rendez-vous extraordinaire. A. M. A. D. E. O. M. O. D. I. G. L. I. A. N. I. Je pensais : merci, Amadeo. Je pensais : que serais-je sans toi, Amadeo ? Et tandis que je pensais plus fort qu'à voix haute, Amadeo, sensible à mes remerciements, de me répondre : la prochaine fois que tu t'avises de saccager un de mes portraits, c'est toi que je te défigure. Nous riions comme deux bossus. Nous riions à en pleurer. Il y avait une grande fraternité dans ces retrouvailles. Il y avait… toute la fraternité du monde. Inutile de préciser que je n'ouvris pas la porte à Ruth cette nuit-là, malgré sa détermination à me réclamer un autre orgasme. J'attendis, interdit, qu'elle s'abîme les doigts sur la porte de ma chambre et qu'inquiétée par le bruit, une nounou vint lui demander si elle se sentait bien.

Avais-je tué quelqu'un ? La question qui m'avait interdit de rechercher les miens me semblait bien désuète à présent. Deux cent cinquante mille Juifs réduits en cendre sous ses ordres n'avaient pas empêché Günther Fridolin Gutmann de jouer avec ses petits-enfants.

Stéphane

J'ai donné le change aussi longtemps qu'a duré ce qui deviendrait rétrospectivement le week-end le plus long de ma vie, convaincu que ma judéité défilait sur un bandonéon, qu'elle était écrite sur mon front comme dans ce jeu où l'on vous prête une identité et où il vous revient de deviner laquelle. Sur mon post-it, il était écrit *Sale Juif*. Je jouai avec les enfants, m'en remis à leur volonté, devins tour à tour leur clown, leur poupée, leur dromadaire. Je déjeunai sous la tonnelle de vigne blanche en compagnie de Delekinas et de Don Gustavo, étudiai avec lui les modalités de la future exfiltration de *La Baigneuse* de Pierre-Auguste Renoir.

Je donnai le change, oui, on peut dire ça. J'attendis patiemment que nous quittions cet endroit. Je respirais avec difficulté, dissimulant ma nausée Historique sous une prétendue gueule de bois. Ruth ne se montra pas de la journée. Quant à Esteban, il ne fit aucune allusion à la conversation que nous avions eue jusque tard dans la soirée. Un chauffeur se chargea de nous reconduire à l'embarcadère. Nous rentrâmes à Belgrano et Sarkis me fit préparer une chambre. Je pris quelques notes avant de m'endormir. J'écrivis la phrase la plus exacte que j'eus jamais écrite. *Je suis Stéphane Mandelbaum, fils d'Arié et Pili Mandelbaum, frère d'Ariéh et Alexandre Mandelbaum, père de Nadine Reizele Mandelbaum, mari de Claudia Biosiomi Mandelbaum, neveu d'Henry Mandelbaum émigré à Buenos Aires en 1951, soit quatre ans après Gunther Fridolin Gutmann, simple soldat du Standartenfhürer devenu colonel dans le cadre de l'opération Reinhard en 1942, posté à Sobibor pour assurer le bon fonctionnement des infrastructures et l'extermination de 250.000 Juifs entre 1942 et 1943. Je suis Stéphane Mandelbaum, petit-fils de Szulim et Rachel Mandelbaum, petit-neveu de Gitel, Myriam, Leah, Rachel et Yaakov Yechiel Mandlebaum, morts à Auschwitz, petit-neveu d'Alter Mordechaï, survivant d'Auschwitz et de la Marche de la mort, retourné à Sosnowiec en 1946 dans l'espoir de récupérer sa maison et retrouvé mystérieusement pendu dans sa cave.* J'écrivis : *Mandelbaum veut dire amandier.* Et ces mots m'aidèrent à trouver le sommeil.

Le lendemain, je me levai de très bonne heure et demandai à la gouvernante si elle conservait quelque part un de ces annuaires téléphoniques en papier que plus personne n'utilisait. Je trouvai un seul Henry Mandelbaum habitant à Buenos Aires et, plus extraordinaire encore, habitant le quartier, dans une rue parallèle à l'avenue Cabildo, à mi-chemin entre Belgrano où vivait Delekinas et Palerme, où se trouvait sa cantine préférée, à croire que les nostalgiques du nazisme et les mélancoliques du *schtetl* s'étaient donné rendez-vous dans le cœur battant de cette ville. Je profitai de ce que l'aimable gouvernante montait aux étages pour prendre congé d'elle.

Lorsque mon oncle m'ouvrit, surpris de ne pas trouver sur le palier son iconique infir[26]mière, il chercha à résoudre l'énigme de l'homme entre deux âges qui se trouvait face à lui. Les démarcheurs, les annonciateurs de la bonne parole, les emmerdeurs de tous bords, ce n'était pas ce qui manquait dans l'immeuble. De mon côté, je fus au bord de l'évanouissement en découvrant ce visage aux lèvres très charnues et au nez empâté, ces pommettes saillantes et ce regard qui vous pénètre, cette argile dont sont faits les Mandelbaum. Certes, mon oncle avait perdu quelques centimètres mais pour le reste… Je sonnai une autre fois parce que oui, il m'avait refermé la porte au nez, je ne pouvais lui en vouloir, nous ne nous étions vus que trois fois en comptant celle-ci, et l'avant-

[26] « Village » en yiddish.

dernière nous ramenait cinquante ans plus tôt dans un aéroport. J'ajouterai que chez les Juifs, la résurrection a mauvaise presse. Le seul Juif de nos connaissances à avoir ressuscité nous a causé beaucoup d'ennuis. Et puis, ça ne se fait pas de mourir et de revenir trente ans après jouer avec les *gildi*[27] de sa famille. Une fois mort, on laisse les siens en paix et on attend gentiment le messie. Le concept du Paradis s'arrête là. Voilà ce que devait penser mon oncle.

La porte se rouvrit et apparut une femme menue et ravissante. Elle aussi avait beaucoup rétréci. Elle ne portait plus ses énormes lunettes en écaille et s'aidait d'une canne. Avec un aplomb dont je ne me savais pas capable, je m'adressai à elle en espagnol :

– *Yo soy* Stephane Mandelbaum.

– *No es posible*, répondit-elle, effectuant un pas de recul pendant que mon oncle Henry revenait occuper l'avant-poste au cas où l'usage de la force serait nécessaire. S'approchant à nouveau, saisissant mon poignet comme la partie de mon anatomie la mieux encline à m'identifier, ma tante Berte se rendit à l'évidence :

– *Eres tu ?*

Mon oncle n'y comprenait rien. Ses enfants l'avaient maintes fois mis en garde contre les arnaques, Big Brider et compagnie. Big Brider avait sûrement découvert qu'Henry Mandelbaum était l'oncle du jeune peintre belge assassiné au milieu des années 1980. Big Brider envoyait un espion rançonner la famille. Mais tante Berte prononça mon prénom. L'entendre de sa bouche fut extraordinaire. J'épiçai le palier du sel de mes larmes. Je pensai : merde alors, quel beau prénom. Je chéris la petite étincelle qui s'était rallumée lorsqu'elle l'avait prononcé.

Je vis aussi leurs tremblements. Je ressentis leur terrible angoisse, celle de mon oncle surtout, qui s'imaginait déjà ligoté dans son fauteuil, crachant des codes bancaires et de l'hémoglobine, victime d'une crapule vicieuse et sans scrupule qui se substituait au neveu défunt. Quelle drôle d'époque que celle-ci, qui concevait des stratagèmes toujours plus odieux. Les gens ne respectaient-ils plus rien ? Je ne pouvais le laisser

[27] « Bijoux de famille » en yiddish.

à son désarroi et je lui racontai l'histoire du cerf-volant. Pendant la Guerre, papa et lui avaient été cachés dans deux villages distincts. Plusieurs dizaines de kilomètres les séparaient et pourtant, papa avait longtemps cru rejoindre son grand-frère, accroché à un cerf-volant.

– Stèfèlè ? finit par admettre mon oncle. Mais comment est-ce possible ? Pourquoi ton père ne m'a rien dit ?

– Il n'est pas au courant.

Ils osaient à peine à me regarder, encore stupéfaits de tout ce que ma visite remettait en question. Nous galopions à brides serrées dans les taïgas de l'absurde. Ils sortirent des albums de famille, pressés de combler mes lacunes, s'excusèrent de ne pas être venus assister à mes funérailles. Je leur répondis qu'ils n'avaient rien raté mais ils n'osèrent pas rire de mon trait d'esprit. J'étais une douleur qu'ils n'avaient pas réussi à partager avec mon père. Ils avaient reçu sa visite un an plus tôt, avaient fêté ensemble le quatre-vingtième anniversaire d'oncle Henry. En témoignaient une dizaine de photographies sur lesquelles je découvris mon père vieilli mais adouci d'une splendide toison blanche et mon grand-frère, le crâne rasé façon Cranoes Duros.

Tous ces bouleversements éveillèrent chez mon oncle une terrible migraine qui offrit une seconde vie à la légende des monumentales migraines d'oncle Henry, phénomène prédominant de sa personnalité, véritables tremblements de matière grise. L'arrivée de l'infirmière le sauva.

Chacun mit ses symptômes de côté. La ravissante créature s'occupa du genou de mon oncle pendant que Berte m'emmenait à la cuisine me préparer quelque chose à manger. La nourriture vient à bout de tous les problèmes. Nourrir un membre de sa famille est une *mitzvah*[28], peu importe que le parent soit vivant ou mort. *Esst, esst, meine liebe kindeler*[29]. Ensuite, on réfléchit, on prend les décisions qui s'imposent. Je mangeai donc en reniflant mon bonheur, accueillant la mie sucrée d'une *hallah*[30] sur ma langue, m'étouffant de plaisir à la

---

28 « Bonne action » en hébreu.

29 « Mange, mange, mon enfant bien aimé » en yiddish.

30 Pain brioché de shabbat.

rencontre de la brioche sur mon palais. Née en Argentine, Berte parlait l'espagnol depuis toujours. D'origine ashkénaze, elle ne s'était intéressée au yiddish qu'après avoir rencontré mon oncle. Ils s'étaient mariés et elle avait appris quelques mots de français : Belgique, Anvers, juif, rabbin, manger. Nos échanges se trouvaient limités à ce point.

J'avais conscience de la terrible responsabilité que je faisais peser sur ses épaules et celles de mon oncle. Nous nous connaissions à peine et c'était à leur porte que j'étais venu frapper, dans leur cuisine que je me trouvais en chair et en os, en nerfs et en tendons, respirant aussi bruyamment qu'un buffle. La vue offrait d'autres immeubles et un morceau de verdure, le tout, assez similaire à ce qu'on apercevait depuis l'appartement de Lisa, mon amante new-yorkaise. Mes souvenirs déjà se mélangeaient les uns aux autres. Il me fallait absolument les mettre au propre, déposer ma mémoire en lieu sûr. Plus que la mort, je craignais la récidive, le retour du grand blanc. Je promis de tout expliquer à condition qu'on m'accordât quelques jours pour écrire ce qui m'était arrivé.

– Il me faut du papier… *papel*… de toute urgence… et un stylo… *boligrafo*… *please*, tante Berte… *déspues* on téléphonera à papa.

Mon oncle prit sa femme en aparté et je me retrouvai seul dans la cuisine. Je le savais pris en étau entre sa loyauté envers son frère et une peur froide qui lui soufflait d'appeler la police. Je n'étais après tout qu'un rejeton qui avait mal tourné, un idiot qui avait frayé avec la pègre et détruit les espoirs de sa famille. J'étais en quelque sorte l'antithèse du bon fils juif. Brigand un jour, brigand toujours, voilà ce que je l'imaginais dire à sa femme. J'attendais qu'ils statuent sur mon cas, qu'ils rendent leur verdict. Bien m'en prit, car mon oncle réapparut avec un surplus de fournitures sauvé du département comptabilité de feu sa petite entreprise, une fabrique de manteaux en peau retournée.

– Tiens, Stéphane, du papier et des bics. Mais dépêche-toi.

Je me suis mis au travail. J'ai cherché quelque chose à la mesure du cataclysme. J'ai opté finalement pour un *Je suis né* factuel, indiscutable, emprunté à d'autres m'ayant devancé dans le désastre annoncé qui consiste à naître. *Je suis né. Je suis né d'un sursaut d'optimisme par un jour d'accalmie dans les abattoirs de l'Histoire. Toute cette viande. Et moi au milieu des vivants, des morts, des morts surtout. Et moi, petite chair neuve pressée de me faire une place à l'étalage…* Je secouais ma mémoire comme un vieux tapis et les mots accouraient. Je restaurais trois décennies de vide. Je conquérais les territoires perdus. Je rapiéçais mon existence. Je passais mon enfance au tamis. J'en extrayais les pierres coupantes. Quels faits incontestables attestaient de ma présence au monde ? Qui était ce petit homme en chantier, cet être en construction taquiné par les mouches de son imagination ?

Était-ce la fin du jour ou la fin de la nuit ? J'observais la lumière filtrée par les tentures, tendais l'oreille au trafic provenant de la rue, humais l'odeur du café qui serpentait jusqu'à moi depuis la cuisine et que Berte ne tarderait pas à m'apporter. Pour le rescapé de la mémoire, nulle trêve, nul répit. Ma vie se présentait sous la forme d'une partition désordonnée d'intimité amère et suave qu'il me revenait de déchiffrer et de rendre intelligible.

Parfois je me réveillais le nez dans mon texte, la joue collée au papier par un odorant filet de salive. « Tu écris en dormant », fit remarquer mon oncle. Il ne croyait qu'à moitié à mon histoire d'amnésie, encore une de ces fables destinées à me rendre intéressant, moi, le sale gosse, le menteur, le voyou, mais bon sang, pourquoi étais-je venu frapper chez eux ?

PILI ET JEANNETTE

Quand la sonnerie du téléphone retentit, Jeannette est installée dans le fauteuil inclinable que les enfants lui ont offert à l'occasion de son soixante-dixième anniversaire. Elle s'apprête à regarder le journal de dix-neuf heures. Avec la lenteur qui détermine désormais toutes ses actions, elle redresse le dossier, diminue manuellement le son du poste de télévision (elle ne s'est toujours pas accoutumée à la télécommande) et trottine jusqu'au couloir où se trouve le combiné.

– Allô ?

– Allô, maman ? C'est Pili ! Ton dos te fait toujours mal ?

– Oh ! tu sais, il n'y a plus rien qui fonctionne.

– Qu'est-ce que tu as préparé à manger ?

– Des boulettes à la sauce tomate.

– Et sinon, quelles nouvelles ? Il y a quoi au menu ce soir ?

– Je viens de te le dire, des boulettes.

– Dis maman, j'ai pensé à quelque chose. Ce serait bien si on allait…

Et tandis que, dévastée de chagrin, Pili tente par tous les moyens d'épargner à sa mère les horribles nouvelles qui passent à la télévision, tout en l'écoutant Jeannette ajuste ses lunettes sur son nez et tente de déchiffrer de loin les gros titres du journal. Elle entend mal, marche avec difficulté, mais ses yeux valent de l'or. Il lui semble reconnaître le nom qui s'affiche. Le son est très bas mais si ses yeux ne la trompent pas, alors, c'est terrible et il faut absolument empêcher Pili d'allumer la télévision. Elle n'y survivrait pas. Alors, Jeannette improvise, parle d'une petite écharpe qu'elle a tricotée, de chocolats qu'elle a mis de côté pour Nadine. Et Pili se dit : Ouf, elle ne sait pas encore. Et Jeannette pense : mon Dieu, pourvu qu'elle ne voie pas ça, mais avec ses propres mots et dans une autre langue.

Le journal se poursuit. Il n’est plus question du cadavre de Stéphane Mandelbaum retrouvé dans les carrières de Beez, mais d’un accident d’autocar qui a fait dix-huit morts en Espagne. Elles se souhaitent la bonne nuit. Raccrochent. Et s’effondrent.

Un rectangle dans le vide

Dans une cacophonie vieillotte, une compote de bruits de couverts contre la faïence, de claquements de dentiers, de rots de bière, de pierres à briquet et de poumons encrassés, d'insultes en *brusselear*[31] et de portes battantes, Momo commande deux cafés. Il attend que le serveur s'éloigne et dessine un rectangle dans le vide. Il répète plusieurs fois son geste jusqu'à ce que je comprenne qu'il me parle du tableau. Je sors alors de ma poche un Bic et nous poursuivons notre conversation sur la feuille. Momo dessine comme un enfant de cinq ans mais ne vous y fiez pas, l'artiste, c'est lui, celui par lequel nous passons du funeste à la grâce, de la chute à l'élévation, de la cruauté au sublime, du macabre au lumineux. Momo est un génie révélé sur le tard, un visionnaire, mais je m'emballe, je m'emballe, une chose à la fois. Nous sommes le samedi 22 novembre 1986. Il est 9 heures du matin. Mon petit frère Alexandre est en prison. Papa est parti à Lille visiter une exposition. Weinbaum ne nous a toujours pas payé notre part pour le Modigliani. Je lui ai collé un flingue dans la bouche et il en garde sans doute une légère amertume, mais passons. Il est 9 heures donc, et Momo dessine un premier rectangle pour le tableau, un second rectangle et par un jeu de flèches réciproques, il suggère un échange. Remplacer le vrai Modigliani par un faux ? Sur la feuille, le plan lentement se déploie. Une maison apparaît. Un W pour Weinbaum. Ah ! bon ? Le tableau est toujours chez Weinbaum ? Il n'a pas bougé depuis le vol ? Admettons. Mais pourquoi Weinbaum nous aurait-il demandé de le voler s'il n'a pas l'intention de le vendre ? Une arnaque à l'assurance ? Supposons. Puisque Weinbaum rechigne à nous payer notre part, puisqu'il cherche à nous entuber, eh bien, entubons-le, rendons-lui la monnaie de sa liasse, volons-lui le Modigliani et remplaçons-le par une copie. Nous allons le prendre à son propre jeu, ce n'est que justice après toutes les simagrées qu'il nous a servies. L'esprit me plaît. Le projet m'enthousiasme mais j'en mesure les

[31] Patois de Bruxelles.

limites. Il me faut au moins deux autres cafés et beaucoup de sucre pour faire admettre à Momo que je suis incapable de reproduire la *Femme au camée* de façon crédible. Je suis Stéphane Mandelbaum, pas Han van Meegeren. Momo ne connaît pas Hans van Meegeren mais pourrait-il comprendre la complexité de l'exercice ? Sait-il combien de mois, d'années, d'historiens de l'art, de curateurs et d'experts il a fallu pour saisir les subtilités techniques d'Amadeo Modigliani ? Déçu, Momo jette un billet de cent francs sur la table, se lève et disparaît par la porte tourniquet. Je me lève à mon tour, cavale à ses trousses, deux gamins qui refusent de grandir, quatre poings enfoncés dans les poches, un vent glacé qui sévit et Momo ne se rappelle plus où il a garé sa voiture, ce qui n'arrange rien.

– Attends, Momo… Je veux bien essayer…

Il s'arrête et me fait volte-face :

– Weinbaum s'est absenté jusqu'à lundi. Je vais chercher le tableau chez lui, tu en fais une copie, et on règle tout ça avant la fin du week-end.

Du week-end ? Je suis censé peindre la *Femme au camée* avant la fin du week-end ? Momo est complètement fou. Rien que pour préparer le fond, il me faudrait… Dans ses grands iris sombres passe une nébuleuse, un scintillement de poussières interstellaires, un rendez-vous avec le destin comme il s'en présente une seule fois dans la vie d'un homme, en l'occurrence ici, de deux. Momo, l'ours docile, l'exécutant discret qui se contente généralement du peu de miel qu'on lui donne, a tout prévu. Il y travaille depuis des mois. Il connaît les codes des trois systèmes d'alarme de la villa de Weinbaum, l'emplacement exact de la toile. La fortune nous attend et ce n'est qu'un hors-d'œuvre, le plat de résistance mijote dans le four. Il me dépose devant chez moi, le temps dit-il d'aller récupérer le tableau et de me l'apporter. Il est midi et je ne suis même pas sûr de trouver les fournitures dont j'aurai besoin. Je ne connais pas les dimensions exactes de la toile, ne me souviens plus sur quel cadre elle a été montée, je ne sais même pas où je vais peindre, chez moi sans doute, par souci de discrétion.

À 13 heures, Momo arrive avec le tableau. Je parviens à convaincre Claudia d'aller passer l'après-midi chez ma mère avec la petite. Je trouve dans mon fourbi une toile de dimension à peu près acceptable, un portrait de José qui ne me plaît pas trop, désolé, José. Je pose José sur la *Femme au camée* afin de m'assurer que les dimensions correspondent. Je prépare mon fond. J'ai besoin de silence. J'ai besoin d'*entendre* Modigliani.

C'est ma fille qui me trouve en rentrant, un pinceau à la main, somnolant devant une toile à peine commencée, les yeux entrouverts sur le désastre. Je lui dis : ma chérie, papa a beaucoup de travail et recueille sa déception. Je me mets à sa hauteur et lui assure que nous serons bientôt riches, infiniment riches et qu'alors je jouerai avec elle jour et nuit. J'ignore si mon explication fait mouche dans son joli petit cerveau, mais l'argument parle à sa mère. Claudia a compris qu'il faut me laisser travailler. Je peux alors m'arracher les yeux sur les creux et les pleins, le regard magnétique auquel il manque une pupille, faire quelques essais de couleurs. À chaque nouvelle tentative, il me faut attendre que l'huile sèche avant d'en apprécier le rendu. À ce rythme, la police sera là et je n'aurai toujours pas commencé à peindre.

Plusieurs fois, je sors prendre l'air ou plutôt mes distances d'avec cette garce au camée qui à présent me nargue. Je peins toute la nuit et encore la journée du dimanche et vers 17 heures, mon père sonne à la porte. Il rentre de Lille. Il est venu à pied directement de la gare prendre des nouvelles de mon frère Alexandre. Je descends le saluer et bien sûr, je ne l'invite pas à monter. Il y a, comment dire, deux poids, deux mesures, deux niveaux d'urgence, non qu'Alexandre ne soit l'une de mes priorités mais la trotteuse tourne, cent millions de francs dorment là-haut sans surveillance, et dans sa résidence secondaire, Weinbaum se tâte, arrache d'épais brouillards à son cigare devant un bulletin météo mitigé, se demandant s'il rentrera ce soir ou demain à l'aube.

À 20 heures, Momo me téléphone et me dit de tout arrêter.

Il me demande d'emballer la *Femme au camée* dans la grande couverture dans laquelle il me l'a apportée et de me retrouver en bas avec le tableau. Il est garé un peu plus loin, devant la boucherie. Arrivés à sa voiture, nous rabattons la banquette arrière afin d'y glisser notre butin. Je regarde Momo, un peu confus, je dois bien l'avouer, étourdi par les heures de travail, secoué par ce brusque changement de plan.

– On s'est fait griller ?

– Tu pensais sérieusement que je comptais sur toi pour copier un Modigliani ? T'es même pas capable de dessiner une main.

– Moi, je ne sais pas dessiner une main ?

– Ce ne sont pas des mains, Stéphane, mais des méduses atteintes du cancer de la peau. Jamais rien vu d'aussi dégueulasse.

– Parce que tu t'intéresses à ce que je peins maintenant ?

– Ouais.

Momo avait passé le week-end en bas de chez moi, dans sa voiture. Il m'avait soumis à un test de loyauté. Il voulait s'assurer que j'étais un partenaire fiable, pas le genre à disparaître avec le tableau.

– Et maintenant ? Qu'est-ce qu'on fait ? j'ai demandé.

Il a martyrisé sa boîte d'embrayage et a repris l'histoire quatre mois plus tôt au Mambo Bar, le soir de sa rencontre avec celui qu'il appelait le Hollandais, un grand type sympa avec une sérieuse descente, un goût prononcé pour le genièvre et un accent savoureux.

Momo était resté relativement sobre ce soir-là et à la fermeture vers 5 heures du matin, le Hollandais, sérieusement entamé au genièvre-bière lui avait demandé de le raccompagner chez lui à Eindhoven. Reconnaissant et encore très saoul, il lui avait montré sa maison et des Modigliani en veux-tu en voilà, des Modigliani à la pelle, c'était sa spécialité comme chez d'autres les tulipes ou le fromage de Gouda. Il en copiait un par semaine. Il en était à son troisième *Jean Cocteau* et à sa dix-septième *Jeanne Hébuterne*, à sa vingt-troisième *Fillette en bleu* et son cent douzième *Nu couché*. Nous étions déjà sur le coup de la *Femme au camée*, est-ce que je me souvenais ? C'était au mois d'août, juste après le ratage des statuettes Netsuke. Nous attendions le GO de Weinbaum, est-ce que je situais ? Et c'est là, entre deux rendez-vous à la planque, que Momo avait pris la mesure providentielle de sa rencontre avec le Hollandais. L'alignement des astres. L'éclipse du millénaire. Enfin bref, Momo connaissait l'adresse de Madame Renée, la propriétaire du tableau. Comment la connaissait-il ? C'était pas mes oignons. Le Hollandais avait juste besoin d'une ou deux très bonnes photographies de la toile. Il demandait assez cher, mais Momo avait encore de l'argent, contrairement à moi. Il n'avait pas touché à sa part du casse de la banque à Forest. Alors il s'était renseigné sur l'emploi du temps de Madame Renée. Il avait fait sa petite enquête en solo, avait rendu une visite de courtoisie à la vieille dame et pris une ou deux très, très bonnes photographies du tableau. En fait, c'était le Hollandais qui s'était occupé de la photo parce que l'exposition à la lumière et les perspectives, ce n'était pas trop le rayon de Momo. Quelques semaines plus tard, la copie était prête, il n'y avait plus qu'à effectuer l'échange, à mettre en pratique la réciprocité des flèches, est-ce que je suivais toujours ? Cette histoire me parut si invraisemblable que je fus tenté d'y croire.

– Tu es en train de me dire que le tableau qu'on s'est tous cassé le cul à voler dans l'appartement de la vieille est un faux et que tu le savais depuis le début ? Que toute cette merde, Weinbaum qui refuse de nous payer, c'est à cause de toi ?

Momo a donné un coup de volant brusque, s'est garé sur le bas-côté et a coupé le moteur. Ça sentait le psychodrame et la plaquette de frein pas contente.

– Maintenant, tu vas m'écouter, Stéphane, tu vas bien m'écouter parce que je ne répéterai pas.

Si j'étais assis à côté de lui dans cette voiture, c'était parce que contrairement aux autres, il m'aimait bien, est-ce que je suivais ou il me fallait un dessin ? Cent millions à se partager à deux, est-ce que ça me parlait ? Weinbaum se savait en possession d'un faux, mais il était à mille lieues de se douter du reste. Nouriel, Angel, Robert ne savaient rien non plus. Il y avait autre chose que je devais impérativement savoir, d'un peu moins rigolo : Weinbaum n'avait jamais eu l'intention de me payer ma part pour le vol du Modigliani, que le tableau fût vrai, faux, volé au Louvre ou ramassé à la photocopieuse. L'Israélien ne m'avait jamais pris au sérieux. C'était grâce à lui, Momo, et uniquement à lui, que j'avais intégré la bande et participé à ce vol. Il avait avancé l'argument selon lequel ils auraient besoin d'un peintre. Mais Weinbaum avait été très clair : une fois le tableau livré, il ne voulait plus entendre parler de moi. À cette étape des explications, mon amour-propre en prit un sérieux coup.

– Pourquoi ?

– Ah ! tout de même ! J'ai cru que tu ne poserais jamais la question. Parce que tu es ingérable, Stéphane. Parce que tu n'es pas comme nous. À chaque fois, on se demande ce que tu vas faire. Tu flirtes avec la fille derrière le guichet pendant qu'on braque la banque, *Vous inquiétez pas, Mademoiselle, nous ne sommes pas les tueurs fous du Brabant.* Tu t'endors au moment où on partage l'argent. Tu enfonces ton revolver dans la bouche de l'Israélien le plus retors que j'aie rencontré en pensant qu'il va gentiment vider son compte en banque et remplir le tien. Tu fais absolument tout ce qui te passe par la tête, Stéphane, tu ne respectes pas les codes, tu ne comprends pas les mecs du milieu. Eh bien, figure-toi qu'eux non plus ne te comprennent pas. Enfin, réveille-toi ! T'es pas un gangster, t'es un amateur, et encore, le mot est faible, tu es un morveux qui joue au bandit à ce détail près que ton arme n'est pas un pistolet à eau et que nos cigarettes ne sont pas en chocolat. Tu habites dans tes dessins, Stéphane Malek Milezaregian Mandelbaum. Tu es plus dangereux que les mecs du milieu. Tu es instable. Voilà. Est-ce que j'ai été clair ?

La claque. Le suicide de Narcisse.

– Bon, une fois que j'ai dit ça, j'ai rien dit, a poursuivi mon ami. Tu peux retourner la situation à ton avantage, justement parce que tu ne respectes pas les codes et que tu ne leur ressembles pas. Sinon je ne serais pas là à discuter avec toi.

Est-ce que le petit enfoiré caractériel fils de hippies

communistes d'académie de peinture suivait toujours ou préférait-il astiquer le manche abîmé de son ego en se reluquant dans le rétroviseur ?

Momo repassa la première vitesse dans une odeur de frein bouilli. J'étais abasourdi par son intelligence. Lui cherchait une façon douce de passer à la partie la plus épineuse du dossier. Il semblait que je fus allé trop loin avec l'Israélien, qu'il eut mal supporté la séance d'humiliation que je lui avais infligée, l'obligeant à se dénuder et à me remettre sa chevalière, lui réclamant un chèque de deux millions et l'obligeant à sucer le canon de mon revolver. On serait contrarié à moins.

– Weinbaum veut se débarrasser de toi.

– Et les autres, ils en pensent quoi ?

– Les autres ? Quels autres ? T'es tout seul, Stéphane!

– Pourquoi tu ne m'en as pas parlé avant ?

– Ils savent que je t'aime bien. Ils font gaffe. Tu es en danger, Stéphane, je suis très sérieux.

Les choses étaient censées se dérouler de la façon suivante : d'ici quelques jours, Jacques m'appellerait et m'annoncerait que Weinbaum était enfin décidé à me payer ma part. Robert et Angel me fixeraient rendez-vous dans un café Porte de Namur. Nouriel nous attendrait dans une voiture à proximité du café. Une Mercedes gris clair empruntée à Sylvain Salomon Alalouf, est-ce que je voyais qui était Alalouf ? On l'avait croisé plusieurs fois à l'hôtel Excelsior. Dans l'import-export. Basé à Chypre. Bref, Angel et Robert m'attendraient au bistrot. Sous prétexte d'aller retrouver Weinbaum dans un lieu tenu confidentiel, ils m'emmèneraient faire un tour.

– Un tour de quoi ?

– Tu es vraiment con ou tu répètes un rôle ? Weinbaum a mis un contrat sur ta tête.

– OK, OK, pas la peine de t'énerver.

Momo se sentait en partie responsable de ma situation. Il m'avait introduit dans la bande en sachant que je n'avais pas le profil, que me présenter l'Israélien était une grossière erreur. Mais il l'avait fait, par amitié. Et la nature de notre amitié était l'accomplissement d'un fantasme, l'exception qui confirme la règle selon laquelle deux bandits ne se laissent jamais dominer par les sentiments. Mon ami se trouvait à présent devant un terrible dilemme. Laisser les autres m'éliminer. Ou me sauver la peau. C'est au cœur de ce dilemme que son génie se déployait.

– Voilà ce qu'on va faire, Stéphane. J'ai un ami qui travaille à la morgue de Bruxelles. Il peut nous trouver un corps. On va le maquiller et le faire passer pour toi.

Je ne peux dire à quel point cette idée me fit bander, moi qui avais fabriqué mon premier ci-gît à quatre ans et qui possédais le plus long *Curriculum Mortae* jamais constitué par un artiste.

– Je lui ai donné ta taille, ton poids, ta pointure de godasses, des photos. Il nous cherche quelqu'un. Dès qu'il l'aura trouvé, il vérifiera si l'impression générale est probante en vous plaçant côte à côte.

– Côte à côte ?

– Toi et ton cadavre.

Les prémices d'un chef-d'œuvre étaient en route. Le Léonard de Vinci de la mort incarnée prenait son envol et je me glissais dans la peau de son modeste assistant.

– Ça ne va jamais marcher, Momo.

– Pourquoi ?

– Je suis circoncis.

Z

Berte s'érigea en documentaliste de ma quête officieuse. Elle me confia un petit ordinateur portable et me *forwarda* quantité de liens me concernant. *Forwarder* était un des mots qu'elle prononçait le mieux en anglais, avec *delate* et *Google*. La greffe commençait à prendre. Je pouvais à nouveau embrasser mon existence dans sa globalité. Régulièrement, mon oncle venait frapper à ma porte, la nuit surtout, quand il ne trouvait pas le sommeil. Il voulait que tout ça se termine et je ne pouvais alors rien faire d'autre que le supplier. La mémoire est comme l'électricité. Elle s'allume. Elle s'éteint. Elle peut tomber en panne. Pouvait-on prendre le risque que ma mémoire tombât en panne une nouvelle fois ?

– Encore quelques heures, oncle Henry, s'il te plaît. Et ensuite on appelle papa.

– Alors, explique-moi pourquoi ton père t'a formellement reconnu à la morgue !

Si je lui avais dit la vérité, mon récit ne l'aurait pas moins scandalisé que mon retour *treyfe*[32]. Ç'aurait même été pire. La formule de synthèse du blasphème.

Dans la nuit du 23 au 24 novembre 1986, soit une semaine avant ma disparition, Momo m'emmena à la morgue de Bruxelles rencontrer celui que nous appellerons Zafin de ne pas le compromettre. Z était un grand Méditerranéen aux mains interminables, des mains avec une destinée. Momo m'avait raconté qu'à la mort de son grand-père, devant la beauté très digne de son visage apaisé, Z s'était promis de devenir embaumeur. Après une année préparatoire, la vie en avait décidé autrement et Z avait finalement accepté ce travail de nuit ingrat : réceptionner les cadavres, surveiller la température des tiroirs réfrigérés, accueillir les policiers, les membres de la famille, les employés funéraires, aiguiller chacun vers le bon corps, ce serait dommage de se tromper. Ah ! ah ! nous trouvions ça très drôle, Momo et moi. Bon an mal an, Z avait rangé les morts dans des tiroirs réfrigérés, s'était farci les gars de la médecine légale, avait accueilli la douleur des vivants sans pouvoir l'adoucir. Trouvant son boulot bien morne, il avait accepté de maquiller un cadavre à la demande d'un ami qui se trouvait dans les problèmes jusqu'au cou. Effacement des empreintes, extraction des dents, le travail lui avait plu tout de suite. Quelques mois plus tard, l'ami était revenu le trouver. Cette fois, personne n'était mort et c'était bien le problème : il avait besoin d'un mort dans les plus brefs délais, un type que personne ne viendrait réclamer, un solitaire, un mendiant, un gars loin de chez lui. Voilà de quelle manière, via, via, profitant de l'indifférence générale devant le sort des sans domicile fixe, Z avait

[32] « Impropre » en yiddish.

commencé à exploiter le filon et à offrir une seconde vie aux cadavres. De même que mon frère Ariéh maquillait les voitures, Z maquillait les corps morts. Dans son tablier gris, parmi tous ces corps réfrigérés, il était à sa place.

Z voulut nous faire la démonstration de la pertinence de son choix, ne pas nous donner satisfaction trop vite, nous laisser cheminer jusqu'au corps choisi et nous laisser avec le sentiment que nous l'avions élu nous-mêmes. Je regrettais ne pas avoir emporté un bloc à dessin. Il y avait là tant de matière, d'immobilité définitive et irréfutable. Après avoir vu quelques corps, nous nous sommes arrêtés devant le caisson numéro 54 et Z s'est chargé des présentations : Petru, roumain, nom de famille inconnu, retrouvé dans le caniveau quelque part entre la rue du Cirque et la place de Brouckère dans la nuit du 22 novembre. Mort d'une fracture du crâne. Dans un état laissant supposer qu'il vivait déjà dans la rue depuis plusieurs mois. Le prénom était une simple hypothèse bleu pâle tatouée sur sa poitrine à côté d'un dragon. La nationalité aussi. On ne se fait pas tatouer *Desteapta-te, romané !*[33] si on ne l'est pas ou alors on a un sacré problème. La fracture du crâne avait été causée par un coup violent assené par-derrière, probablement au moyen d'une arme ou d'une barre en fer. Petru était notre mort idéal. Il n'était pas repris sur les listes des maraudes du Samu Social, Z avait vérifié. Tout le monde se fichait comme de sa dernière rognure d'ongle du sort de Petru. Tout le monde, sauf nous. L'impression générale était concluante : taille, âge, corpulence, largeur des épaules, implantation des cheveux, de dos, on pouvait nous confondre. Nos faciès en revanche ne comportaient aucune ressemblance – mais, je devais en convenir, pas non plus d'éléments foncièrement contradictoires au niveau de la structure du front et des mâchoires. La peau, pâle et laiteuse, devenait violacée sur la verge. Z comprit où j'allais en venir.

– On s'en occupe, m'assura-t-il.

Mon esprit entièrement réquisitionné par l'œuvre à naître, je pensais à l'anonyme Petru promis à la fosse commune, qui

---

[33] « Éveille-toi, Roumain ! », paroles de l'hymne national roumain.

bientôt se verrait offrir un nom, une famille, des funérailles, des gens pour le fleurir et le regretter. J'imaginai mon ami, le rabbin libéral en train de lire le *Kaddish*[34] devant une foule hétéroclite de hippies, d'anarchistes, de scientifiques et d'artistes, d'élèves et de professeurs d'académie, de femmes aux seins pointus et aux fesses bien sorties, de Belges, d'Africaines, d'Antillaises, de jeunes bourgeoises et de prostituées, de Juives parlant le yiddish et l'anversois, de *tchikses*[35] aux accents brusseleir et marocain, de filles en pleurs au maquillage brouillé, à croire qu'après une vie ingrate et solitaire, mon prête-corps n'avait cessé de respirer que pour connaître une mort joyeuse, remplie d'amour, bercée de prières juives et de chants lingalas. L'œuvre parfaite. Petru, *Macchabée n°1*. 180x100x40. Peau, corne, organes, os, ligaments, tendons, poils. 1986. Avec Petru, la sculpture sur cadavre humain sans finalité cultuelle enfin affranchie de ses tabous ferait son entrée dans l'histoire de l'art, deviendrait un acte de création pure, un questionnement existentiel à visées esthétiques, un mouvement qui donnerait naissance à des écoles française, espagnole, italienne, flamande. Le cadavre sculpté ouvrirait de nouveaux champs de réflexion. Macchabée n°1 servirait de référence à des centaines d'artistes, se hisserait au rang de première création contemporaine sur cadavre humain de l'ère contre-postmoderniste.

– Et maintenant, on fait quoi ?

– On le transporte à cette adresse.

Pendant ce temps en Angleterre, quelques mois seulement après la découverte par un généticien de l'université de Leicester des polymorphismes de l'ADN et l'invention du concept d'empreinte génétique, une équipe assermentée de la médecine légale britannique effectuait les premiers tests ADN de l'Histoire dans le cadre d'une enquête impliquant deux viols suivis de meurtres dans le village de Narborough. Après avoir comparé l'ADN prélevé sur quatre mille cinq cents personnes

---

[34] Prière pour le défunt.

[35] Terme péjoratif généralement adressé par la belle-mère pour qualifier une potentielle belle-fille non juive.

de sexe masculin, l'enquête avait finalement confondu Colin Pitchfork avec 99 % de certitude, le pourcentage restant ne pouvant être attribué qu'à un jumeau monozygote. Pitchfork n'en possédait pas. Si l'Angleterre et la Belgique sont géographiquement proches, il faudrait encore dix ans avant que la police judiciaire belge ne s'empare de cette petite révolution et ne l'applique à ses propres affaires criminelles. Ce contretemps retint toute mon attention alors que j'écrivais dans la chambre chez mon oncle, de quelle façon, aux dernières heures de l'anonymat génétique, nous nous apprêtions à modifier le cadavre de Petru. À côté, les Vénus anatomiques du musée Spitzner seraient d'un ennui mortel, la thanatopraxie, reléguée à la section bricolage, les cadavres siliconés de Gunther von Hagens, un amuse-bouche. Les œuvres à venir de Bill Viola, Manit Sriwanichpoom, Kiyotaka Tsurisaki, Andres Serrano, Anna Guilló, Izima Kaoru, Sun Yan, Sue de Beer, Ron Mueck, Damien Hirst et tant d'autres, des tentatives avortées. Avec *Macchabée n°1*, nous arriverions à ce point critique de la portraiture où le corps mort, au lieu de disparaître, commence à exister.

La bête rôtie

Les premiers passants bravaient l'aube froide et trempée. Certains s'agglutinaient sous les auvents des tramways, esquissant de temps à autre un pas de recul de peur d'être éclaboussés par les voitures. Z nous avait donné rendez-vous dans un restaurant en transformation. Nous avons frappé plusieurs fois au rideau sans obtenir de réponse. Nous nous apprêtions à repartir quand une petite plainte métallique de tubes et de rivets soudés en croisillons s'est fait entendre. Des pieds sont apparus dans le tiers inférieur de la devanture. Une main gantée de caoutchouc nous a tendu la clé d'accès aux garages.

Nous avons sorti Petru du coffre et traversé une salle dont une moitié portait les stigmates d'un dernier service, petites flaques rouges de cire durcie sur les tables, chaises enchâssées comme des briques de Lego. Le reste de la salle avait été vidé de son mobilier et le sol, recouvert d'une bâche en plastique. Une échelle solitaire attendait sous un soc sans ampoule. Nous avons déposé Petrusur la table de travail en métal des cuisines. Débarrassé de son certificat de décès, il émanait de lui une dimension universelle. Il paraissait plus grand ou, devrais-je dire, exprimait ses justes proportions telles qu'établies par Vitruve. Dans un local annexe, deux congélateurs vrombissaient.

Z a sorti d'une valisette une panoplie du médecin légiste, petite scie à disque circulaire, pinces, ciseaux, scalpels, marteaux, auxquels vinrent s'additionner une série de flacons et de loques. Je me consumais dans l'extase. Nous allions sculpter mon salut.

Z m'a demandé de me déshabiller et de m'allonger à côté du cadavre. Il a commencé par inspecter nos pieds, a vérifié qu'aucune anomalie orthopédique flagrante ne nous différenciait. Les déformations osseuses sont ce qui trahit le plus souvent un corps pourtant rendu méconnaissable.

Il remonta ensuite le long des jambes, à la recherche d'une malformation, d'une cicatrice, d'une maladie de peau. Il avait eu tout le temps d'étudier Petru à la morgue et à présent j'étais celui qu'il examinait. Les différences s'exprimaient. Elles ne ruinaient pas l'entreprise mais il convenait de rester vigilent. Petru était plus mince que moi. Cette minceur allait par la suite faciliter son habillage d'autant que les cadavres avaient une fâcheuse tendance à gonfler. Une fois terminée l'ablation du prépuce, le haut du torse et le visage seraient brûlés à l'acide. Le plus compliqué resterait les mains.

– Les mains sont ce que les parents regardent en premier, insista Z.

Sur ce point je ne pus qu'abonder dans son sens, d'autant que ma main droite portait les stigmates d'une vie passée à dessiner. Je tiens mon crayon entre le majeur et l'annulaire. L'auriculaire me sert d'appui, maintient la feuille fixe et m'offre un équilibre supplémentaire. À force, une callosité s'est formée dans la peau de mon doigt, sur la tranche extérieure, à la jonction de la deuxième et la troisième phalange.

J'admirai l'agilité de Z. Je pensais : ah ! si seulement Z avait été mon professeur durant mes années d'étude à l'académie ! Il aurait influencé mon travail de façon définitive. J'aurais abandonné mon immature sens de la provocation au bénéfice d'un réalisme d'un nouveau genre, biologique, chirurgical.

Lorsque nous arrivâmes à l'étape très délicate de l'ablation du prépuce, je ne pus m'empêcher de réciter la bénédiction de la circoncision. C'était, me semblait-il, la moindre des politesses que d'accueillir Petru dans l'alliance d'Abraham. Momo finit par m'enfermer dans le local des congélateurs. Lorsqu'ils vinrent me rechercher, un bidon d'acide était posé sur la table, ça sentait la bête rôtie et Petru était méconnaissable. Il ne restait plus trace de ses tatouages. Par une clé de judo, Momo m'a attrapé et Zen a profité pour m'amputer de ma callosité sans faire couler une goutte de sang, rognant la peau morte et durcie au scalpel.

– Voilà. C'est terminé. Tu as eu mal ?

Il introduisit ensuite ma callosité sous la peau de l'auriculaire droit du cadavre.

– Si la greffe ne prend pas, ils penseront que tu as été torturé.

– Ce n'est pas un peu énorme ?

– Plus le mensonge est gros, plus il passe.

– Les flics sont d'incurables feignasses, renchérit Momo. Tu leur fournis les indices, ils foncent dessus tête la première. On va tellement leur mâcher le travail qu'ils nous remercieront.

Si les enquêteurs étaient aussi nonchalants que Momo le prétendait – et ils l'étaient, j'en suis la preuve vivante –, Petru avait un bel avenir devant lui.

Quand tout fut prêt, nous avons remis Petru dans sa housse et l'avons rangé dans l'un des deux congélateurs.

Rocher des Grands Malades

Le vendredi 28 novembre, soit trois jours avant ma disparition, Momo acheta chez un droguiste un bidon de trois litres d'acide sulfurique et rangea précieusement le ticket de caisse dans la poche intérieure de son blouson. Il fit ensuite une visite de courtoisie à Weinbaum en ses bureaux chaussée de Wavre, *Aux Deux portes*. Tandis que ce dernier, déplorant une prostate défectueuse, s'absentait quelques minutes, Momo glissa dans le fatras comptable de l'Israélien le ticket de caisse de la droguerie.

Un peu plus tard, Robert m'appelait au téléphone, confirmant les prédictions de Momo en matière d'enfumage : Weinbaum était enfin disposé à me payer ma part, rendez-vous dans un café de la porte de Namur et patati et patata. Je m'efforçai de parler le moins possible, craignant qu'un mot malencontreux vint tout compromettre, que dans les ultimes ajustements d'un plan en forme de dissidence artistique – Ô Momo, mon ami, mon génie d'un nouveau genre, comment te remercierai-je le moment venu, toi qui par ton talent visionnaire fis taire dans un même élan les desseins crapuleux de ces petites pourritures et mes doutes en matière artistique, unissant dans une étreinte charnelle l'art et le crime, l'action et la contemplation, le réel et sa représentation –OK, les gars, demain, à 16 heures au café Le Croquant, chaussée de Wavre, ça marche, et je raccrochai.

Le lundi 1er décembre, je me réveillai de bonne heure et partageai avec ma fille Nadine quelques tranches de pain grillé recouvertes de beurre salé et de miel ainsi que deux ou trois conseils.

– Mon amour, ma chérie, promets-moi de bien étudier à l'école et de ne jamais t'en faire pour moi, même quand je ne suis pas là, tu promets ?

– Tu vas où ?

– Pas loin.

– Tu seras où quand tu n'es pas là ?

– Dans la poche de ton pyjama.

– Mais il n'y a rien dans ma poche, papa.

– Si, regarde bien, entre les petites miettes.

– C'est toi ?

– Oui.

Elle montra les traces de Bic sur la toile cirée.

– Et là, c'est toi ?

– Oui.

Elle montra la poussière sur l'appui de fenêtre.

– Et là, c'est toi ?

– Oui.

– Tu es partout alors ?

– Voilà ! Exactement ! Que tu es intelligente, ma chérie, viens ici que je t'embrasse.

Lorsque Claudia rentra après avoir conduit la petite à l'école, je mis les Frères Franco sur la platine et nous dansâmes longtemps enlacés. Puis nous fîmes l'amour sur Papa Wemba, Manu Dibango, Fela Kuti et Commandant Tchico, sur *Ancien combattant*, ma chanson préférée.

Claudia me choisit des vêtements propres. Elle n'aimait pas que je me rende à un rendez-vous en tenue négligée. J'ai souri en pensant que Petru porterait bientôt une chemise repassée avec amour, parsemée de quelques traces de rouge à lèvres. J'ai enfilé au poignet ma fausse Cartier et l'ai reposée sur la table. Je voulais que Claudia la conserve, qu'elle puisse à tout moment la consulter, s'en remettre à la trotteuse et à sa course folle qui lui dirait mieux que je ne pourrais le faire que rien n'était fini, que j'allais bientôt rentrer ou la retrouver quelque part, ce n'était qu'une question de tours de cadran, de révolutions autour de l'astre solaire, tôt ou tard nous serions de nouveau ensemble, je le pensais sincèrement.

Les événements, cet après-midi-là, épousèrent l'apparence anodine d'un ticket de tram valable de 16 heures 03 à 17 heures 02. À 16 heures 03, je montai dans le 19, Porte de Hal, direction Porte de Namur où j'avais rendez-vous avec Robert et Angel. Le temps de poinçonner mon billet, je descendais à l'arrêt suivant, rue Hôtel des Monnaies où Momo m'attendait dans un break Mercedes gris, un Petru fraîchement décongelé dans le coffre.

Momo m'a immédiatement réclamé le ticket, craignant que je ne l'égare. Nous avons bifurqué en direction du bois sans qu'il m'ait expliqué la suite de son plan. Il jugeait plus prudent de me donner les consignes au fur et à mesure. Nous avons pris l'autoroute.

– Stéphane, tu te souviens de l'endroit dont nous a parlé Jacques ? Le rocher des Grands malades sous le viaduc de Beez ? Les anciennes carrières où il s'entraînait dans les Para-Commando ? C'est là qu'on va laisser Petru. Quand les flics interrogeront Jacques, il ne pourra pas nier qu'il connaissait cet endroit.

Nous avons effectué le reste du voyage dans un silence religieux, Momo peaufinant les détails de son grand œuvre, moi figé dans le souvenir d'un autre voyage fait avec mon père, une table à dessin et des toiles mal sanglées sur notre porte-bagages : ce jour-là, nous approchions du viaduc de Beez quand un énorme craquement s'était fait entendre. Ébahis, nous avions vu la table à dessin et les toiles s'arracher au toit et prendre leur envol avant de s'écraser sur la route. Une toile avait chu dans l'herbe à proximité du premier pylône. Ce souvenir revêtait à présent un caractère prémonitoire. La symétrie était parfaite. J'aurais aimé l'avoir imaginée.

Nous avons pris la sortie juste avant le viaduc et sommes descendus vers la Meuse, la centrale hydraulique, les grues, les excavatrices, les nouvelles et les anciennes carrières *des Grands Malades* baptisées de la sorte en souvenir de la léproserie qui s'y trouvait au Moyen Âge. Dans ce nom, carrières *des Grands Malades* résonnait l'écho lointain de mon enfance rachitique, tuberculeuse et percluse d'arthrose. Tout cela faisait des contrebas du viaduc de Beez le décor idéal, le sanctuaire parfait de mon assassinat. Je pensais : nom de Dieu, quel décor !

Nous avons traversé le village, phares éteints, guidés par les éclairages émanant des maisons. Les gens dînaient. Ils regardaient la télévision. Les rues étaient vides. Arrivés au bout de la rue des Pierres Blanches, nous avons tenté de poursuivre en voiture, de nous enfoncer dans le bosquet qui conduit au rocher et aux anciennes carrières, écrin indiscipliné de végétation, de plis rocailleux, de cratères minuscules et d'excavations. Nous écoutions la petite musique sournoise des pneus, pile j'avance, face je crève. Momo a coupé le moteur.

Nous avons sorti Petru du coffre et Momo m'a remis une

chemise et un pantalon neufs. Il a récupéré mes vêtements, a glissé le ticket de tram dans la poche de mon blouson. Habiller Petru fut un véritable tour de force. La chemise menaça de craquer aux emmanchures. Enfiler le pantalon fut un calvaire. Le moins qu'on puisse dire, c'est qu'il ne se montra pas coopératif. Le blouson heureusement passa tout seul. Nous perdîmes une chaussure dans l'obscurité. Une voiture passa au loin, caressant la roche endormie de ses grands phares.

– Et s'ils trouvent mes empreintes sur la chaussure ? j'ai demandé.

Momo m'a regardé.

– De tous les gars avec qui j'ai fait des coups, t'es vraiment le plus con.

Il a vérifié une dernière fois l'intérieur des poches de mon blouson : carte d'identité, ticket de tram, petite étoile de David en émail que m'avait offerte Sylvie, la fille du rabbin. J'ai failli craquer devant ma dépouille. Nous l'avons transportée jusqu'à une excavation, un semblant de grotte. Il a sorti son FN calibre 7,65 et vissé le silencieux :

– On va le redessiner en gueule cassée, lui coller deux balles dans le crâne. Après ça, on sera tranquilles.

Avec une rigueur froide, il a tiré une première balle dans l'os pariétal, une seconde à hauteur de la tempe. J'en avais mal aux dents. De grandes fleurs de sang noir se déployaient sur la roche. J'ai pensé : *os, poils, cuir, deux balles de calibre 7,65*. J'ai pensé : la meilleure mort possible. J'ai pensé : nous sommes arrivés en terres profondes d'inhumanité. J'ai pensé : Pasolini assassiné sur la plage d'Ostie. J'ai pensé : l'hommage dans l'hommage dans l'hommage dans l'hommage dans l'hommage dans l'hommage dans l'hommage dans l'hommage dans l'hommage dans l'hommage dans l'hommage dans l'hommage dans l'hommage dans l'hommage.

Nous avons allongé Petru dans une déclivité rocheuse et sommes partis à la recherche de pierres volumineuses susceptibles de dissimuler le corps. Nous avons recouvert les pierres de branchages et laissé dépasser un pied. Nous nous devions d'être crédibles mais nous voulions aussi que Petru fût retrouvé dans un délai raisonnable. Épisodiquement, des voitures passaient sur la route, leurs phares saupoudraient les carrières telles des fusées d'alerte, puis allaient se perdre plus loin du côté des habitations.

Nous avons regagné l'autoroute, soulagés que ma mort fût derrière nous.

– Dans la valise, il y a une veste noire en laine. Ton passeport se trouve dans la poche intérieure. Le type chez qui tu vas s'appelle Youssef Alaoui. Tu vas rester chez lui le temps que la police retrouve ton cadavre.

– Et s'ils ne le trouvent pas ?

– On les aidera un peu. Dès que les flics l'auront retrouvé, je préviens Alaoui et toi, tu dégages. Je me rends à la police et je leur balance tout, que j'ai participé au vol du Modigliani, que je n'ai rien à voir avec ton assassinat, que tu étais mon ami.

– C'est vrai, ça ? Je suis ton ami ?

– Toi, tu vas chez mon oncle à Valence. Il te filera les clés de sa maison à Escalera. Je te préviens, si le monde a un trou de cul, c'est Escalera. Tu restes là, tu ne fais pas de vague, et je te rejoins dès que je peux. En me constituant prisonnier, aveux et tout le toutim, je ne devrais pas rester en cabane plus de sept ou huit mois.

J'ai pensé : réglé comme du papier à musique. J'ai pensé : *Veloce ma non come il suono*[36].

– Momo ?

– Ouais.

– Fais demi-tour. Je veux dire au revoir à mes parents avant de partir.

– Impossible. Je leur expliquerai si tu veux, mais là, c'est hors de question. Les gars doivent déjà être en train de te chercher.

– Allez, Momo, ma mère ne dira rien, elle est super-fiable, elle pourrait faire partie de la bande.

– Ferme-la ou je t'en colle une.

Il n'a pas ralenti, ce n'était pas son style. Sa main droite a lâché calmement le volant, s'est glissée jusqu'au calibre 7,65

[36] « Rapide, mais pas autant qu'il n'y paraît. »

dans sa poche et je n'ai pas eu le temps de la voir ressortir que déjà tout s'obscurcissait, que la crosse percutait ma tempe, me plongeait dans le grand blanc. C'était une chose que j'aimais chez Momo : quand il menaçait de cogner, il ne manquait jamais de le faire. Il faisait partie de ces gens sur qui on peut vraiment compter.

Alexandre

Je suis allé retrouver mon oncle et ma tante au salon. Ils se tenaient la main. Une petite radio portative diffusait une liste de noms cousus les uns aux autres. Ça ressemblait à des avis d'obsèques mais je n'en étais pas certain. J'avais toujours eu cette impression étrange d'entendre des avis d'obsèques à la radio dans tous les pays par lesquels j'étais passé. Il suffisait qu'un journaliste prononce deux ou trois noms de ministres et la petite musique funèbre s'enclenchait.

Je me suis assis avec eux. Imitant mon oncle, j'ai pris la main de ma tante dans la mienne. Je ne m'étais encore jamais autorisé une telle intimité. Nous sommes restés là, silencieux, prisonniers de cette liste de noms. Je n'ai pu résister au plaisir d'établir un parallèle entre les trente années passées à l'autre bout de moi-même dans la crainte d'être jugé et ces nazis venus se constituer une virginité en terre neuve. Adolf Eichmann : exfiltré en Argentine sous le nom de Ricardo Klemens par l'évêque Alois Hudal avec un passeport humanitaire de la Croix Rouge Internationale ; fonctionnaire zélé de l'épuration ethnique, inventeur et ordonnateur de la Marche de la Mort ; devenu bûcheron et éleveur de poules. Et ce médecin plein d'humour, quel était son nom déjà ? Josef Mengele, *alias* Fritz Ullman, *alias* Fritz Hollmann, *alias* Helmut Gregor, *alias* Oncle Fritz, arrivé à Buenos Aires en 1949 et sans encombre à la soixantaine ; un peu d'hypertension mais jamais rien de sérieux – n'est-ce pas, Docteur ? –, une petite infection à l'oreille, une gentille attaque cardiaque dans son lit, une mort presqu'enviable. Et ce truculent Klaus Barbie, *alias* Klaus Altmann le Bolivien, *alias* Klaus Altmann le Péruvien –

ah ! cette fichue manie de changer de nationalité ; mort de surdité et d'un banal cancer de la prostate après un procès qui ne le concernait plus.

Tandis que je serrais vigoureusement la main de ma tante, je pensais à l'impossible pardon que je réclamerais à mes parents, à la manière dont mes frères me rosseraient d'amour quand nous nous retrouverions. Il me tardait de rencontrer leurs femmes et leurs enfants. Je le dis à mon oncle et c'est très brutalement que j'appris la mort de mon frère Alexandre cinq ans plus tôt, dans une collision frontale à quelques kilomètres du village où nous possédions une maison de campagne, à une promenade à pied de notre *schtetl* de substitution, de notre terre de réparation, de ce jardin où mon père, pour la première fois de son existence, avait ressenti le confort inouï d'être quelque part chez lui.

Oncle Henry alla chercher une photographie que mon père lui avait envoyée en 2010, prise au cimetière du village. On y voyait deux cercueils. Le mien était blindé. On avait rapatrié ma dépouille du cimetière de Bruxelles et nous avions été enterrés ensemble, mon frère et moi, dans un caveau situé à trois battements d'ailes de la maison familiale où vivait désormais maman. Elle voulait avoir ses deux fils auprès d'elle. Nous reposions sous l'unique dalle du cimetière gravée d'une étoile de David et du symbole des Cohanim, marqueur de l'entre-soi s'il en est, lointain vestige d'appartenance à une tribu, plus proche du clin d'œil que de l'affirmation, de quoi faire taire ceux qui, allez savoir pourquoi, s'évertuaient à dire que nous n'étions pas juifs et faire enrager les pieux qui nous refusaient notre place au cimetière israélite.

Alexandre devait se demander ce qu'un clochard roumain portant mes sapes fabriquait dans notre caveau. Il devait lui chercher des noises, le houspiller, l'assommer de menaces et de questions, lui qui adorait la bagarre, le rançonner pour usurpation d'identité et occupation de la parcelle Mandelbaum, lui faire savoir sa chance d'être enterré au sein du clan, lui raconter les actes héroïques qu'il n'avait jamais commis qu'en imagination, lui proposer de boire des coups. Lui si farceur, si fraternel, si partageur. Lui que la mort n'avait jamais réussi à effrayer. À quinze ans déjà, il buvait des bières assis sur les tombes et donnait raison aux morts. Pourquoi on s'embêterait à travailler puisque de toute façon c'est ici que ça se termine ? Alexandre ne reposait pas au cimetière de Fontenoille, il se reposait, nuance ! Il avait sûrement fini par trouver un terrain d'entente avec Petru, par vivre l'éternelle retraite en bonne intelligence, sans manquer une occasion de festoyer, anniversaires, Noëls, shabbats, ramadans, pleines lunes, équinoxes, années bissextiles…

Mon oncle a sorti son petit Nokia de sa poche. Ignorant le décalage horaire, il a cherché son frère dans son répertoire. Ça a duré une éternité avant que l'autre côté du monde ne décroche, et une autre éternité avant qu'une voix étranglée ne se fasse entendre.

– Henry ?

– Arié ? Arié, c'est toi ?

– Oui, Henry, oui, c'est moi, qui veux-tu que ce soit d'autre ?

– Ah ! tant mieux ! Parce que j'ai quelque chose d'important à te dire.

– Je t'écoute.

– Ça va te sembler bizarre. Moi aussi au début.

– Qu'est-ce qu'il y a, Henry ?

– Eh bien… Non, tu ne vas pas me croire. Il faut que tu viennes ici immédiatement.

– À Buenos Aires ?

– Oui, à Buenos Aires.

– Enfin, Henry, tu vas me dire ce qui se passe ?

– *Stèfèlè… dayn kind… is gekumen tsurik*[37]…

---

[37] « Stéphane… ton enfant… est revenu… » en yiddish.

REMERCIEMENTS

Mes remerciements vont à Ariéh Mandelbaum, frère du peintre, dont la qualité des échanges, l'éclairage, les idées, les corrections et l'indéfectible soutien m'ont été infiniment précieux. Je remercie affectueusement Pili et Arié Mandelbaum, parents du peintre, qui m'ont fait confiance et m'ont guidée tout au long de l'écriture. Merci à Pierre Thoma, Anne Wolfers, Antonio Moyano et tous ceux qui n'ont pas hésité à partager leurs souvenirs. Toute ma reconnaissance à la Société des Gens de Lettres qui en m'élisant lauréate de la bourse de création Sarane Alexandrian 2019, m'a apporté un support considérable. Merci enfin à Danielle Nees, mon éditrice, pour son œil acéré et sa créativité éditoriale et à Florence Sultan, mon agente littéraire, pour son intelligence et sa pugnacité.

LES DESSINS

Page 28
Cadre dans un café rose, 1983, © Stéphane Mandelbaum ; photographe : Félix Tirry.

Page 62
Papa Franco, 1985, © Stéphane Mandelbaum ; photographe : Bertrand Michaux.

Page 111
Tête d'Indien, date inconnue, © Stéphane Mandelbaum ; photographe : Ariéh Mandelbaum.

Page 170
Weinbaum, 1986, © Stéphane Mandelbaum ; photographe : Philippe Migeat.

Page 207
Le labyrinthe, 1985, © Stéphane Mandelbaum, photographe : Ariéh Mandelbaum.

DU MÊME AUTEUR

- *La tentation du pont*, Genèse Édition, 2011
- *Bienvenue en Norlande*, Genèse Édition, 2012
- *Voyage de noces avec ma mère*, Calmann-Lévy, 2015
- *La ballerine aux gros seins*, Arthaud (Flammarion), 2018

PARUS DANS LA MÊME COLLECTION

- *Les oiseaux n'ont pas le vertige*, Daniel Charneux, 2022
- *Adèle*, Dominique Van Cotthem, 2022
- *Crime d'initiés*, Michel Claise, 2021
- *Nos âmes sœurs*, Patricia Hespel, 2021
- *Boule de Juif*, Foulek Ringelheim, 2021
- *Sauver la peau de Romain Puértolas*, Frank Andriat, 2021
- *Claymore*, Arnaud Nihoul, 2020
- *La dernière maille*, Patricia Hespel, 2020
- *Le moulin des secrets*, Gilles Laporte, 2020
- *Sans destination finale*, Michel Claise, 2019
- *De l'autre côté des flammes*, Sophie Marie Dumont, 2019
- *Caitlin*, Arnaud Nihoul, 2019
- *Les sœurs De Vlaeminck*, Joan Condijts, 2018
- *La petite voleuse de perles*, Michèle Plomer, 2018
- *Le mauvais rôle*, Jean-Baptiste Baronian, 2017
- *Hong Kong Blues*, Alain Berenboom, 2017
- *Le cliquetis*, Patrick Delperdange, 2016
- *Boulevard des Pyrénées*, Gilles Laporte, 2015
- *Je sais que tu m'attends*, Gilles Laporte, 2014
- *L'homme qui ne voulait plus être roi*, Joan Condijts, 2014
- *Monsieur Optimiste*, Alain Berenboom, 2013

D/2022/12.107/110
Dépôt légal : octobre 2022
ISBN : 978-2-3820102-11

www.genese-edition.eu
72, rue Vaneau – 75007 Paris
92, rue Saint-Bernard – 1060 Bruxelles

Ouvrage réalisé sous la direction de Florence Sultan